GRöLS Verlage

„Bücher sind wie Fallschirme. Sie nützen uns nichts, wenn wir sie nicht öffnen."

Gröls Verlag

Redaktionelle Hinweise und Impressum

Das vorliegende Werk wurde zugunsten der Authentizität sehr zurückhaltend bearbeitet. So wurden etwa ursprüngliche Rechtschreibfehler *nicht* systematisch behoben, denn kleine Unvollkommenheiten machen das Buch – wie im Übrigen den Menschen – erst authentisch. Mitunter wurden jedoch zum Beispiel Absätze behutsam neu getrennt, um den Lesefluss zu erleichtern.

Um die Texte zu rekonstruieren, werden antiquarische Bücher von Lesegeräten gescannt und dann durch eine Software lesbar gemacht. Der so entstandene Text wird von Menschen gegengelesen und korrigiert – hierbei treten auch Fehler auf. Wenn Sie ebenfalls antiquarische Texte einreichen möchten, finden Sie weitere Informationen auf www.groels.de

Viel Freude bei der Lektüre wünscht Ihnen das Team des Gröls-Verlags.

Adressen

Verleger: Sophia Gröls, Im Borngrund 26, 61440 Oberursel

Externer Dienstleister für Distribution & Herstellung: BoD, In de Tarpen 42, 22848 Norderstedt

Unsere „Edition | Werke der Weltliteratur" hat den Anspruch, eine der größten und vollständigsten Sammlungen klassischer Literatur in deutscher Sprache zu sein. Nach und nach versammeln wir hier nicht nur die „üblichen Verdächtigen" von Goethe bis Schiller, sondern auch Kleinode der vergangenen Jahrhunderte, die – zu Unrecht – drohen, in Vergessenheit zu geraten. Wir kultivieren und kuratieren damit einen der wertvollsten Bereiche der abendländischen Kultur. Kleine Auswahl:

Francis Bacon • Neues Organon • **Balzac** • Glanz und Elend der Kurtisanen • **Joachim H. Campe** • Robinson der Jüngere • **Dante Alighieri** • Die Göttliche Komödie • **Daniel Defoe** • Robinson Crusoe • **Charles Dickens** • Oliver Twist • **Denis Diderot** • Jacques der Fatalist • **Fjodor Dostojewski** • Schuld und Sühne • **Arthur Conan Doyle** • Der Hund von Baskerville • **Marie von Ebner-Eschenbach** • Das Gemeindekind • **Elisabeth von Österreich** • Das Poetische Tagebuch • **Friedrich Engels** • Die Lage der arbeitenden Klasse • **Ludwig Feuerbach** • Das Wesen des Christentums • **Johann G. Fichte** • Reden an die deutsche Nation • **Fitzgerald** • Zärtlich ist die Nacht • **Flaubert** • Madame Bovary • **Gorch Fock** • Seefahrt ist not! • **Theodor Fontane** • Effi Briest • **Robert Musil** • Über die Dummheit • **Edgar Wallace** • Der Frosch mit der Maske • **Jakob Wassermann** • Der Fall Maurizius • **Oscar Wilde** • Das Bildnis des Dorian Grey • **Émile Zola** • Germinal • **Stefan Zweig** • Schachnovelle • **Hugo von Hofmannsthal** • Der Tor und der Tod • **Anton Tschechow** • Ein Heiratsantrag • **Arthur Schnitzler** • Reigen • **Friedrich Schiller** • Kabale und Liebe • **Nicolo Machiavelli** • Der Fürst • **Gotthold E. Lessing** • Nathan der Weise • **Augustinus** • Die Bekenntnisse des heiligen Augustinus • **Marcus Aurelius** • Selbstbetrachtungen • **Charles Baudelaire** • Die Blumen des Bösen • **Harriett Stowe** • Onkel Toms Hütte • **Walter Benjamin** • Deutsche Menschen • **Hugo Bettauer** • Die Stadt ohne Juden • **Lewis Caroll** • *und viele mehr….*

Jules Verne

Reise um den Mond

Inhalt

Vorwort und Rückblick

Im Laufe des Jahres 186.. wurde die ganze Welt durch ein wissenschaftliches Unternehmen, das in den Annalen der Wissenschaft ohne Gleichen war, in außerordentliche Bewegung versetzt. Die Mitglieder des Gun-Clubs, eines Vereins von Artilleristen, welcher nach dem amerikanischen Krieg sich zu Baltimore bildete, hatten die Idee, sich durch Zusendung einer Kugel mit dem Mond in Verbindung zu setzen. Ihr Präsident Barbicane, der die Unternehmung in Anregung brachte, ergriff, nachdem er die Astronomen des Observatoriums zu Cambridge zu Rathe gezogen, alle Maßregeln, welche für den glücklichen Erfolg des von der Mehrzahl sachverständiger Männer für ausführbar erklärten Vorhabens erforderlich waren. Nachdem durch eine öffentliche Subscription etwa dreißig Millionen aufgebracht waren, begann er seine riesenhaften Arbeiten.

In Gemäßheit eines von den Mitgliedern des Observatoriums ertheilten Gutachtens mußte die Kanone, welche das Projectil abschleudern sollte, um auf den Mond im Zenith zielen zu können, in einer Landschaft zwischen 0 und 28 Grad nördlicher oder südlicher Breite aufgestellt werden, und man mußte der Kugel eine Anfangsgeschwindigkeit von zwölftausend Yards in der Secunde geben. Wurde diese am 1. December dreizehn Minuten und zwanzig Secunden vor elf Uhr Abends abgeschossen, so mußte sie vier Tage hernach, am 5. December um zwölf Uhr Nachts, gerade zu dem Zeitpunkt auf dem Mond eintreffen, wo er der Erde am nächsten stand, in einer Entfernung nämlich von sechsundachtzigtausendvierhundertundzehn franz. Meilen.

Die bedeutendsten Mitglieder des Gun-Clubs, der Präsident Barbicane, Major Elphiston, Secretär J.T. Maston und andere Gelehrte hielten einige Sitzungen, worin die Form und das Material der Kugel, die Art und Einrichtung der Kanone, die Beschaffenheit und die Menge des Pulvers besprochen wurden. Man beschloß: 1. Das Geschoß solle eine Hohlkugel aus Aluminium sein mit einem Durchmesser von einhundertundacht Zoll, zwölf Zoll dicken Wänden und neunzehntausendzweihundertundfünfzig Pfund schwer. 2. Das Geschütz solle eine Columbiade von Gußeisen sein, neunhundert Fuß lang, und unmittelbar in den Erdboden zu gießen. 3. Zur Ladung sollten vierhunderttausend Pfund Schießbaumwolle verwendet werden, welche sechs Milliarden Liter Gas unter dem Projectil entwickelten, dessen Treibkraft leicht bis zum Nachtgestirn reichen würde.

Als diese Fragen gelöst waren, wählte der Präsident Barbicane mit Hilfe des Ingenieurs Murchison eine Stelle in Florida, unterm 27°7' nördlicher Breite und 5°7' westlicher Länge, wo nach merkwürdigen Arbeiten der Guß der Columbiade vorgenommen wurde und vollständig gelang.

So standen die Dinge, als ein Ereigniß dazwischen kam, wodurch das Interesse an der großen Unternehmung hundertfach vergrößert wurde.

Ein pariser Phantast, geistreicher und kühner Künstler, begehrte und erbot sich, in eine Kugel eingeschlossen die Reise nach dem Mond zu machen, um über den Trabanten der Erde Forschungen anzustellen. Michel Ardan hieß dieser unerschrockene Abenteurer. Bei seiner Ankunft in Amerika wurde er mit Enthusiasmus aufgenommen, hielt Meetings, ward im Triumph auf den Schultern getragen, versöhnte den Präsidenten Barbicane mit seinem Todfeind, dem Kapitän Nicholl, und beredete sie beide, die Reise in dem Projectil mitzumachen.

Der Vorschlag wurde angenommen, die Form der Kugel abgeändert. Das Projectil ward cylinder-kegelförmig. Dieser Luft-Waggon wurde, um die Gewalt des Gegenstoßes bei der Abfahrt abzuschwächen, mit einer starken Vorrichtung versehen; sodann mit Lebensmitteln für ein Jahr, Wasser für einige Monate, und Gas für einige Tage. Ein automatischer Apparat bereitete und lieferte die zum Athmen für die drei Reisenden erforderliche Luft. Zu gleicher Zeit ließ der Gun-Club auf einem der höchsten Gipfel des Felsengebirgs ein Riesenteleskop bauen, um es möglich zu machen, das Projectil während seiner Fahrt durch den Weltraum zu beobachten. Alles war fertig und bereit.

Am 30. November, zur bestimmten Stunde, fand inmitten einer unzähligen Zuschauermenge die Abfahrt statt, und zum ersten Male sah man drei menschliche Wesen den Erdball verlassen und in den weiten Weltraum emporsteigen, fast vollständig überzeugt, daß sie am Ziel ihrer Reise anlangen würden. Diese kühnen Reisenden, Michel Ardan, der Präsident Barbicane und der Kapitän Nicholl, sollten ihre Ueberfahrt in *siebenundneunzig Stunden dreizehn Minuten und zwanzig Secunden* vollenden. Folglich konnte ihre Ankunft auf der Oberfläche der Mondscheibe erst am 5. December um zwölf Uhr Nachts erfolgen, gerade in dem Moment, da Vollmond eintrat, und nicht am vierten, wie einige irrig berichtete Journale mittheilten.

Doch es begab sich ein unerwartetes Ereigniß: die von der Columbiade hervorgerufene Erschütterung bewirkte unverzüglich eine Trübung der

Atmosphäre durch Anhäufung einer enormen Menge von Dünsten. Diese Erscheinung rief eine allgemeine Entrüstung hervor, denn der Mond war einige Nächte hindurch den Augen seiner Beobachter verhüllt. J.T. Maston, der würdige und tapfere Freund der drei Reisenden, eilte zum Felsengebirg, um dem ehrenwerthen Director des Observatoriums zu Cambridge, J. Belfast, Gesellschaft zu leisten, der zu Longs Peak, wo das Riesenteleskop, das den Mond bis auf zwei Meilen nahe rückte, errichtet war, die Fahrt seiner kühnen Freunde beobachten wollte.

Das in der Atmosphäre gehäufte Gewölk hinderte während des 5., 6., 7., 8., 9. und 10. December jede Beobachtung. Man glaubte schon, dieselbe bis zum 3. Januar des folgenden Jahres vertagen zu müssen, weil der am 11. December in sein letztes Viertel tretende Mond dann nur einen stets abnehmenden Theil seiner Scheibe zeigte, welche nicht hinreichte, um die Spur des Projectils zu verfolgen.

Doch endlich vertrieb zur allgemeinen Befriedigung ein starker Sturm in der Nacht vom 11. zum 12. December alles Gewölk aus der Atmosphäre, und der zur Hälfte erleuchtete Mond trat auf dem dunkeln Hintergrund des Himmels klar hervor.

In derselben Nacht traf ein Telegramm ein, welches die Herren Belfast und Maston von der Station Longs Peak an das Bureau des Observatoriums zu Cambridge gesendet hatten.

Und was enthielt dies Telegramm?

Es berichtete, am 11. December um acht Uhr siebenundvierzig Minuten Abends sei das von der Columbiade zu Stone's-Hill entsendete Projectil von den Herren Belfast und. Maston wahrgenommen worden. – Dasselbe sei, aus unbekanntem Grund von seiner Bahn abweichend, nicht an sein Ziel gelangt, aber doch nahe genug gekommen, um von der Anziehungskraft des Mondes festgehalten zu werden; – seine gerade Richtung sei in eine Kreisbewegung übergegangen, und so sei es zu einem Trabanten geworden, der in elliptischer Bahn den Mond umkreise.

Das Telegramm fügte bei, die Elemente dieses neuen Gestirns hätten noch nicht berechnet werden können, – und in der That sind auch drei Beobachtungen des Gestirns in drei verschiedenen Stellungen desselben nöthig, um seine Elemente zu bestimmen. Sodann fügte es weiter bei, die Entfernung des Projectils von der Mondoberfläche „könne“ auf etwa zweitausendachthundertdreiunddreißig Meilen angeschlagen werden, d.h. viertausendfünfhundert Lieues.

Dasselbe schloß mit der doppelten Annahme: Entweder werde die Anziehungskraft des Mondes zuletzt überwiegen und die Reisenden würden an ihrem Ziel anlangen; oder das Projectil werde, unveränderlich in seiner Bahn festgehalten, seinen Kreislauf um den Mond herum bis an's Ende der Jahrhunderte fortzusetzen haben.

Wie würde es dann den Reisenden ergehen? Zwar Lebensmittel hatten sie für einige Zeit. Aber gesetzt auch, ihr verwegenes Unternehmen gelänge, wie kämen sie dann zurück? Wäre dies je möglich? Könnte man Nachricht von ihnen haben? Diese Fragen, welche die gelehrtesten Federn der Zeit in Bewegung setzten, beschäftigten das Publicum mit Leidenschaft.

Ich muß hier eine Bemerkung machen, welche allzueilige Beobachter beherzigen sollten. Wenn ein Gelehrter dem Publicum eine rein speculative Entdeckung ankündigt, kann er nicht vorsichtig genug sein. Einen Kometen, Planeten oder Trabanten zu entdecken, ist keines Menschen Schuldigkeit, und wenn man in so einem Falle sich irrt, verdient man die Spöttereien der Menge, welchen man sich aussetzt. Deshalb ist's besser, abzuwarten, und dies hätte auch der ungeduldige J.T. Maston thun sollen, bevor er das Telegramm in die Welt schleuderte, welches, ihm zufolge, über diese Unternehmung sich so entschieden aussprach.

In der That enthielt jenes Telegramm einen doppelten Irrthum, wie sich's später herausstellte: 1. Irrige Beobachtung in Beziehung auf die Entfernung des Projectils von der Oberfläche des Mondes, denn am 11. December konnte man es unmöglich wahrnehmen, und was J.T. Maston sah oder zu sehen glaubte, konnte nicht die Kugel der Columbiade sein. 2. Irrige theoretische Ansicht über das Loos des Projectils; denn indem man dasselbe zu einem Trabanten des Mondes macht, setzt man sich mit den Gesetzen vernunftmäßiger Mechanik in Widerspruch.

Nur die Annahme der Beobachter zu Longs Peak konnte sich verwirklichen, daß die Reisenden – falls sie noch bei Leben – sich bemühten, mit Benützung der Anziehungskraft des Mondes auf die Oberfläche desselben zu gelangen.

Diese so einsichtsvollen, wie kühnen Männer hatten nun aber den erschrecklichen Gegenstoß bei der Abfahrt bestanden, und ihre Reise in dem Projectil-Waggon soll hier mit all' ihren merkwürdigen und dramatischen Erlebnissen erzählt werden. Diese Erzählung wird manche Täuschungen und Vermuthungen zu nichte machen; dagegen wird sie von der möglichen Lösung einer solchen Aufgabe einen richtigen Begriff geben, und den wissenschaftlichen

Instinct Barbicane's, die industriellen Hilfsmittel und Kenntnisse Nicholl's und die humoristische Kühnheit Michel Ardan's anschaulich machen.

Ferner wird sie darlegen, daß ihr würdiger Freund, J.T. Maston, seine Zeit verlor, als er auf dem Riesenteleskop den Mond auf seiner Bahn durch die Sternenräume fortwährend beobachtete.

Erstes Capitel

Von zehn Uhr zwanzig bis zehn Uhr vierzig Minuten Abends

Mit dem Schlag zehn Uhr verabschiedeten sich Michel Ardan, Barbicane und Nicholl von ihren zahlreichen Freunden auf der Erde. Die beiden Hunde, welche das Hundegeschlecht in die Mondlande einführen und verbreiten sollten, befanden sich bereits im Projectil. Die drei Reisenden näherten sich der Mündung des enormen Laufs, und ein schwebender Krahnen brachte sie bis zur conischen Spitze der Kugel.

Hier traten sie durch eine zu diesem Behuf angebrachte Oeffnung in den Alumin-Waggon ein. Als die Taue des Krahnens aus der Röhre herausgezogen waren, wurde augenblicklich das letzte Gerüste von der Mündung der Columbiade entfernt.

Sowie Nicholl sich mit seinen Gefährten im Projectil befand, schloß er sorgfältig die Oeffnung mit einer starken Platte, welche von Innen durch Stellschrauben befestigt wurde. Andere, fest angepaßte Platten bedeckten die Linsengläser der Ausgucklöcher. Die Reisenden befanden sich im tiefsten Dunkel in ihrem metallenen Gefängniß hermetisch eingeschlossen.

„Und nun, meine lieben Kameraden", sagte Michel Ardan, „thun wir, als wären wir hier zu Hause. Ich führe die Verwaltung des Inneren, ein Fach, worin ich sehr stark bin. Wir müssen's uns in unserer neuen Wohnung so bequem wie möglich machen. Vor Allem, suchen wir ein wenig Luft zu bekommen! Was Teufel! Für Maulwürfe ist das Gas nicht erfunden worden!"

Bei diesen Worten ergriff der sorglose Geselle ein Zündhölzchen, rieb's an der Sohle seines Stiefels und zündete damit die Flamme an dem Hahnen des Behälters, welcher das höchst zusammengepreßte Gas enthielt, das zur Erleuchtung und Erwärmung der Kugel auf sechs Tage und sechs Nächte, hundertvierundvierzig Stunden, ausreichen konnte.

Das also erleuchtete Projectil zeigte sich als wie ein comfortabel eingerichtetes Zimmer mit ausgefütterten Wänden, runden Divans daran, und wie in einem Dom gewölbter Decke.

Die darin enthaltenen Gegenstände, Waffen, Instrumente, Geräthe, waren an der Polsterfütterung wohl befestigt, so daß sie den Stoß bei der Abfahrt wohl aushalten konnten. Es waren alle nur ersinnbaren Vorkehrungen getroffen, um ein so tollkühnes Unternehmen glücklich auszuführen.

Michel Ardan untersuchte Alles und erklärte seine volle Zufriedenheit mit der Einrichtung.

„Es ist ein Gefängniß", sagte er, „aber ein Reisegefängniß mit der Erlaubniß durch's Fenster zu sehen; ich wäre im Stande, mich auf hundert Jahre einzumiethen! Du lächelst, Barbicane? Hast Du dabei einen Hintergedanken? Meinst Du, dies Gefängniß könne unser Grab sein? Grab, meinetwegen, aber ich möchte es nicht mit dem Mahomed's tauschen, welches ohne Reisezweck in dem Weltraum fährt."

Während Michel Ardan also sprach, trafen Barbicane und Nicholl ihre letzten Vorbereitungen.

Nicholl's Chronometer zeigte zehn Uhr zwanzig Minuten Abends, als die drei Reisenden definitiv in ihr Geschoß eingeschlossen wurden. Der Chronometer war fast auf ein Zehntel einer Secunde nach dem des Ingenieurs Murchison gerichtet. Barbicane befragte ihn.

„Meine Freunde", sagte er, „es ist zehn Uhr zwanzig Minuten. In siebenundzwanzig Minuten wird Murchison mit dem elektrischen Funken den Draht berühren, welcher mit der Ladung der Columbiade in Verbindung ist. In dem Moment werden wir dann unseren Erdball verlassen. Siebenundzwanzig Minuten also haben wir noch auf der Erde zu bleiben."

– Sechsundzwanzig Minuten und dreißig Secunden, erwiderte der exacte Nicholl.

– Ei nun! rief Michel Ardan im besten Humor, in sechsundzwanzig Minuten läßt sich noch viel fertig bringen! Man kann da noch die wichtigsten politischen und sittlichen Fragen besprechen, und selbst lösen! Sechsundzwanzig wohl verwendete Minuten sind mehr werth, als sechsundzwanzig unthätig verlebte Jahre. Etliche Secunden eines Pascal oder Newton sind kostbarer, als das ganze Leben einer rohen Masse von Dummköpfen ....

– Und was folgerst Du daraus, ewiger Schwätzer? fragte der Präsident Barbicane.

– Ich folgere, daß wir noch sechsundzwanzig Minuten haben, erwiderte Ardan.

– Nur noch vierundzwanzig, sagte Nicholl.

– Vierundzwanzig, wenn Du's so genau nimmst, mein wackerer Kapitän, erwiderte Ardan, vierundzwanzig Minuten, binnen welchen man könnte gründlich ....

– Michel, sagte Barbicane, auf unserer Fahrt werden wir reichlich Zeit haben, die schwierigsten Fragen gründlich zu erörtern. Befassen wir uns jetzt mit der Abfahrt.

– Sind wir nicht bereit?

– Allerdings. Doch sind noch einige Vorkehrungen zu treffen, um die Gewalt des ersten Stoßes möglichst abzuschwächen!

– Haben wir nicht die Wasserschichten in den zerbrechlichen Verschlägen unter uns, deren Spannkraft uns hinlänglich schützen wird?

– Das hoffe ich, Michel, erwiderte sanft Barbicane, aber ganz sicher bin ich dessen doch nicht!

– Ah! Possen! rief Michel Ardan. Er hofft! .... Ist der Sache nicht sicher! ... Und dies klägliche Geständniß erst in dem Moment, da wir bereits eingepackt sind! Da möcht' ich auf und davon!

– Und wfie? erwiderte Barbicane.

– In der That, sagte Michel Ardan, das ist schwer. Wir sind im Zug und vor Ablauf von vierundzwanzig Minuten wird der Conducteur pfeifen ...

– Zwanzig Minuten, sagte Nicholl.

Einige Minuten blickten sich die Reisenden einander an. Darauf prüften sie die mitgenommenen Gegenstände.

„Alles ist richtig an seiner Stelle", sagte Barbicane. „Jetzt handelt sich's zu bestimmen, wie wir am Besten Platz nehmen, um den Stoß bei der Abfahrt auszuhalten. Es ist dabei nicht einerlei, in welcher Stellung oder Lage man sich befindet, und man muß soviel wie möglich verhüten, daß das Blut zu stark nach dem Kopfe dringt."

– Richtig, sagte Nicholl.

– Dann, erwiderte Michel Ardan, um die Regel durch das Beispiel zu erklären, legen wir uns, den Kopf unten und die Füße oben, wie die Clowns im Circus!

– Nein, sagte Barbicane, aber auf die Seite müssen wir uns legen. So widerstehen wir am besten dem Stoß. Merken Sie wohl, im Moment der Abfahrt ist's fast einerlei, ob wir drinnen oder davor sind.

– Wenn nur „fast“ einerlei, will ich's zufrieden sein, erwiderte Michel Ardan.

– Stimmen Sie mir bei, Nicholl? fragte Barbicane.

– Ganz und gar, erwiderte der Kapitän. Noch dreizehn Minuten und eine halbe.

– Der Nicholl ist kein Mensch, rief Michel, sondern ein Secundenchronometer ...

Aber seine Gefährten hörten ihn schon nicht mehr an, und machten ihre letzten Vorkehrungen mit einer Kaltblütigkeit ohne Gleichen. Sie machten's, wie zwei methodische Reisende, die, wenn sie in einen Waggon eingestiegen, sich's so bequem wie möglich zu machen suchen. Man fragt sich wahrhaftig, aus welchem Stoff die Herzen dieser Amerikaner gemacht sind, denen im Angesicht der erschrecklichsten Gefahr der Puls nicht rascher schlägt!

Man hatte drei dicke und solid gepolsterte Lagerstätten in dem Projectil hergerichtet. Nicholl und Barbicane brachten sie auf die Mitte der Scheibe, welche den beweglichen Fußboden bildete; auf diesen sollten die drei Reisenden einige Augenblicke vor der Abfahrt sich hinstrecken.

Während dessen verhielt sich Ardan, der sich nicht ruhig halten konnte, in seinem engen Gefängniß, wie ein Stück Rothwild im Käfig, plauderte mit seinen Freunden, schwatzte mit seinen Hunden, Diana und Trabant, denen er seit Kurzem diese bezeichnenden Namen gegeben hatte.

„He! Diana! He! Trabant!“ rief er sie an. „Ihr werdet den Mondhunden die guten Sitten der Erdhunde zu zeigen haben! Ihr werdet dem Hundegeschlecht Ehre machen! Potz! Blitz! Ihr sollt euch mit Monddoggen paaren, daß ich, kommen wir zurück, eine Mischrasse mitbringe, die Furore machen wird!“

– Wenn's dort Hunde giebt, sagte Barbicane.

– Es giebt deren dort, versicherte Michel Ardan, wie es dort Pferde, Kühe, Esel, Hühner giebt. Ich wette darauf, daß wir Hühner dort antreffen.

– Hundert Dollars, daß wir keine treffen, sagte Nicholl.

– Angenommen, lieber Kapitän, erwiderte Ardan mit einem Händedruck. Aber Du hast ja schon drei Wetten an unseren Präsidenten verloren, weil die nöthigen Geldmittel aufgebracht wurden, weil der Guß gelungen ist, und weil die Columbiade ohne Unfall geladen wurde, – das macht sechstausend Dollars.

– Ja, erwiderte Nicholl. Zehn Uhr siebenunddreißig Minuten und sechs Secunden.

– Wohl gemerkt, Kapitän. Nun, ehe eine Viertelstunde vorüber ist, wirst Du noch neuntausend Dollars an den Präsidenten zu zahlen haben, viertausend, weil die Columbiade nicht zerspringen wird, und fünftausend, weil die Kugel höher als sechs Meilen in die Lüfte dringen wird.

– Ich habe die Dollars bei mir, erwiderte Nicholl, und klopfte auf seine Tasche, ich wünsche nur, daß es zum Zahlen komme.

– Nicholl, ich sehe, daß Du ein Mann der Ordnung bist, was mir nie gelingen wollte, aber schließlich, Du hast da eine Reihe Wetten gemacht, wobei Du Dich sehr im Nachtheil befindest, erlaube mir diese Bemerkung.

– Und weshalb? fragte Nicholl.

– Weil, wenn Du die erste gewinnst, im Falle nämlich die Columbiade springt, und die Kugel mit, Barbicane nicht mehr in der Lage sein wird, Dich bezahlen zu können.

– Mein Einsatz befindet sich auf der Bank zu Baltimore, erwiderte einfach Barbicane, daß er, wo nicht an Nicholl, seinen Erben ausgezahlt werden kann.

– Was für praktische Leute! rief Michel Ardan. Positive Geister! Ich bewundere Euch um so mehr, als ich Euch nicht begreife.

– Zehn Uhr zweiundvierzig, sagte Nicholl.

– Noch über fünf Minuten! erwiderte Barbicane.

– Ja! Fünf kurze Minuten! entgegnete Michel Ardan. Und wir sind eingeschlossen in einem Geschoß innerhalb einer neunhundert Fuß langen Kanone! Und unter diesem Geschoß befinden sich viermalhunderttausend Pfund Schießbaumwolle, die eine Wirkung von sechzehnhunderttausend Pfund gewöhnlichen Pulvers haben! Und Freund Murchison, den Chronometer in der Hand, das Auge unverwandt auf dem Zeiger, den Finger auf dem elektrischen Apparat, zählt die Secunden, im Begriff uns in die Räume der Planetenwelt zu schleudern! ...

– Genug, Michel, genug! sagte Barbicane mit ernstem Ton. Machen wir uns bereit. Nur noch einige Augenblicke haben wir bis zum letzten. Einen Handschlag, meine Freunde!

– Ja! rief Michel Ardan, mit etwas mehr Rührung, als er kund geben wollte. Die drei kühnen Genossen umarmten sich.

„Gott behüte uns!“ sagte der fromme Barbicane.

Michel Ardan und Nicholl streckten sich auf die Polster auf der Mitte des Bodens.

„Zehn Uhr siebenundvierzig“, murmelte der Kapitän. Noch zwanzig Secunden! Barbicane löschte rasch die Gasflamme und legte sich neben seine Kameraden.

Nur die Secundenschläge des Chronometers unterbrachen die tiefste Stille.

Mit einem Mal ein entsetzlicher Stoß, und das Projectil, von sechs Milliarden Liter Gas getrieben, flog empor in den Weltraum.

Zweites Capitel

Die erste halbe Stunde

Was war erfolgt? Welche Wirkung hatte diese fürchterliche Erschütterung gehabt? Hatte das Genie der Verfertiger des Projectils ein glückliches Resultat erzielt? Wurde der Stoß vermittelst der Sprungfedern, Zapfen, Wasserkissen, zerbrechlichen Verschläge abgeschwächt? War man der erschrecklichen Kraft jener Anfangsgeschwindigkeit von elftausend Meter, welche in einer Secunde durch ganz Paris oder New-York fahren konnte, Meister geworden? Diese Fragen drängten sich offenbar den tausend Zeugen jener erschütternden Scene auf. Ueber dem Gedanken an die Reisenden vergaß man den Zweck der Reise! Und wenn einer von ihnen, – J.T. Maston z.B. – hätte einen Blick in das Projectil werfen können, was würde er gesehen haben?

Nichts damals, denn es war völlig dunkel drinnen. Aber seine cylinderconischen Wände hatten trefflich Widerstand geleistet. Kein Riß, keine Biegung, keine Entstellung. Das staunenswerthe Projectil hatte unter der ungeheuren Hitze der Pulververbrennung nicht gelitten, war nicht, wie man zu befürchten schien, zu einem Aluminiumregen zerschmolzen.

Im Innern wenig Unordnung, im Ganzen genommen. Einige Gegenstände waren nach der Decke geschleudert worden; aber die bedeutendsten schienen nicht von dem Stoß gelitten zu haben. Die Befestigungsriemen waren unverletzt. Auf der beweglichen Scheibe, die nach Zertrümmerung der Scheidewände und dem Entweichen des Wassers bis zum Boden herabgesunken war, lagen drei Körper regungslos.

Waren Barbicane, Nicholl und Michel Ardan noch bei Leben? War das Projectil etwas mehr, als ein metallener Sarg, der drei Leichen in den Weltraum trug? ...

Einige Minuten nach der Abfahrt fing einer der Körper an, sich zu regen; seine Arme bewegten sich, sein Kopf richtete sich auf, und es gelang ihm, auf die Kniee zu kommen. Es war Michel Ardan. Er betastete sich, stieß ein lautes „He!“ aus, dann sprach er:

„Michel Ardan unversehrt. Sehen wir die Andern!“

Der muthige Franzose wollte aufstehen; aber er konnte sich nicht auf den Beinen halten. Sein Kopf wankte, das stark eingedrungene Blut machte ihn blind, er war wie trunken.

„Brr!" machte er. „Das hat auf mich gewirkt, wie zwei Flaschen Cortona, nur daß dieser wohl angenehmer zu trinken ist!"

Darauf strich er mehrmals mit der Hand seine Stirn, rieb sich die Schläfen, und rief mit fester Stimme:

„Nicholl! Barbicane!"

Er wartete ängstlich. Keine Antwort. Nicht ein Athemzug, welcher kundgab, daß seinen Kameraden das Herz noch schlug. Er rief abermals. Dieselbe Stille.

„Teufel! Sie verhalten sich, als seien sie von einem fünften Stock herab auf den Kopf gefallen! Bah!" fuhr er mit der unverwüstlichen Zuversicht, die sich durch nichts stören ließ, fort, „wenn ein Franzose sich auf die Kniee zu richten vermochte, so sollten zwei Amerikaner keinen Anstand nehmen, sich wieder auf die Beine zu helfen. Aber vor Allem, klären wir die Sache auf."

Ardan fühlte, wie ihm das Leben wieder zuströmte. Sein Blut wurde ruhiger und kam wieder in den gewöhnten Umlauf. Wiederholte Anstrengungen brachten ihn in's Gleichgewicht. Es gelang ihm aufzustehen, er zog ein Streichhölzchen aus der Tasche, rieb den Phosphor, daß er zündete, näherte sich dem Gashahnen und machte Licht. Der Behälter hatte nicht gelitten, kein Gas war entwichen. Das hätte schon der Geruch angezeigt, und dann hätte Michel Ardan es nicht wagen dürfen, in dem mit Gas angefüllten Raum eine Flamme anzuzünden. Denn es wäre dann eine Explosion entstanden, welche vielleicht vollendet hätte, was die Erschütterung begann.

Sobald die Gasflamme leuchtete, bog sich Ardan über die Körper seiner Gefährten, welche wie leblose Massen übereinander lagen, Nicholl oben, Barbicane unten.

Ardan hob den Kapitän auf, stützte ihn wider einen Divan und rieb ihn kräftig. Dieses mit Verstand geübte Kneten brachte Nicholl wieder zum Bewußtsein; er schlug die Augen auf, bekam sogleich seine Kaltblütigkeit wieder und faßte Ardan's Hand. Dann, umherblickend, fragte er:

„Und Barbicane?"

– Er kommt auch an die Reihe, erwiderte Michel Ardan. Mit Dir fing ich an, weil Du oben lagst. Jetzt machen wir uns an Barbicane.

Hierauf hoben Ardan und Nicholl den Präsidenten des Gun-Clubs auf und legten ihn auf den Divan. Barbicane schien mehr als seine Genossen gelitten zu haben. Er hatte geblutet, aber Nicholl beruhigte sich, als er sich überzeugte, daß dieser Blutverlust nur von einer leichten Verwundung an der Schulter herrührte. Blos eine Schramme, die er sorgfältig zusammendrückte.

Doch dauerte es geraume Zeit, bis Barbicane wieder zu sich kam, worüber seine beiden Freunde, die ihn unablässig rieben, in Schrecken geriethen.

„Er athmet jedoch“, sagte Nicholl, das lauschende Ohr an der Brust des Verwundeten.

– „Ja, versetzte Ardan, er athmet, wie ein Mensch, der diese Thätigkeit täglich zu üben gewohnt war. Reiben, kneten wir, Nicholl, kräftig!“

Und die beiden improvisirten Aerzte machten's so gut, daß Barbicane wieder zum Gebrauch seiner Sinne kam. Er schlug die Augen auf, richtete sich empor, ergriff die Hand seiner Freunde, und sein erstes Wort war:

„Nicholl, sind wir in Bewegung?“

Nicholl und Barbicane sahen sich einander an. Um's Projectil hatten sie sich noch nicht bekümmert. Ihre erste Sorge galt den Reisenden, nicht dem Waggon.

„Wirklich sind wir in Bewegung?“ wiederholte Michel Ardan.

– Oder befinden wir uns ruhig auf dem Boden Florida's? fragte Nicholl.

– Oder auf dem Grund des mexikanischen Golf? fügte Michel Ardan bei.

– Das wäre! rief der Präsident Barbicane.

Und diese doppelte Vermuthung, welche seine Gegner aufstellten, wirkte unmittelbar, ihn wieder zu völligem Bewußtsein zu bringen.

Wie dem auch sein mochte, man konnte über die Lage, worin sich das Geschoß befand, sich noch nicht bestimmt aussprechen. Seine scheinbare Unbeweglichkeit, der Mangel an Verbindung mit der Außenwelt, gestatteten nicht, die Frage zu beantworten. Vielleicht war das Projectil auf seiner Fahrt durch den Raum begriffen? Vielleicht war es auch nach kurzem Aufflug wieder auf die Erde gefallen, oder auch in den mexikanischen Golf, was bei der geringen Breite von Florida leicht möglich war.

Der Fall war ernst, das Problem interessant. Es mußte baldmöglichst gelöst werden. Barbicane, dem bei seiner Aufregung die moralische Energie seine physische Schwäche überwinden half, stand auf und horchte. Außen tiefe Stille. Aber das dichte Futter mußte alles Geräusch von Seiten der Erde unvernehmlich machen. Doch ein Umstand fiel Barbicane auf. Die Temperatur innerhalb des Projectils war außerordentlich hoch. Der Präsident zog ein Thermometer aus seiner Scheide und befragte das Instrument; es zeigte fünfundvierzig hunderttheilige Grad.

„Ja!“ rief er aus, „ja! wir sind in Bewegung! Diese erstickende Hitze, welche durch die Wände des Projectils eindringt, kommt von seiner Reibung in den

Schichten der Atmosphäre. Sie wird bald abnehmen, weil wir schon in den luftleeren Raum übergehen, und nachdem wir fast erstickt wären, werden wir starke Kälte zu empfinden haben."

– Wie? fragte Michel Ardan, nach Deiner Ansicht, Barbicane, befänden wir uns schon über der Grenze der Erdatmosphäre?

– Ohne Zweifel, Michel. Höre nur. Es ist jetzt zehn Uhr fünfundfünfzig Minuten. Seit etwa acht Minuten sind wir unterwegs. Wäre nun unsere anfängliche Geschwindigkeit nicht durch die Reibung vermindert worden, so wären wir schon binnen sechs Secunden über die sechzehn Lieues hinausgekommen, soweit sich die Atmosphäre um den Erdball herum erstreckt.

– Ganz richtig, erwiderte Nicholl, aber wie hoch schlagen Sie diese Verminderung der Geschwindigkeit durch die Reibung an?

– Zu einem Drittheil, Nicholl, versetzte Barbicane. Das ist beträchtlich, aber meiner Rechnung nach beträgt sie soviel. Hätten wir nun Anfangs eine Geschwindigkeit von zwölftausend Meter gehabt, so wird dieselbe beim Verlassen der Atmosphäre auf siebentausenddreihundertzweiunddreißig Meter herabgemindert sein. Wie dem auch sei, wir haben bereits diesen Raum durchschritten und ...

– Und dann hat Freund Nicholl seine beiden Wetten verloren; viertausend Dollars, weil die Columbiade nicht zersprungen ist; fünftausend, weil das Projectil über sechs Meilen emporgekommen ist. Also, Nicholl, leiste Deine Verbindlichkeit.

– Stellen wir zuerst die Thatsache fest, dann soll die Bezahlung nicht fehlen. Leicht möglich, daß Barbicane's Folgerungen richtig sind, und daß ich meine neuntausend Dollars verloren habe. Aber es kommt mir noch eine andere Vermuthung, ein Fall, wodurch die Wette zu nichte würde.

– Welche? fragte lebhaft Barbicane.

– Es wäre möglich, daß wir, weil aus irgend einem Grunde das Feuer nicht zum Pulver gelangte, gar nicht abgefahren wären.

– Wahrhaftig, Kapitän, rief Michel Ardan, das ist eine Hypothese, die begreiflich ist! Sie ist nicht ernstlich gemeint! Sind wir nicht alle von dem Stoß fast zum Tode erschüttert worden? Hab' ich Dich nicht wieder in's Leben zurückgerufen? Blutet nicht noch die Schulter des Präsidenten vom Gegenstoß?

– Einverstanden, Michel, wiederholte Nicholl, aber nur *eine* Frage.

– Die wäre?

– Hast Du etwas von dem Knall gehört, der doch gewiß ganz entsetzlich stark war?

– Nein, erwiderte Ardan sehr betroffen, ich habe wirklich nichts davon gehört.

– Und Sie, Barbicane?

– Ich auch nicht.

– Nun denn? sagte Nicholl.

– In der That! murmelte der Präsident, warum haben wir keinen Knall gehört?

Die drei Freunde sahen sich einander etwas verlegen an. Die Erscheinung war ihnen unerklärlich. Doch war das Projectil abgeschossen worden, und folglich mußte ein Knall stattgefunden haben.

„Ueberzeugen wir uns zuerst, wo wir uns befinden", sagte Barbicane, „und lassen wir die Luckendeckel hinab."

Diese höchst einfache Verrichtung wurde sogleich bei der Lucke rechts vorgenommen. An den außen angebrachten Platten befanden sich Bolzen, welche durch die Wand dringend, innen vermittelst Mutterschrauben festgehalten wurden. Diese entfernte man mit einem englischen Schlüssel, die Bolzen wurden hinausgestoßen, und die Löcher, wodurch sie gegangen, durch Schließklappen, die mit Kautschuk gefüttert waren, verstopft. Nun senkte sich die Außenplatte an einem Charnier, wie bei einem Luckendeckel eines Kriegsschiffs hinab, und das Linsenglas an der Mündung der Lucke kam zum Vorschein. Eine ganz gleiche Ausgucklucke befand sich auf der entgegengesetzten Seite in der Wand des Projectils, eine andere an der Spitze desselben, und eine vierte in der Mitte seines Bodens. So konnte man also in vier entgegengesetzten Richtungen Beobachtungen anstellen, am Firmament durch die Seitenlucken und direct nach der Erde oder dem Mond hin durch die untere und obere.

Barbicane und seine Genossen waren unverzüglich an die geöffnete Lucke gestürzt. Kein Lichtstrahl zeigte sich, das Projectil war von tiefem Dunkel umfangen. Demunerachtet rief der Präsident Barbicane aus:

„Nein, meine Freunde, wir sind nicht wieder auf die Erde gefallen! Wir sind nicht in den Meeresgrund des mexikanischen Golfs versenkt! Ja! wir fahren aufwärts im Weltraum! Sehen Sie da die in der Nacht schimmernden Sterne und diese undurchdringliche Dunkelheit zwischen uns und der Erde!"

„Hurrah! Hurrah!" riefen zugleich Michel Ardan und Nicholl. In der That bewies diese dichte Finsterniß, daß das Projectil sich von der Erde entfernt hatte. Denn die damalige helle Beleuchtung des Erdbodens durch den Mondschein wäre den Reisenden sichtbar gewesen, wenn sie sich noch im Bereich seiner

Oberfläche befunden hätten. Diese Dunkelheit lieferte auch den Beweis, daß das Projectil bereits über die Grenze der atmosphärischen Luftschichte gelangt war, denn das in derselben verbreitete zerstreute Licht hätte auf seine Metallwände eine Rückstrahlung ausgeübt, welche ebenfalls mangelte. Dieses Licht hätte die Linse des Gucklochs bestrahlt, und dieses Glas war unbeleuchtet. Es war also gar kein Zweifel mehr, daß die Reisenden sich von der Erde entfernt hatten.

„Ich habe verloren", sagte Nicholl.

– Und ich gratulire dazu! erwiderte Ardan.

– Hier meine neuntausend Dollars, sagte der Kapitän, und zog einen Pack Papierdollars aus seiner Tasche.

– Wollen Sie Quittung? fragte Barbicane bei der Empfangnahme.

– Wenn Sie so freundlich sein wollen, erwiderte Nicholl. So ist's der Regel gemäß.

Und ernst, phlegmatisch, als befände er sich bei seiner Casse, zog der Präsident Barbicane sein Notizbuch, riß ein weißes Blatt heraus, schrieb darauf eine regelrechte Quittung mit Datum und Unterschrift, und überreichte sie dem Kapitän, der sie sorgfältig in seiner Brieftasche aufhob.

Michel Ardan zog seine Mütze ab, und verneigte sich, ohne ein Wort zu seinen Kameraden zu reden. Soviel Förmlichkeit unter solchen Umständen – dafür hatte er keine Worte. Nie war ihm etwas so „Amerikanisches" vorgekommen.

Als Barbicane und Nicholl ihr Geschäft beendigt hatten, begaben sie sich wieder vor das Fenster und betrachteten die Sternbilder. Auf dem dunkeln Hintergrund des Himmels hoben sich die Sterne sehr lebhaft ab. Aber von dieser Seite konnte man den Mond nicht wahrnehmen, weil er in der Richtung von Osten nach Westen allmälig zum Zenith emporstieg. Seine Abwesenheit veranlaßte Ardan zu einer Bemerkung.

„Und der Mond?" sagte er. „Sollte er zufällig unser Rendezvous verfehlen."

– Beruhige Dich, versetzte Barbicane. Unser künftiger Wohnball ist auf seinem Posten, aber auf dieser Seite können wir ihn nicht sehen. Oeffnen wir das andere Seitenfenster.

Im Augenblick, als Barbicane eben im Begriff war, das Fenster zu verlassen, um die Gucklöcher der entgegengesetzten Seite von ihrem Deckel zu befreien, ward seine Aufmerksamkeit durch die Annäherung eines glänzenden Gegenstandes angezogen. Es war eine enorme Scheibe, deren kolossale Verhältnisse sich nicht schätzen ließen. Seine der Erde zugekehrte Seite war lebhaft beleuchtet. Man hätte es einen kleinen Mond nennen können, der das

Licht des großen zurückstrahlte. Es bewegte sich mit erstaunlicher Schnelligkeit voran, und schien um die Erde eine Bahn zu beschreiben, welche die Linie des Projectils durchschnitt. Zu der Bewegung um die Erde kam eine Achsenbewegung um sich selbst. Es verhielt sich also wie alle im Raum sich selbst überlassene Himmelskörper.

„Was ist das?“ rief Michel Ardan. „Noch ein Projectil?“

Barbicane erwiderte nichts. Die Erscheinung dieses enormen Körpers überraschte und beunruhigte ihn. Es war ein Zusammenstoß möglich, der schlimme Folgen haben konnte, sei es, daß das Projectil aus seiner Fahrt gedrängt oder zur Erde hinabgestoßen, oder durch überwältigende Anziehungskraft desselben unwiderstehlich mit fortgerissen würde.

Der Präsident Barbicane begriff augenblicklich die Folgen dieser drei Fälle, welche auf die eine oder andere Art das Unternehmen zum Scheitern bringen würden. Seine Gefährten blickten stumm in den Raum hinaus. Der Gegenstand nahm, sowie er näher kam, erstaunlich an Größe zu, und durch eine optische Täuschung schien das Projectil ihm geradezu entgegen zu fahren.

„Herr Gott!“ rief Michel Ardan, „es wird gleich ein Zusammenstoß eintreten.“

Instinctmäßig traten die Reisenden zurück. Ihr Schrecken war ungeheuer, dauerte jedoch nicht lange, kaum einige Secunden. Der Asteroide fuhr einige hundert Meter neben dem Projectil vorbei und verschwand, nicht durch seine Schnelligkeit, sondern weil seine dem Mond zugekehrte Seite sich plötzlich in der absoluten Dunkelheit des Raums verlor.

„Glück zur Fahrt!“ rief Michel Ardan, indem er wieder frei aufathmete. „Wie? Ist der unendliche Raum nicht groß genug, daß eine armselige kleine Kugel nicht ohne Besorgniß sich darin ergehen könnte! Aber was hat's mit der anmaßenden Kugel, die uns beinahe gestoßen hätte, für eine Bewandtniß?“

– Ich weiß es, erwiderte Barbicane.

– Potz tausend! Du weißt ja Alles.

– Es ist, sagte Barbicane, ein bloßer Bolide, aber von enormer Größe, den die Anziehungskraft der Erde wie einen Trabanten gefesselt hat.

– Ist's möglich?! rief Michel Ardan. Also hat die Erde zwei Monde, wie Neptun?

– Ja, Freund, zwei Monde, obschon man im Allgemeinen glaubt, sie habe nur einen. Aber dieser zweite Mond ist so klein, und seine Schnelligkeit so groß, daß die Erdbewohner ihn nicht gewahren können. Ein französischer Astronom, Petit, hat durch Beachtung gewisser Bahnstörungen die Existenz dieses zweiten Trabanten zu bestimmen und seine Elemente zu berechnen gewußt. Nach seinen Beobachtungen würde dieser Bolide seinen Umlauf um die Erde in nur drei Stunden und zwanzig Minuten vollenden, was eine erstaunliche Geschwindigkeit voraussetzt.

– Geben alle Astronomen, fragte Nicholl, die Existenz dieses Trabanten zu?

– Nein, erwiderte Barbicane; aber wenn sie, wie wir, ihm begegnet wären, könnten sie nicht mehr zweifeln. In der That, denk' ich, macht dieser Bolide, der uns durch ein Anstoßen sehr in Verlegenheit gebracht hätte, es möglich, genau anzugeben, wo wir uns befinden.

– Wie so? fragte Ardan.

– Weil seine Entfernung bekannt ist, so befanden wir uns im Moment des Begegnens gerade achttausendeinhundertundvierzig Kilometer von der Erdoberfläche entfernt.

– Ueber zweitausend Lieues! rief Michel Ardan. Das überbietet ja die Expreßfahrten dieses armseligen Erdballs!

– Ich glaub's wohl, erwiderte Nicholl, und sah auf seinen Chronometer, es ist elf Uhr, und wir haben erst seit dreizehn Minuten Amerika verlassen.

– Erst dreizehn Minuten? sagte Barbicane.

– Ja, erwiderte Nicholl, und wenn unsere anfängliche Geschwindigkeit von elf Kilometer fort bestände, so würden wir in der Stunde etwa zehntausend Lieues zurücklegen!

– Das ist Alles wohl recht, meine Freunde, sagte der Präsident, aber immer noch ist die Frage zu lösen: Weshalb haben wir den Knall der Columbiade nicht gehört?

Keine Antwort. Die Unterhaltung stockte, und Barbicane, fortwährend nachdenkend, machte sich daran, den Deckel der anderen Seitenlucke herabzulassen. Seine Bemühung gelang, und durch das frei gemachte Fenster fiel das glänzendste Mondlicht in's Innere des Projectils. Nicholl löschte als ein sparsamer Mann das Gaslicht, denn es war unnöthig, und war zudem bei Beobachtung der Planetenwelträume hinderlich. Das Mondlicht glänzte in unvergleichlicher Reinheit. Seine Strahlen, nicht mehr durch die Dunstatmosphäre der Erde gedämpft, drangen hell durch das Fenster, und erfüllten das Innere des Projectils reichlich mit silbernem Widerschein. Sein Glanz, obwohl durch den schwarzen Vorhang des Firmaments gehoben, doch in dem leeren Aetherraum nicht fähig sich zu verbreiten, verdunkelte nicht die benachbarten Sterne. So gewährte der Himmel einen ganz ungewöhnlichen Anblick, wie ihn das menschliche Auge nicht ahnen konnte.

Das Interesse der kühnen Reisenden an der Betrachtung des Nachtgestirns, dem höchsten Zweck ihrer Reise, ist begreiflich. Der Trabant der Erde kam auf seiner Bahn dem Zenith immer näher, dem mathematischen Punkt, welchen er etwa sechsundneunzig Stunden später erreichen sollte. Seine Gebirge und Ebenen, das ganze Bild seiner Oberfläche stellte sich ihren Augen nicht klarer dar, als wenn sie's irgend von einem Punkt der Erde aus betrachtet hätten; aber sein Licht entwickelte sich in dem leeren Raum mit unvergleichlicher Stärke. Die Scheibe glänzte wie ein Spiegel von Platina. Von der Erde, die unter ihren Füßen entschwand, hatten sie schon fast keine Erinnerung mehr.

Der Kapitän Nicholl lenkte zuerst wieder die Aufmerksamkeit auf den verschwundenen Erdball.

„Ja!“ erwiderte Michel Ardan, „seien wir nicht undankbar gegen ihn. Weil wir unsere Heimat verlassen, so gebühren ihm unsere letzten Blicke. Ich will die Erde noch einmal sehen, bevor sie gänzlich meinen Blicken entschwindet!“

Um dem Wunsch seines Gefährten zu entsprechen, machte sich Barbicane daran, das Fenster im Boden des Projectils, welches direct die Betrachtung der Erde gestattete, frei zu machen. Es kostete Mühe, die Scheibe, welche durch die Kraft der Wurfbewegung bis auf den Boden gedrängt worden war, herauszunehmen. Die Stücke derselben wurden sorgfältig an der Wand aufgestellt, um nöthigenfalls benutzt werden zu können. Hierauf zeigte sich eine kreisrunde, fünfzig Centimeter breite Oeffnung, welche in dem Boden des Geschosses ausgeschnitten war. Dieselbe war mit einem fünfzehn Centimeter dicken, mit einem kupfernen Beschlag versehenen Glas geschlossen. Darunter war eine Aluminiumplatte angebracht, die vermittelst Bolzen befestigt war. Es wurde die Schraubenmutter losgedreht, die Bolzen frei gemacht, die Platte senkte sich und so war der Verkehr mit der Außenwelt für das Gesicht hergestellt.

Michel Ardan kniete auf das Fenster nieder, es war düster, wie im Schatten.

„Nun!“ rief er, „und die Erde?“

– Die Erde? sagte Barbicane, da ist sie.

– Wie? sagte Ardan, dieser schmale Streifen, die silberne Sichel?

– Allerdings, Michel. In vier Tagen, wenn's Vollmond ist, eben wenn wir dort anlangen, wird die Erde im Neulicht sein. Sie wird uns nur noch in Gestalt einer dünnen Sichel sichtbar sein, die bald verschwinden wird, und dann werden wir sie einige Tage lang in undurchdringliches Dunkel gehüllt finden.

– Dies die Erde! sagte Michel Ardan wiederholt, indem er mit gesperrten Augen den schmalen Schnitt seines Geburtsplaneten ansah.

Die vom Präsidenten Barbicane gegebene Erklärung war richtig. Die Erde trat im Verhältniß zum Projectil in ihre letzte Phase. Sie befand sich in ihrem Achtel, und zeigte auf dem dunkeln Hintergrund des Himmels eine sein gezogene Sichel. Ihr Licht, welches durch die dichte Schichte atmosphärischer Luft einen bläulichen Schein bekam, war minder stark, als das der Mondsichel. Dieser Ausschnitt zeigte bedeutende Dimensionen; man hätte ihn einen enormen, am Himmel gespannten Bogen nennen können. Einige hell erleuchtete Punkte, zumal auf seiner concaven Seite, bezeichneten hohe Gebirge; aber sie verschwanden zuweilen unter dichten Flecken, wie man sie bei der Oberfläche der Mondscheibe nie gewahrt. Es waren Ringe von Gewölk, die sich concentrisch um die Erdkugel herum bilden.

Jedoch war man, in Folge einer Naturerscheinung, gleich der, wie sie beim Mond vorkommt, wenn er in seinen Achteln sich befindet, im Stande die vollständige Umfangslinie der Erdkugel wahrzunehmen. Die ganze Scheibe kam ziemlich deutlich zum Vorschein durch die Wirkung des aschfarbenen Lichts, welches geringer als das bei dem Mond anzuschlagen ist. Der Grund dieser geringeren Stärke ist sehr begreiflich. Der Reflex auf dem Mond kommt von den Sonnenstrahlen, welche die Erde auf ihren Trabanten zurückwirft; hier sind's umgekehrt die vom Mond auf die Erde zurückgeworfenen Sonnenstrahlen. Nun ist das Erdlicht ungefähr dreizehnmal stärker als das Mondlicht, in Gemäßheit der verschiedenen Größe der beiden Körper. Daraus folgt denn, daß bei der Erscheinung des aschfarbenen Lichtes der dunkle Theil der Erdscheibe minder klar gezeichnet ist, wie bei der Mondscheibe, weil die Stärke der Erscheinung im Verhältniß zur Leuchtkraft der beiden Gestirne steht. Es ist weiter zu bemerken, daß bei der Sichel der Erde die krumme Linie weitläufiger gezogen zu sein schien, als beim Mond; was lediglich Wirkung der Ausstrahlung ist.

Während die Reisenden das dichte Dunkel des Raums zu durchdringen suchten, entfaltete sich vor ihren Blicken ein funkelnder Strauß von Sternschnuppen. Hunderte von Boliden, die bei der Berührung mit der Atmosphäre sich entzündeten, durchzogen das Dunkel mit Lichtstreifen, und funkelten mit feurigem Schimmer in dem aschfarbenen Theile des Mondes. Die Erde befand sich damals in ihrer Sonnennähe, und der December ist der Erscheinung der Sternschnuppen so günstig, daß die Astronomen deren vierundzwanzigtausend während einer Stunde aufzählten. Aber Michel Ardan, der wissenschaftliches Urtheil gering achtete, gab lieber dem Glauben Raum, die Erde feiere mit ihren glänzendsten Kunstfeuern die Abfahrt ihrer drei Kinder.

Kurz, dies war Alles, was sie von dem im Dunkel verschwundenen Erdball sahen, als einem untergeordneten Stern in der Sonnenwelt, der den großen Planeten wie ein bloßer Morgen- oder Abendstern unter- oder aufgeht! ein nicht mehr zu erkennender Punkt im Raum, nur eine schwindende Sichel noch war die Erdkugel, auf welcher sie Alles, was ihnen lieb und theuer war, zurückgelassen hatten!

Lange blickten die drei Freunde sprachlos, aber im Herzen einig, sich einander an, während das Projectil sich in unverändert abnehmender Geschwindigkeit entfernte. Hierauf befiel ihr Gehirn eine unwiderstehliche Schlaftrunkenheit, wohl aus erschöpfender Ermüdung des Körpers und Geistes, denn auf die Ueberreizung der letzten auf der Erde verbrachten Stunden mußte wohl unvermeidlich eine Reaction erfolgen.

„Nun", sagte Michel, „da man doch schlafen muß, so wollen wir schlafen."

Und auf ihre Polster gestreckt, sanken die Drei bald in tiefen Schlaf.

Aber sie waren noch nicht eine Viertelstunde eingeschlummert, als Barbicane sich plötzlich aufrichtete und mit erschreckender Stimme seinen Gefährten zu rief:

„Gesunden!"

– Was hast Du gefunden? fragte Michel Ardan, von seinem Lager aufspringend.

– Den Grund, weshalb wir den Knall der Columbiade nicht gehört haben!

– Und der ist? rief Nicholl.

– Weil unser Projectil schneller fuhr, als der Ton!

Drittes Capitel

Man richtet sich ein

Nach dieser merkwürdigen, aber gewiß richtigen Erklärung versanken die drei Freunde wieder in tiefen Schlummer. Wo hätten sie auch einen stilleren Ort, eine friedlichere Umgebung finden können? Auf der Erde haben die Häuser in den Städten, die Hütten auf dem Lande alle Erschütterungen zu empfinden, welche die Oberfläche derselben treffen. Auf dem Meere hat das von den Wogen umher geschaukelte Schiff nur Stoß auf Stoß zu dulden. In der Luft schwankt der Ballon unablässig auf den Luftschichten. Nur dies Projectil im absolut leeren Raum bot seinen Bewohnern in absoluter Stille die absolute Ruhe dar.

Daher würde auch der Schlaf der drei wagehalsigen Reisenden vielleicht unendlich lange gedauert haben, wären sie nicht acht Stunden nach ihrer Abfahrt, gegen sieben Uhr am 2. December, durch ein unerwartetes Geräusch geweckt worden.

Ein ganz eigenthümliches Bellen ließ sich vernehmen. „Die Hunde! Das sind unsere Hunde!“ rief Michel Ardan, und sprang unverzüglich auf.

– Sie haben Hunger, sagte Nicholl.

– Wahrhaftig! wir haben sie vergessen! versetzte Michel.

– Wo sind sie? fragte Barbicane.

Man suchte, und fand das eine der Thiere unter dem Divan kauernd. Verstört, vernichtet von dem Stoß war es bis zu dem Moment, da mit der Pein des Hungers die Stimme ihm wiederkehrte, in diesem Winkel geblieben.

Es war die liebenswürdige Diana. Ziemlich verdutzt noch kroch sie aus ihrem Winkel hervor, nicht ohne sich bitten zu lassen. Doch Michel Ardan sprach ihr mit zärtlichen Worten zu.

„Komm, Diana“, sagte er, „komm', mein Kind! Dein Geschick wird in den Annalen der Hundezüchtung Epoche machen! Die Heiden hätten Dich dem Gott Anubis zur Lebensgefährtin gegeben, und die Christen dem heiligen Rochus zur Freundin! Du verdienst von dem König der Unterwelt in Erz getrieben zu werden, wie jener, den Jupiter der schönen Europa für einen Kuß hingab! Du wirst berühmter werden, als die Helden zu Montargis und auf dem St. Bernhard! In die Weltenräume geschleudert wirst Du vielleicht zur Stammmutter der Selenitenhunde! Dort oben wirst Du vielleicht Toussenel's Ausspruch rechtfertigen: „Im Anfang schuf Gott den Menschen, und da er ihn so schwach sah, gab er ihm zum Gefährten den Hund!“ Komm, Diana, komm her!“

Diana, geschmeichelt oder auch nicht, kam gemach herbei und jammerte kläglich.

„Gut!“ sagte Barbicane, „hier ist Eva, aber wo ist Adam?“

– Adam! erwiderte Michel, Adam kann nicht weit sein! Irgendwo ist er! Man muß rufen! Trabant! hier! Trabant!

Aber Trabant kam nicht zum Vorschein. Diana fuhr fort zu jammern. Man überzeugte sich jedoch, daß sie nicht verwundet war, und gab ihr zur Stillung ihrer Klagen einen leckeren Brocken.

Trabant schien gar nicht mehr vorhanden. Man mußte lange suchen, bis man ihn endlich in einem der oberen Gefächer des Projectils fand, wohin der Gegenstoß in kaum erklärlicher Weise ihn gewaltsam geschleudert hatte. Das arme Thier, arg beschädigt, befand sich in jämmerlichem Zustand.

Man hob ihn behutsam herunter. Es war ihm an der Decke der Kopf zerschlagen, und er schien schwerlich davon zu kommen. Doch ließ man ihn sich bequem auf einem Kissen strecken, und da ließ er einen Seufzer hören.

„Wir pflegen Dich“, sagte Michel. „Wir sind für Dein Leben verantwortlich. Ich würde lieber einen Arm verlieren, als eine Pfote meines armen Trabanten!“

Mit diesen Worten reichte er dem Patienten einige Schluck Wasser, welches er gierig schlürfte.

Hierauf beobachteten die Reisenden achtsam die Erde und den Mond. Die Erde zeigte sich nur noch als düster beleuchtete Scheibe mit einer noch schmäleren Sichel am Rande, wie Abends zuvor; doch war ihre Größe noch enorm in Vergleichung mit der des Mondes, der mehr und mehr in vollständiger Kreisform erschien.

„Wahrhaftig!“ sagte Michel Ardan, „es thut mir ernstlich leid, daß wir nicht abfuhren, als die Erde in vollem Licht war, d.h. als sie in Opposition zur Sonne stand.“

– Weshalb? fragte Nicholl.

– Weil wir unser Festland und Meere in neuer Beleuchtung gesehen hätten, diese im Glanz der darauf fallenden Sonnenstrahlen, jene düsterer, so wie man sie auf manchen Landkarten darstellt! Ich hätte die Erdpole sehen mögen, wohin des Menschen Blicke noch nicht zu dringen vermochten!

– Allerdings, erwiderte Barbicane, allein war die Erde in vollem Licht, so mußte es Neumond sein, d.h. der Mond in der Umstrahlung von der Sonne nicht sichtbar. Nun ist's aber doch besser, das Ziel, wohin wir gelangen wollen, in's Auge zu fassen, als den Punkt, wovon wir ausgingen.

– Sie haben Recht, Barbicane, erwiderte der Kapitän Nicholl, und übrigens, wenn wir auf dem Mond angelangt sind, werden wir in den langen Mondnächten noch Zeit genug haben, gemächlich die Kugel zu besehen, worauf unseres Gleichen wimmeln!

– Unseres Gleichen! rief Michel Ardan, aber jetzt sind sie das nicht mehr, so wenig wie die Seleniten. Wir bewohnen eine neue Welt, das Projectil, dessen einzige Bevölkerung wir ausmachen. Wir Drei sind allein unseres Gleichen; draußen, droben keine Menschen weiter. Wir allein bewohnen diesen Mikrokosmus, bis wir Seleniten werden!

– In achtundachtzig Stunden etwa, versetzte der Kapitän.

– Das heißt? ... fragte Michel Ardan.

– Es ist jetzt halb neun Uhr, erwiderte Nicholl.

– Nun, fuhr Michel fort, so sehe ich durchaus keinen Grund, weshalb wir nicht unverzüglich frühstücken.

In der That, ohne zu essen, konnten die Bewohner des neuen Gestirns nicht leben, und die Gesetze des Hungers machten sich damals gebieterisch geltend. Michel Ardan als Franzose erklärte sich als Küchenmeister, und Niemand konnte in dieser Stelle mit ihm wetteifern. Das Gas gab den hinreichenden Grad Hitze für die Zubereitung, und das Vorrathsbehälter lieferte den Stoff zur ersten Mahlzeit.

Das Frühstück begann mit drei Tassen vortrefflicher Bouillon, welche durch Auflösung jenes köstlichen Liebig'schen Fleischextracts gewonnen wurde, der aus den besten Stücken des Rindviehs der Pampas bereitet wird. Hierauf folgten einige Schnitten mit hydraulischer Presse comprimirten Beefsteaks, so zart und saftig, wie man sie im Café anglaiszu Paris bekommt. Michel Ardan versicherte sogar, seiner Phantasie gemäß, sie seien „blutig". Auf das Fleischgericht folgte conservirtes Gemüse, das, wie ebenfalls der liebenswürdige Michel versicherte, „frischer als das natürliche" war, und dann gab's noch einige Tassen Thee mit amerikanischen Butterbemmen. Dies ausgesuchte Getränk war ein Aufguß auf Blätter ersten Ranges, welche der Kaiser von Rußland den Reisenden hatte zukommen lassen.

Endlich, das Mahl zu krönen, holte Ardan eine seine Flasche Nuits herbei, die sich „zufällig" im Vorrathsfach fand; und die drei Freunde leerten sie auf die Verbindung der Erde mit ihrem Trabanten.

Und als begnüge sich die Sonne nicht, das köstliche Product auf den Burgunder Rebhügeln destillirt zu haben, wollte sie auch Gesellschaft leisten. In diesem Augenblick verließ das Projectil den Bereich des Schattenkegels, welchen der Erdball wirst, und glänzende Strahlen fielen gerade auf den Boden des

Geschosses in Gemäßheit des Winkels, welchen die Mondbahn mit der der Erde macht.

„Die Sonne!“ rief Michel Ardan.

– Allerdings, erwiderte Barbicane. So dacht' ich mir's.

– Doch erstreckt sich nicht, sagte Michel, der Schattenkegel hinter der Erde noch über den Mond hinaus?

– Weit darüber hinaus, wenn man die Brechung in der Atmosphäre nicht in Anschlag bringt. Wann aber der Mond ganz von diesem Schatten umhüllt ist, dann befinden sich die Centren der drei Gestirne, Sonne, Erde und Mond, in einer geraden Linie. Dann treffen die Knoten mit den Phasen des Vollmonds zusammen, und es entsteht eine Verfinsterung. Wären wir im Moment einer Mondfinsterniß abgefahren, so wäre unsere ganze Fahrt im Dunkel vorgegangen, was unangenehm gewesen wäre.

– Weshalb?

Weil, obwohl wir im leeren Raum uns bewegen, unser Projectil, in der Mitte von Sonnenstrahlen getroffen, Licht und Wärme von ihr erhalten wird, so daß man also Gas spart, eine in jeder Hinsicht kostbare Sparsamkeit.

In der That, durch die Einwirkung dieser Strahlen, deren Wärmegrad und Glanz nicht durch eine Atmosphäre gemildert war, wurde das Projectil sowohl erleuchtet, als erwärmt, als wäre es plötzlich aus dem Winter in den Sommer übergegangen. Von oben der Mond, von unten die Sonne spendeten ihm Licht und Wärme.

„Man kann sich hier wohl befinden“, sagte Nicholl.

– Das glaub' ich gerne! rief Michel Ardan. Hätten wir ein wenig fruchtbaren Erdgrund auf unserem Aluminplaneten, so könnten wir binnen vierundzwanzig Stunden Erbsen zum Wachsen bringen. Ich habe nur die eine Besorgniß, es möchten die Wände unserer Kugel schmelzen!

– Beruhige Dich, würdiger Freund, erwiderte Barbicane. Das Projectil hatte, während es durch die atmosphärischen Luftschichten glitt, eine weit höhere Temperatur auszustehen. Ich wäre nicht einmal erstaunt, wenn es in den Augen der Floridaner als wie ein feuriger Bolide erschienen wäre.

– Aber dann müßte J.T. Maston meinen, wir seien gebraten.

– Daß wir's nicht wurden, erwiderte Barbicane, nimmt mich Wunder. Diese Gefahr hatten wir nicht vorausgesehen.

– Ich habe die Befürchtung gehabt, sagte Nicholl.

– Und hast uns nichts davon gesagt, hochherziger Kapitän! rief Michel Ardan, und drückte seinem Gefährten die Hand.

Indessen verfuhr Barbicane bei seiner Einrichtung im Projectil, als sollte er's nimmer verlassen.

Wir erinnern uns, daß dieser Luftwaggon einen Fußboden von vierundfünfzig Quadratfuß hatte und bis zur Spitze der gewölbten Decke zwölf Fuß hoch war; bei geschickter Benutzung des Raums, ohne Ueberladung mit Instrumenten und Reisegeräthen, welche sämmtlich ihre besondere Stelle hatten, blieb den drei Bewohnern noch eine gewisse Freiheit der Bewegung. Das dicke Glasfenster, welches in einen Theil des Bodens eingelassen war, konnte ein beträchtliches Gewicht tragen, so daß Barbicane und seine Gefährten auf demselben wie auf festem Zimmerboden herum spazierten; aber die Sonne, welche ihre Strahlen direct darauf warf und das Innere des Projectils von unten beleuchtete, veranlaßte eigenthümliche Lichteffecte.

Man begann damit, den Zustand der Behälter für Wasser und Lebensmittel in Augenschein zu nehmen. Dieselben hatten in Folge der gegen den Stoß getroffenen Vorkehrungen durchaus nicht gelitten. Lebensmittel waren reichlich für ein volles Jahr vorhanden. Barbicane wollte sich für den Fall vorsehen, daß das Projectil an einem durchaus unfruchtbaren Theile des Mondes anlangen würde. Wasser und Branntwein hatte man nur für zwei Monat mitgenommen. Aber nach den neuesten astronomischen Beobachtungen hat der Mond eine niedrige, dichte Atmosphäre von Gehalt, wenigstens in den Thalgründen, so daß es da an Bächen und Quellen nicht mangeln konnte. Daher sollten die abenteuerlichen Forscher während der Fahrt und des ersten Jahres ihrer Einrichtung auf dem Mondcontinent weder Hunger noch Durst zu leiden haben.

Wie stand's nun mit der Luft im Innern des Projectils. Auch in dieser Hinsicht konnte man völlig ruhig sein. Der Apparat Reiset und Regnaut, welcher Sauerstoff zu bereiten hatte, war auf zwei Monat mit chlorsaurem Kali versehen. Es verzehrte nothwendig eine gewisse Quantität Gas; aber man war auch in dieser Hinsicht versorgt. Der Apparat bedurfte übrigens nur wenig Ueberwachung, er arbeitete automatisch. Bei dieser hohen Temperatur gab das chlorsaure Kali bei seiner Verwandlung in salzsaures Kali allen Sauerstoff, welchen es enthielt, frei. Und was ergaben achtzehn Pfund chlorsaures Kali? Die sieben Pfund Sauerstoff, welche zum täglichen Verbrauch der Bewohner des Projectils nöthig waren.

Aber es war nicht genug, den verbrauchten Sauerstoff zu erneuern, man mußte auch die durch das Ausathmen erzeugte Kohlensäure vernichten. Nun war seit zwölf Stunden die Atmosphäre in der Kugel mit diesem durchaus schädlichen Gas, welches aus dem Verbrennen der Blutelemente durch eingeathmeten Sauerstoff sich erzeugt, bereits erfüllt. Nicholl erkannte diesen Zustand der Luft, als er gewahrte, wie Diana mühselig keuchte.

In der That, die Kohlensäure – eine Erscheinung gleich der in der berühmten Hundsgrotte – verdichtete sich in Folge ihrer Schwere am Boden des Projectils. Die arme Diana mit ihrem herabgesenkten Kopf mußte also früher, als ihre Herren, das schlimme Gas spüren. Aber der Kapitän Nicholl beeilte sich, abzuhelfen. Er stellte auf den Boden des Projectils einige Gefäße mit kaustischem Kali, schüttelte es ein wenig, und dieser die Kohlensäure gierig aufsaugende Stoff reinigte die Luft im Inneren vollständig.

Darauf wurden die Instrumente gemustert. Die Thermometer und Barometer waren gut erhalten, nur bei einem kleinen Thermometer war das Glas zerbrochen. Ein vortreffliches Instrument wurde aus seinem Futteral gezogen und an der Wand aufgehängt. Natürlich zeigte es nur den Luftdruck im Inneren des Projectils an; aber auch die Quantität wässeriger Dünste, welche dasselbe enthielt. In diesem Augenblick schwankte seine Nadel zwischen 765 und 760 Millimeter. Das bedeutete „schönes Wetter".

Auch einige Compasse, die Barbicane mitgenommen hatte, waren unversehrt geblieben. Begreiflich wies unter den gegebenen Bedingungen ihre Nadel nicht richtig, d.h. ohne bleibende Richtung. In der That konnte bei der Entfernung der Kugel von der Erde der magnetische Pol keine merkliche Wirkung auf die Vorrichtung äußern. Aber diese Bussolen konnten, auf der Mondscheibe angelangt, vielleicht dort eigenthümliche Erscheinungen constatiren. Jedenfalls war es interessant, zu untersuchen, ob der Trabant der Erde gleich ihr dem magnetischen Einfluß unterworfen sei.

Ein Hypsometer, um die Höhe der Mondberge zu messen, ein Sextant, um die Höhe der Sterne aufzunehmen, ein Theodolit, der beim Feldmessen und zur Bestimmung der Winkel am Horizont gebraucht wird, Fernröhre, die bei Annäherung an den Mond sehr schätzbar für den Gebrauch waren, alle diese Instrumente wurden bei sorgfältiger Besichtigung als gut befunden, trotz der Heftigkeit des erlittenen Stoßes.

Die Geräthe, Hacken und Schaufeln, die verschiedenen Werkzeuge, welche Nicholl sorgfältig ausgewählt hatte, die Säcke voll allerlei Körner, die jungen Bäume, welche Michel Ardan auf den Selenitenlandgütern anzupflanzen gedachte, befanden sich in den oberen Räumen an ihrer Stelle. Dort war eine Art Speicher angebracht voll Gegenstände, die der Franzose daselbst mit vollen Händen aufgeschichtet hatte. Was es für Gegenstände waren, wußte man nicht recht, und der heitere Geselle sprach sich nicht darüber aus. Von Zeit zu Zeit stieg er über Kloben, die in den Wänden festgenietet waren, zu dieser Vorrathskammer hinauf, deren Besichtigung er sich vorbehalten hatte. Er räumte auf und ordnete, und that gierige Griffe in gewisse geheimnißvolle Kisten, und sang dabei mit Falsettstimme einen alten französischen Vers, welcher heiter stimmte.

Barbicane bemerkte mit Vergnügen, daß seine Raketen und Kunstfeuerwerke nicht beschädigt waren. Diese wichtigen Gegenstände mit starker Ladung hatten die Bestimmung, das Herabfallen des Projectils zu mäßigen, wenn es nach Ueberschreitung der neutralen Linie der Anziehungskraft des Mondes anheim gegeben auf die Mondoberfläche fallen würde. Dieser Fall mußte indessen sechsmal minder rasch erfolgen, als auf der Erde, nach Verhältniß der Masse dieser beiden Weltkörper.

Die Musterung fiel also zu allgemeiner Befriedigung aus. Darauf begab sich Jeder wieder an die Fensterlucken an den Seiten und im Boden, um in den Weltraum hinaus zu blicken.

Stets der nämliche Anblick. Das ganze weite Feld der Himmelssphäre, von Sternen und Sternbildern in wunderbar reinem Glanze wimmelnd, konnte einen Astronomen zum Narren machen. Auf der einen Seite die Sonne, gleich der Mündung eines Gluthofens, eine blendende Scheibe ohne Lichtring, hob sich ab auf dem dunkeln Hintergrund des Himmels. Auf der anderen der Mond, seine Gluthstrahlen ihm zurückwerfend, und wie unbeweglich inmitten der Sternenwelt. Sodann ein ziemlich starker Flecken, der im Firmament ein Loch zu bilden schien und noch zur Hälfte am Rande mit silbernem Saum umgeben war: das war die Erde. Hier und da gehäufte Nebelflecken gleich dicken Flocken Sternenschnees, und vom Zenith bis zum Nadir ein unfaßbarer Ring von Sternenstaub, jene Milchstraße, in deren Mitte die Sonne nur als Stern vierter Größe gerechnet wird!

Die Beobachter konnten von diesem noch nicht gekannten Schauspiel, wovon keine Schilderung einen Begriff geben konnte, ihren Blick nicht wegwenden. Welche Gedanken regte es an! Welche unbekannten Gefühle weckte es in der Seele! Barbicane entschloß sich, von diesen Eindrücken beherrscht, seinen Reisebericht zu beginnen, und zeichnete Stunde für Stunde alle die Thatsachen auf, welche den Anfang der Unternehmung bezeichneten. Er schrieb ruhig mit seiner starken fetten Handschrift und in einem etwas handelsmäßigen Styl.

Während dessen warf der Rechner Nicholl einen Rückblick auf seine Formeln der Bahnen und verfuhr mit den Ziffern so gewandt, daß er seines Gleichen nicht hatte. Michel Ardan plauderte bald mit Barbicane, der ihm nicht antwortete, bald mit Nicholl, der ihn nicht anhörte, mit Diana, die von seinen Theorien nichts verstand, mit sich selber endlich, warf Fragen auf und beantwortete sie, ging hin und her und beschäftigte sich mit tausend Kleinigkeiten, bald zum unteren Fenster hinabgebeugt, bald im Oberraum hockend, und stets mit halblautem Gesang. In dieser kleinen Welt repräsentirte er die Beweglichkeit und französische Geschwätzigkeit, und man möge versichert sein, daß sie würdig vertreten war.

Der Tag oder vielmehr – denn dieser Ausdruck paßt nicht mehr – der Zeitraum von zwölf Stunden, welcher auf der Erde einen Tag ausmacht, endigte mit einem reichlichen Abendessen, das sein zubereitet war. Es war noch nichts vorgefallen, was den Reisenden die Zuversicht schwächen konnte. Daher schliefen sie auch voll Hoffnung, ihres Erfolges versichert, ruhig ein, indeß das Projectil mit gleichmäßig abnehmender Geschwindigkeit die Himmelsbahnen durchschnitt.

Viertes Capitel

Ein wenig Algebra

Die Nacht verlief ohne einen Zwischenfall. Richtig zu sagen, ist das Wort „Nacht“ unpassend. Die Lage des Projectils im Verhältniß zur Sonne blieb unverändert. Astronomisch genommen war's Tag auf seiner Bodenseite, Nacht auf seiner oberen. Wenn nun ferner bei dieser Erzählung diese beiden Ausdrücke gebraucht werden, ist darunter der Zeitraum zu verstehen, welcher auf der Erde zwischen Aufgang und Untergang der Sonne verfließt.

Die Reisenden schliefen um so ruhiger, als das Projectil trotz seiner äußersten Geschwindigkeit durchaus unbeweglich schien. Gar keine Bewegung gab sein Hingleiten durch den Raum zu erkennen. Die Veränderung des Orts, so rasch sie auch sein mag, kann auf den Organismus keine merkliche Wirkung äußern, wenn sie im leeren Raum vorgeht, oder wenn die Luftmasse um den Körper herum sich zugleich mit fortbewegt. Welcher Bewohner der Erde bemerkt die Schnelligkeit, womit sie doch stündlich um neunzigtausend Kilometer sich fortbewegt? Unter diesen Bedingungen hat man von Bewegung eben so wenig eine Empfindung, als von Ruhe. Jeder Körper verhält sich in der Hinsicht gleichgiltig. Befindet er sich in Ruhe, so bleibt er so lange darin, bis ihn irgend eine fremde Gewalt aus seiner Stelle bringt. Ist er in Bewegung, so hält er nicht inne, wenn nicht ein Hinderniß seine Bewegung hemmt. Diese Gleichgiltigkeit in Beziehung auf Bewegung oder Ruhe heißt Trägheit.

Barbicane und seine Genossen konnten also, im Projectil eingeschlossen, meinen, sie seien in völlig unbewegtem Zustand.

Hätten sie sich übrigens außen auf demselben befunden, so wäre die Wirkung doch die gleiche gewesen. Hätte nicht der Mond über ihnen stets an Größe zugenommen, so hätten sie darauf geschworen, sie befänden sich in vollständig bewegungslosem Zustande.

Am 3. December wurden die Reisenden Morgens frühe durch ein munteres, ganz unvermuthetes Geräusch geweckt. Der Hahn im Waggon ließ sich vernehmen.

Michel Ardan sprang auf, kletterte empor, schloß eine halb offene Kiste, und sprach leise:

„Willst Du schweigen? Das Thier bringt meinen Plan zum Scheitern!“

Indessen waren Nicholl und Barbicane wach geworden.

„Ein Hahn?“ sagte Nicholl.

– „O nein! mein Freunde, erwiderte lebhaft Michel, ich habe diesen ländlichen Ton hervorgebracht, um Euch zu wecken!“

Und dazu ließ er ein prachtvolles „Kikeriki“ hören, welches dem stattlichsten Gockelhahn Ehre gemacht hätte.

Die beiden Amerikaner lachten unwillkürlich.

„Ein hübsches Talent“, sagte Nicholl mit einem argwöhnischen Blick auf seinen Genossen.

– „Ja, erwiderte Michel, ein echt gallischer Spaß, wie er in meiner Heimat üblich ist, und zwar in der besten Gesellschaft!“

Dann ablenkend fuhr er fort:

„Weißt Du, Barbicane, woran ich die ganze Nacht gedacht habe?“

– Nein, erwiderte der Präsident.

– An unsere Freunde zu Cambridge! Du hast bereits bemerkt, daß ich in mathematischen Dingen ein erstaunlicher Ignorant bin. Ich kann mir daher durchaus keinen Begriff davon machen, wie die Gelehrten bei dem Observatorium ausrechnen konnten, welche Anfangsgeschwindigkeit das Projectil, als es aus der Columbiade kam, haben mußte, um bis zum Mond zu gelangen.

– Du meinst, versetzte Barbicane, bis zu dem neutralen Punkt, wo die Anziehungskraft der Erde und des Mondes sich ausgleichen; denn von diesem Punkte an, etwa neun Zehntel der ganzen Fahrt, wird das Projectil lediglich kraft seiner Schwere auf den Mond fallen.

– Gut, erwiderte Michel, aber ich frage nochmals, wie konnten sie die Anfangsgeschwindigkeit berechnen?

– Nichts leichter, wie das, entgegnete Barbicane.

– Und verständest Du, diese Berechnung zu machen? fragte Michel Ardan.

– Vollständig. Ich hätte sie mit Nicholl angestellt, wenn uns nicht das Observatorium diese Mühe abgenommen hätte.

– Mein werthester Barbicane, erwiderte Michel Ardan, eher hätte man mir, von den Füßen angefangen, den Kopf abgeschnitten, als daß ich diese Aufgabe zu lösen vermocht hätte!

– Weil Du nichts von Algebra verstehst, entgegnete ruhig Barbicane.

– Ah! Seht doch, was seid Ihr für Buchstabenfresser! Ihr meint, mit Eurer Algebra Alles fertig zu bringen.

– Michel, versetzte Barbicane, meinst Du, man könne schmieden ohne Hammer, und ackern ohne Pflug?

– Schwerlich.

– Nun denn, die Algebra ist ein Werkzeug, wie der Pflug oder Hammer, und für den, welcher sich darauf versteht, ein gutes Werkzeug.

– Ernstlich?

– Sehr ernstlich gemeint.

– Und Du könntest in meiner Gegenwart dieses Werkzeug gebrauchen?

– Wenn's Dich interessirt.

– Und mir zeigen, wie man die Anfangsgeschwindigkeit unseres Waggons ausgerechnet hat?

– Ja, mein werther Freund. Indem ich alle Elemente des Problems in Anschlag bringe, die Entfernung des Centrums der Erde von dem des Mondes, den Halbdurchmesser der Erde, den Massengehalt der Erde sowie des Mondes, kann ich ganz genau bestimmen, wie groß die Anfangsgeschwindigkeit des Projectils sein mußte, und zwar durch eine einfache Formel.

– Laß hören, welche Formel.

– Du sollst sie zu hören bekommen. Nur werde ich Dir nicht die krummen Linien angeben, welche das Projectil zwischen der Erde und dem Mond beschreibt, indem ich ihre Bewegung um die Sonne mit in die Rechnung ziehe.

Sondern ich will die beiden Gestirne als unbewegt ansehen, das reicht für uns hin.

– Und weshalb?

– Weil ich sonst die Lösung der Aufgabe suchen würde, welche das Problem der drei Körper heißt, für deren Lösung die Integralrechnung noch nicht genug vorgeschritten ist.

– Also, sagte Michel Ardan in spöttischem Ton, haben die Mathematiker noch nicht ihr letztes Wort gesprochen?

– Allerdings nicht, erwiderte Barbicane.

– Gut! Vielleicht sind die Seleniten in der Integralrechnung etwas weiter gekommen! Und beiläufig, was heißt man denn Integralrechnung?

– Diese Rechnungsart ist das Gegentheil von der Differentialrechnung, erwiderte Barbicane mit würdigem Ernst.

– Danke verbindlichst.

– Mit anderen Worten, es ist eine Rechnungsart, durch welche man die bestimmten Größen sucht, deren Differentiale man kennt.

– Das ist wenigstens klar gesprochen, erwiderte Michel mit der befriedigtsten Miene.

– Und jetzt, fuhr Barbicane fort, ein Stückchen Papier, ein Bleistift, und vor Ablauf einer halben Stunde will ich die begehrte Formel gefunden haben.

Darauf vertiefte sich Barbicane in diese Arbeit, während Nicholl in den Weltraum hinaus sah und seinem Kameraden überließ, für's Frühstück zu sorgen.

Bevor eine halbe Stunde verflossen war, hob Barbicane den Kopf empor und zeigte Michel eine Seite voll algebraischer Zeichen, worunter diese allgemeine Formel:

„Und das bedeutet? ... fragte Michel.

– Es bedeutet, erwiderte Nicholl: ein halb v in der zweiten minus v Null Quadrat ist gleich gr multiplicirt mit r auf xminus 1 plus m in der ersten auf m multiplicirt mit r auf d minus x, minus r auf d minus r ...

– x auf y steigt auf z und reitet über p, rief Michel Ardan mit hellem Lachen. Und Du begreifst das, Kapitän?

– Nichts ist klarer.

– Wie so? sagte Michel. Aber das springt ja in die Augen, und mehr begehr' ich nicht.

– Immer nur lachen! versetzte Barbicane. Du wolltest Algebra, und nun hast Du vollauf!

– Lieber laß' ich mich hängen!

– Wahrhaftig! erwiderte Nicholl, der die Formel als Kenner prüfte, es scheint mir richtig aufgefunden, Barbicane. Es ist die Integrale der Gleichung lebender Kräfte, und ich zweifle nicht, daß sie uns das gesuchte Resultat ergiebt.

– Aber verstehen möcht' ich's! rief Michel. Ich würde zehn Jahre von Nicholl's Leben drum geben!

– Höre denn, Michel, fuhr Barbicane fort. Ein halb v in der zweiten minus v Null Quadrat ist die Formel, welche uns die*halbe* Veränderung der lebenden Kraft giebt.

– Gut, und Nicholl weiß, was das bedeutet?

– Allerdings, Michel, erwiderte der Kapitän. Alle diese Zeichen, welche Dir wie eine Geheimnißsprache vorkommen, bilden jedoch für den, der sie versteht, die klarste, deutlichste, logischste Sprache.

– Und Du behauptest, Nicholl, fragte Michel, daß Du vermittelst dieser Hieroglyphen, die noch unverständlicher sind, als die ägyptischen Ibis, finden könnest, welche Anfangsgeschwindigkeit man dem Projectil geben mußte?

– Unfehlbar, erwiderte Nicholl, und vermittelst derselben Formel werde ich Dir stets angeben können, wie groß seine Geschwindigkeit auf jedem Punkt seiner Fahrt ist.

– Dein Wort?

– Mein Wort darauf.

– Dann bist Du ein Schelm, wie unser Präsident?

– Nein, Michel, Barbicane hat etwas Schwieriges geleistet, indem er eine Gleichung aufstellte, welche alle Bedingungen des Problems berücksichtigt. Das Uebrige ist nur ein Rechenexempel, wofür man nur die vier Species zu kennen braucht.

– Das will schon etwas heißen! erwiderte Ardan, der in seinem Leben nicht ein Additions-Exempel fertig brachte, und diese Regel also definirte: „Eine kopfbrechende Arbeit aus China, durch die man unbestimmte mannichfaltige Summen heraus bekommt.““

Barbicane jedoch versicherte, Nicholl hätte, wenn er darüber nachgesonnen, sicherlich auch diese Formel gefunden.

„Das glaub' ich nicht, sagte Nicholl, denn je mehr ich darüber nachdenke, desto mehr erkenne ich ihre Vortrefflichkeit.

– Jetzt gieb Acht, sagte Barbicane zu seinem unwissenden Kameraden, und Du wirst sehen, daß alle diese Buchstaben ihre Bedeutung haben.

– Ich gebe Acht, sagte Michel mit anscheinender Resignation.

– d, sagte Barbicane, bedeutet die D-istanz des Centrums der Erde vom Centrum des Mondes, denn will man die Attractionen berechnen, so muß man die Centren nehmen.

– Das begreif' ich.

– r bezeichnet den R-adius der Erde.

– r, Radius. Zugegeben.

– Unter m wird die M-asse der Erde verstanden; unter m' die Masse des Mondes. In der That muß man die Masse der beiden anziehenden Körper in Berechnung ziehen, weil die Anziehungskraft im Verhältniß zu den Massen steht.

– Versteht sich.

– g bedeutet die g-ravitirende oder Schwerkraft, die Schnelligkeit eines auf die Erdoberfläche fallenden Körpers nach Verlauf einer Secunde. Ist das klar?

– Wasser aus einem Felsen! erwiderte Michel.

– Jetzt bezeichne ich mit x die veränderliche Distanz des Projectils vom Centrum der Erde, und mit v (vitesse) die Geschwindigkeit des Projectils bei dieser Distanz.

– Gut.

– Endlich, unter v Null, wie's in der Gleichung vorkommt, verstehe ich die Geschwindigkeit, welche das Projectil hat, wenn es die Atmosphäre verläßt.

– In der That, an diesem Punkt muß man diese Geschwindigkeit berechnen, da wir bereits wissen, daß die Geschwindigkeit bei der Abfahrt genau drei Hälften der Geschwindigkeit beim Austritt aus der Atmosphäre gleichkommt.

– Immerfort, begreife! sagte Michel.

– Es ist doch sehr simpel, versetzte Barbicane.

– Nicht so simpel wie ich, entgegnete Michel.

– Das will heißen: als unser Projectil von der Grenze der Erdatmosphäre ankam, hatte es schon ein Drittel seiner Anfangsgeschwindigkeit verloren.

– So viel?

– Ja, mein Freund, lediglich durch seine Reibung an Schichten der Atmosphäre. Du begreifst wohl, daß, je schneller es dahin glitt, desto größer der Widerstand der Luft war.

– Das begreif' ich und geb's zu, erwiderte Michel, obgleich Deine v Null in der zweiten, und Deine v Null Quadrat in meinem Kopf rappeln, wie Nägel in einem Sack.

– Das ist nur der erste Eindruck, den die Algebra macht, versetzte Barbicane. Und jetzt wollen wir, um zum Schluß zu kommen, das Zahlenergebniß dieser verschiedenen Ausdrücke aufstellen, d.h. ihren Werth beziffern.

– Kommen Sie nur zum Schluß! erwiderte Michel.

– Von diesen Ausdrücken, sagte Barbicane, sind einige bekannt, andere zu berechnen.

– Ich nehme die letzteren auf mich, sagte Nicholl.

– Sehen wir, fuhr Barbicane fort, r ist der Radius der Erde, welcher unter dem Breitegrad Florida's, wo wir abfuhren, sechs Millionen dreimalhunderttausend Meter groß ist; d, d.h. die Distanz des Centrums der Erde von dem des Mondes, beträgt sechsundfünfzig Halbdurchmesser (Radien) der Erde, das macht ...“

Nicholl rechnete schnell aus.

„Es macht“, sagte er, „dreihundertsechsundfünfzig Millionen siebenhundertundzwanzigtausend Meter zu der Zeit, wo der Mond in seiner Sonnennähe sich befindet.“

– Recht, sagte Barbicane. Jetzt m ' auf m, d.h. das Verhältniß der Mondmasse zu der Erdmasse, beträgt den einundachtzigsten Theil.

– Ganz richtig, sagte Nicholl.

– g, die Schwerkraft, die Schnelligkeit in einer Secunde, ist zu Florida neun Meter 81. Daraus ergiebt sich, daß gr = ...

– Zweiundsechzig Millionen viermalhundertsechsundzwanzigtausend Quadratmeter, erwiderte Nicholl.

– Und jetzt? fragte Michel Ardan.

– Jetzt, da die Ausdrücke beziffert sind, erwiderte Barbicane, will ich die Geschwindigkeit v Null suchen, d.h. die Geschwindigkeit, welche das Projectil beim Verlassen der Atmosphäre haben muß, um den Punkt zu erreichen, wo die Anziehungskraft eine Geschwindigkeit = Null hat. Weil zu dem Zeitpunkt gar keine Geschwindigkeit stattfindet, stelle ich auf, daß sie = 0, und daß x, die Entfernung dieses neutralen Punkts, durch neun Zehntel von d dargestellt ist, d.h. von der Distanz der beiden Centren.

– Ich habe eine unbestimmte Idee, daß es so richtig ist, sagte Michel.

– Dann werd' ich also haben: a = neun Zehntel von d, und v = Null, und meine Formel wird sein ...

Barbicane schrieb hastig nieder:

$$v_0^2 = 2gr\left\{1 - \frac{10r}{9d} - \frac{1}{81}\left(\frac{10r}{d} - \frac{r}{d-r}\right)\right\}$$

Nicholl las mit gierigem Auge, und rief aus:

„Richtig! Richtig!“

– Ist's klar? fragte Barbicane.

– Es steht in feurigen Buchstaben geschrieben! erwiderte Nicholl. – Wackere Leute! murmelte Michel.

– Hast Du's endlich begriffen? fragte Barbicane.

– Ob ich's begriff! rief Michel Ardan, aber es berstet mir darüber der Kopf!

– Also, fuhr Barbicane fort, v Null zwei = zwei gr multiplicirt mit 1, minus 10 r auf 9 d, minus $^1/_{81}$ multiplicirt mit 10 rauf d minus r gegen d minus r .

– Und jetzt, sagte Nicholl, um die Geschwindigkeit des Geschosses beim Verlassen der Atmosphäre zu bekommen, braucht man nur zu rechnen.

Der Kapitän, ein allen Schwierigkeiten gewachsener Praktiker, begann mit erschrecklicher Schnelligkeit zu rechnen. Lange Divisions- und Multiplicationsexempel quollen unter seinen Fingern hervor. Es hagelte Ziffern auf sein weißes Blatt. Barbicane sah ihm gespannt zu, während Michel Ardan mit beiden Händen ein Kopfweh zu erdrücken suchte.

„Nun?“ fragte Barbicane, nach einigen Minuten.

– Nun, die Rechnung ist fertig, erwiderte Nicholl, v Null, d.h. die Geschwindigkeit des Projectils beim Verlassen der Atmosphäre, mußte, um bis zum neutralen Punkt der Anziehung zu gelangen, betragen ...

– Nun?

– Elftausendfünfhundertundein Meter in der ersten Secunde.

– Wie? sagte Barbicane aufspringend, Sie meinen?

– Elftausendfünfhundertundein Meter.

– Verdammt! rief der Präsident mit einer Handbewegung der Verzweiflung.

– Was fehlt Dir? fragte Michel Ardan überrascht.

– Was mir fehlt? Wenn zu der Zeit die Schnelligkeit durch die Reibung bereits um ein Drittel vermindert war, so mußte die Anfangsgeschwindigkeit betragen ...

– Sechzehntausendfünfhundertsechsundsiebenzig Meter! erwiderte Nicholl.

– Und das Observatorium zu Cambridge erklärte, elftausend Meter seien bei der Abfahrt hinreichend, und unserem Projectil wurde nur diese Geschwindigkeit gegeben!

– Nun? fragte Nicholl.
– Nun! sie wird nicht hinreichen!
– Richtig!
– Wir werden nicht bis zum neutralen Punkt kommen!
– Sacrement!
– Nicht einmal halbwegs werden wir kommen!
– Hol' der Henker! rief Michel Ardan, und sprang empor, als wäre das Projectil schon im Begriff, am Erdball zu zerschellen.
– Und wir werden wieder auf die Erde fallen!

Fünftes Capitel

Die Kälte des Weltraums

Diese Enthüllung war ein Donnerschlag. Wer hätte sich auch eines solchen Rechenfehlers versehen? Barbicane wollte nicht daran glauben. Nicholl revidirte seine Ziffern. Sie waren genau. Die Richtigkeit der Formel, worauf die Rechnung beruhte, ließ sich nicht bezweifeln, und eine wiederholte Prüfung ergab als ausgemacht, daß eine Anfangsgeschwindigkeit von sechzehntausendfünfhundertfünfundsiebenzig Meter in der ersten Secunde nothwendig war, um den neutralen Punkt zu erreichen.

Die drei Freunde sahen sich schweigend an. An Frühstück kein Gedanke. Barbicane schaute mit verbissenen Lippen, gerunzelter Stirne, krampfhaft geballter Faust durch die Fensterlucke. Nicholl kreuzte die Arme, und prüfte seine Berechnung. Michel Ardan brummte:

„Da seht mir diese Gelehrten! Sie haben nie Andere gescheit gemacht! Ich gäb' zwanzig Pistolen darum, wenn wir auf das Observatorium zu Cambridge fielen und es sammt allen Ziffernpfuschern drinnen zertrümmerten!"

Plötzlich richtete der Kapitän eine Bemerkung direct an Barbicane. „Jetzt ist es, sagte er, um sieben Uhr frühe. Wir sind also schon zweiunddreißig Stunden unterwegs. Ueber die Hälfte unserer Fahrt ist gemacht, und soviel ich wüßte, fallen wir nicht!"

Barbicane schwieg. Aber nach einem raschen Blick auf den Kapitän ergriff er einen Compaß, der ihm zum Messen des Winkelabstands des Erdballs diente. Darauf stellte er durch das Bodenfenster eine sehr genaue Beobachtung an, in Betracht der scheinbaren Unbeweglichkeit des Projectils. Dann stand er auf, trocknete den perlenden Schweiß von seiner Stirne und warf einige Ziffern auf's Papier. Nicholl begriff, daß der Präsident beschäftigt war, aus dem Maß des Erddurchmessers die Entfernung des Projectils von der Erde zu berechnen. Er sah ihm gespannt zu.

„Nein! rief Barbicane nach einigen Augenblicken, wir sind nicht im Fallen begriffen! Wir sind schon über fünfzigtausend Lieues von der Erde entfernt! Wir sind schon über den Punkt hinaus, wo das Projectil hätte stille stehen müssen, wenn seine Geschwindigkeit bei der Abfahrt nur elftausend Meter betragen hätte! Wir fahren immer noch aufwärts!"

– „'s ist offenbar, erwiderte Nicholl, und es ist daraus abzunehmen, daß unsere Anfangsgeschwindigkeit durch die Wirkung der viermalhunderttausend Pfund Schießbaumwolle die geforderten elftausend Meter überstieg. Daraus erkläre ich mir, daß wir schon nach dreizehn Minuten dem zweiten Trabanten begegneten, dessen Bahn über zweitausend Lieues von der Erde entfernt ist.

– Und diese Erklärung ist um so wahrscheinlicher, fügte Barbicane hinzu, als das Projectil, nachdem das zwischen den Verschlägen befindliche Wasser hinausgetrieben war, plötzlich an Gewicht um ein Beträchtliches leichter wurde.

– Richtig! sagte Nicholl.

– Nun! mein wackerer Nicholl, rief Barbicane, dann sind wir gerettet!

– Nun denn, versetzte ruhig Michel Ardan, da wir gerettet sind, machen wir uns an's Frühstück."

Wirklich, Nicholl irrte sich nicht. Die Anfangsgeschwindigkeit war zum Glück höher gewesen, als das Observatorium zum Cambridge angegeben hatte, aber dieses hatte sich ebenfalls nicht geirrt.

Als die Reisenden sich von dem falschen Schrecken erholt hatten, begaben sie sich zu Tische und frühstückten lustig. Man speiste reichlich, und sprach noch mehr. Die Zuversicht nach „dem Zwischenfall der Algebra" war größer, wie zuvor.

„Warum sollten wir nicht Erfolg haben?" fragte wiederholt Michel Ardan. „Warum sollten wir nicht ankommen? Wir befinden uns auf der Fahrt ohne Hinderniß vor uns, ohne Steine auf dem Weg. Die Bahn ist frei, freier als die des Schiffs, welches mit den Wellen zu kämpfen, freier als der Ballon, der mit den Winden zu ringen hat! Wenn nun ein Schiff ankommt, wohin es segelt; wenn ein Ballon aufsteigt, wo es ihm beliebt, warum sollte unser Ballon nicht an dem beabsichtigten Ziel anlangen?

– Er wird dasselbe erreichen", sagte Barbicane.

„Und wär' es auch nur, um das amerikanische Volk zu ehren, fügte Michel bei, das einzige Volk, welches im Stande war, eine solche Unternehmung gut auszuführen, das einzige, das einen Präsidenten Barbicane hervorbringen konnte! Ach! ich denke, da wir nicht mehr darüber in Unruhe zu sein brauchen, was aus uns werden wird, werden wir uns königlich langweilen!“

Barbicane und Nicholl gaben mit einem Wink ihre Nichteinstimmung zu erkennen.

– Aber ich habe schon dafür gesorgt, meine Freunde, fuhr Michel fort. Sie brauchen sich nur auszusprechen. Schach, Damenbret, Karten, Domino stehen zu Diensten! Nur ein Billard fehlt!

– Wie? Solch Spielzeug hast Du mitgenommen?

„Allerdings, erwiderte Michel, und zwar nicht allein zu unserm Zeitvertreib, sondern auch in der löblichen Absicht, die Wirthshäuser der Seleniten damit auszustatten.“

– „Mein Freund, sagte Barbicane, wenn der Mond Bewohner hat, so sind diese schon einige tausend Jahre vor den Erdbewohnern zum Dasein gekommen, denn es ist nicht daran zu zweifeln, daß dies Gestirn älter als das unserige ist. Wenn also Seleniten seit Hunderttausenden von Jahren existiren, wenn ihr Gehirn gleich dem des Menschen organisirt ist, so haben sie alle Erfindungen, die wir bis jetzt gemacht haben, bereits selbst gemacht, und noch jene dazu, die wir in den folgenden Jahrhunderten machen werden. Sie haben nichts von uns zu lernen, wir dagegen von ihnen.

– Wie? erwiderte Michel, Du meinst, sie hätten Künstler gehabt, wie Phidias, Michel Angelo oder Raphael?

– Ja.

– Dichter, wie Homer, Virgil, Milton, Göthe, Schiller, Lamartine, Hugo.

– Ganz gewiß.

– Philosophen wie Plato, Aristoteles, Descartes, Kant?

– Ohne Zweifel.

– Gelehrte wie Archimedes, Euklides, Pascal, Newton?

– Darauf wollt' ich schwören.

– Komiker wie Arnal, und Photographen wie ... Nadar?

– Ich bin's überzeugt.

– Dann aber, Freund Barbicane, wenn die Seleniten uns darin gleich sind und sogar übertreffen, warum haben sie nicht versucht, sich mit der Erde in Verkehr zu setzen? Warum haben sie nicht ein Projectil vom Mond zur Erde entsendet?

– Wer sagt Dir denn, daß sie's nicht gethan haben? erwiderte Barbicane ernst.

– In der That, fügte Nicholl bei, war dies für sie leichter, als für uns, aus zwei Gründen: erstens weil auf der Oberfläche des Mondes die Anziehungskraft sechsmal geringer ist, als auf der Erdoberfläche, weshalb ein Projectil leichter aufsteigen kann; zweitens, weil man es nur achttausend Lieues anstatt achtzigtausend zu schleudern braucht, was eine zehnmal geringere treibende Kraft erforderlich macht.

– Dann, fuhr Michel fort, frage ich nochmals: Warum haben sie's noch nicht gethan?

– Und ich wiederhole, versetzte Barbicane: Wer sagt Dir, daß sie's noch nicht gethan haben?

– Wann?

– Es sind Jahrtausende verflossen, ehe der Mensch auf der Erde auftrat.

– Und die Kugel? Wo ist eine solche? Die möcht' ich sehen!

– Mein Freund, erwiderte Barbicane, fünf Sechstel unserer Erdkugel sind mit Meer bedeckt. Daher giebt's fünf triftige Gründe, anzunehmen, daß, wenn ein Projectil vom Mond abgeschleudert wurde, dasselbe jetzt im Grunde des Meeres, des Atlantischen oder des Stillen, versenkt steckt, sofern es nicht zur Zeit, als die Erdrinde noch nicht völlig sich gebildet hatte, in eine Spalte hinein gedrungen ist.

– Mein werther Barbicane, erwiderte Michel, Du hast auf Alles eine Antwort, und ich verbeuge mich vor Deiner Weisheit. Doch schmeichelt mir eine Annahme vor allen anderen; nämlich daß die Seleniten, die doch älter als wir sind, nicht das Pulver erfunden haben!"

In diesem Augenblick mischte sich Diana mit lautem Bellen in die Unterhaltung. Sie verlangte ihr Frühstück.

„Ueber diesem Disputiren, sagte Michel Ardan, vergessen wir Diana und Trabant."

Und sogleich wurde dem Thiere ein ansehnliches Gericht bereitet, das mit Heißhunger verschlungen wurde.

„Siehst Du, Barbicane, sagte Michel, wir hätten aus diesem Projectil eine Arche Noë machen, und von allen Hausthieren ein Paar mitnehmen sollen!"

– Allerdings, erwiderte Barbicane, aber es mangelte dafür an Raum.

– Richtig! sagte Michel, und rückte etwas näher bei.

– Unstreitig, erwiderte Nicholl, würden Ochse, Kuh, Pferd, alle Wiederkäuer uns auf dem Mond sehr nützlich sein. Leider konnte dieser Waggon nicht zu einem Stall werden.

– Aber wenigstens, sagte Michel Ardan, hätten wir einen Esel mitnehmen können, nur ein kleines Thier, so muthig und geduldig, wie das, worauf der alte Silenus so gerne ritt! Ich bin ein Freund dieser armen Esel! Diese Thiere sind wohl in der ganzen Schöpfung am meisten zurückgesetzt. Man behandelt sie nicht nur bei Lebzeiten mit Schlägen, sondern auch noch nach dem Tod!

– Wie so? fragte Barbicane.

– Weil man, sagte Michel, aus ihrer Haut Trommelfelle macht.

– Barbicane und Nicholl konnten sich bei dieser abgeschmackten Bemerkung des Lachens nicht erwehren. Aber ein Schrei ihres munteren Genossen stimmte sie anders.

Derselbe hatte sich über Trabant's Lager gebückt, und richtete sich auf mit den Worten:

„Gut! Trabant ist nicht mehr krank."

– „Ach! sagte Nicholl.

– Nein, fuhr Michel fort, er ist verendet. Das ist, fuhr er kläglich fort, doch bedauerlich. Ich fürchte sehr, arme Diana, daß Du auf dem Mondgebiet keine Sprößlinge mehr bekommen wirst!"

Wirklich hatte der unglückliche Trabant seine Wunden nicht zu überleben vermocht. Er war mausetodt. Michel Ardan blickte verstört seine Freunde an.

„Nun tritt die Frage ein, sagte Barbicane, was sollen wir in den achtundvierzig Stunden, die wir noch haben, mit dem Hund anfangen?"

– Wir können ihn allerdings nicht bei uns behalten, erwiderte Nicholl, aber unsere Fensterlucken, deren Läden mit Charnieren geschlossen sind, lassen sich öffnen. Wir machen eine auf und werfen den Leichnam hinaus.

Der Präsident überlegte eine Weile, dann sagte er: „Ja, das müssen wir thun, aber mit äußerster Vorsicht."

– Weshalb? fragte Michel.

– Aus zwei Gründen, die Dir einleuchten werden, erwiderte Barbicane. Erstens, von der im Projectil enthaltenen Luft darf so wenig wie möglich entweichen.

– Aber wir erneuern ja diese Luft!

– Nur zum Theil. Wir ergänzen nur den Sauerstoff, lieber Michel, – und in dieser Hinsicht haben wir aufzupassen, daß unser Apparat denselben nicht so reichlich liefere, denn dieses Uebermaß würde in bedenklicher Weise Störungen unseres Gesundheitszustands herbeiführen. Aber den Stickstoff erneuern wir nicht, welchen die Lungen nicht einathmen, und der vollständig bleiben muß. Dieser Stickstoff nun würde durch die Lucken rasch entweichen.

– O! es ist Zeit, den armen Trabant hinauszuwerfen, sagte Michel.

– Ich stimme bei, aber verfahren wir rasch.

– Und der zweite Grund? fragte Michel.

– Zweitens darf die außen befindliche, äußerst große Kälte nicht in das Projectil dringen, wollen wir nicht erfrieren.

– Doch, die Sonne ...

– Die Sonne wärmt wohl unser Projectil, das ihre Strahlen aufsaugt, aber nicht den leeren Raum, in welchem wir uns eben bewegen. Wo keine Luft ist, ist auch ebenso wenig Wärme als Licht verbreitet, und da, wohin die Sonnenstrahlen nicht direct fallen, ist's ebenso kalt wie dunkel. Diese Temperatur ist daher nicht höher, als die von den Strahlen der Sterne herrührende, d.h. diejenige, welche der Erdball haben würde, wenn die Sonne nur einen Tag erlöschte.

– Das ist aber nicht zu fürchten, versetzte Nicholl.

– Wer weiß? sagte Michel Ardan. Uebrigens, geben wir auch zu, daß die Sonne nicht erlösche, ist's nicht möglich, daß die Erde sich von ihr entferne?

– Gut! sagte Barbicane, das sind wieder Michel's Ideen!

– So! fuhr Michel fort, ist's nicht bekannt, daß die Erde im Jahre 1861 durch den Schweif eines Kometen gegangen ist? Denken wir uns nun einen Kometen von größerer Anziehungskraft, als die der Sonne ist, so wird die Bahn der Erde sich nach dem Wandelstern hin ausbiegen, und die Erde wird so weit als sein Trabant hinweggezogen werden, daß die Sonnenstrahlen nicht mehr auf ihre Oberfläche einwirken können.

– Das könnte wohl wirklich geschehen, erwiderte Barbicane, aber die Folgen einer solchen Aenderung in der Bahn möchten wohl nicht so fürchterlich sein, als Du annimmst.

– Und warum?

– Weil dann immer noch auf unserem Erdball Kälte und Wärme sich im Gleichgewicht halten würden. Man hat ausgerechnet, daß, wenn die Erde im Jahre 1861 vom Kometen wäre mit fortgezogen worden, sie bei seiner weitesten Entfernung von der Sonne nicht eine sechzehnfach größere Wärme empfunden haben würde, als die ist, welche wir vom Monde bekommen, welche im Brennpunkt der stärksten Linsen concentrirt, durchaus keine merkbare Wirkung äußert.

– Nun? sagte Michel.

– Warte ein wenig, erwiderte Barbicane. Man hat auch berechnet, daß bei seiner Sonnennähe, seinem der Sonne am nächsten kommenden Stand, die Erde eine achtundzwanzigtausendfach größere Hitze auszustehen haben würde, als in unserem Sommer. Aber diese Hitze, welche die Erdstoffe zu Glas zerschmelzen und die Gewässer in Dunst aufzulösen fähig sein würde, hätte einen dicken Ring von Gewölk gebildet, welches die übermäßige Hitze gemindert haben würde. Daraus ergiebt sich eine Ausgleichung zwischen der Kälte der Sonnenferne und der Hitze der Sonnennähe, und ein vermuthlich erträgliches Mittelmaß.

– Aber wie hoch schätzt man die Temperatur der Planetenräume? fragte Nicholl.

– Früher, erwiderte Barbicane, hielt man diese Temperatur für äußerst niedrig. Indem man das wachsende Sinken des Thermometers berechnete, rechnete man Millionen von Graden unter Null heraus. Fourier, ein Landsmann Michel's und berühmter Gelehrter der Akademie der Wissenschaften, hat diese Zahlen auf richtigere Maße zurückgeführt. Ihm zufolge sinkt die Temperatur des Weltraums nicht unter sechzig Grad herab.

– Pöh!

– Das ist, fuhr Barbicane fort, ungefähr die in den Polargegenden, auf der Insel Melville oder auf dem Fort Reliance, beobachtete Temperatur, nämlich sechsundfünfzig hunderttheilige Grad unter Null.

– Es bleibt noch zu beweisen, sagte Nicholl, daß Fourier sich nicht bei seinen Schätzungen geirrt hat. Irre ich nicht, so schätzt ein anderer Franzose, Pouillet, die Temperatur des Raumes auf hundertundsechzig Grad unter Null. Darüber wollen wir das Richtige feststellen.

– Nicht in diesem Augenblick, erwiderte Barbicane, denn die direct auf unser Thermometer wirkenden Sonnenstrahlen würden im Gegentheil eine sehr hohe Temperatur ergeben. Aber wenn wir auf dem Mond angekommen sind, während der vierzehntägigen Nächte, welche abwechselnd auf seiner Oberfläche stattfinden, werden wir Zeit genug haben, dieses Experiment zu machen, denn unser Trabant bewegt sich im leeren Raum.

– Aber was verstehst Du unter leer? fragte Michel, giebt's etwas absolut Leeres?

– Der von Luft absolut leere Raum.

– Und worin nichts anderes die Luft ersetzt hat?

– Ja. Der Aether, erwiderte Barbicane.

– Ach! Aether, was ist das?

– Aether ist eine Masse unwägbarer Atome, welche bezüglich ihrer Dimensionen, sagen die Lehrbücher der Molecularphysik, ebenso von einander getrennt sind, wie die Himmelskörper im Weltraum. Ihr Abstand von einander beträgt jedoch nicht ganz ein drei Milliontheil eines Millimeters. Diese Atome bringen durch ihre Schwungbewegung das Licht und die Wärme hervor, indem sie in einer Secunde vierhundertunddreißig Trillionen Schwingungen machen, bei einer Größe von vier bis sechs Zehntausendtheilen eines Millimeters.

– Milliarden von Milliarden! rief Michel Ardan; man hat also diese Schwingungen gemessen und gezählt! Das Alles, Freund Barbicane, sind Ziffern der Gelehrten, welche das Ohr in Schrecken setzen und dem Geist nichts sagen.

– Man muß doch gut ziffern können ....

– Nein! Besser ist vergleichen. Eine Trillion bedeutet Nichts. Ein Vergleichungsgegenstand sagt Alles. Zum Beispiel: Wenn Du mir noch so oft vorsagst, der Massengehalt des Uranus sei sechsundsiebenzigmal so groß, als der der Erde, die Masse Saturn's sei neunhundertmal größer, Jupiter's dreizehnhundertmal, der Sonne dreizehntausendmal, so bin ich damit nicht viel weiter. Auch ziehe ich die alten Vergleichungen des Double Liégeois weit vor, der ganz einfach aussagt: „Die Sonne ist ein Kürbis von zwei Fuß Durchmesser, Jupiter eine Orange, Saturn ein Api-Apfel, Neptun eine kleine Süßkirsche, Uranus eine dicke Kirsche, die Erde eine Erbse, Mars ein dicker Stecknadelskopf, Merkur ein Senfkorn, Juno, Ceres, Vesta, Pallas bloße Sandkörner! Man weiß wenigstens, woran man sich halten soll!“

Nach diesem Ausfall Michel Ardan's gegen die Gelehrten, und diese Trillionen, welche sie in einem Augenblick an einander reihen, schritt man zur Bestattung Trabant's. Es handelte sich darum, den Leichnam hinauszuwerfen, wie die Matrosen es auf dem Meere machen. Doch, wie Barbicane anempfohlen hatte, verfuhr man dabei rasch, um so wenig Luft als möglich dabei zu verlieren, die durch ihre Elasticität reißend schnell entwichen wäre. Die Bolzen der Oeffnung auf der rechten Seite, die etwa dreißig Centimeter maß, wurden sorgfältig abgeschraubt, indeß Michel in voller Betrübniß den Hund zum Hinauswerfen fertig machte. Die Fensterscheibe, durch einen starken Hebel in Bewegung gesetzt, der den Druck der inneren Luft überwand, drehte sich rasch vermittelst seiner Charnière, und Trabant flog hinaus. Es entwichen kaum einige Elementartheilchen Luft, und es ging dabei so rasch her, daß Barbicane später kein Bedenken hatte, sich auf diese Weise noch anderer unnützer Trümmer zu entledigen.

Sechstes Capitel

Fragen und Antworten

Am 4. December wiesen die Chronometer auf fünf Uhr früh Morgens nach irdischer Berechnung, als die Reisenden nach vierundfünfzigstündiger Fahrt erwachten. Der Zeit nach waren sie erst um fünf Stunden und vierzig Minuten über die Hälfte der für die Fahrt angezeigten Dauer hinaus; von dieser Fahrt aber hatten sie schon beinahe sieben Zehntel zurückgelegt. Dieser eigenthümliche Umstand war der regelmäßigen Abnahme ihrer Geschwindigkeit zuzuschreiben.

Wenn sie die Erde von ihrem Fußbodenfenster aus beobachteten, erschien sie ihnen nur noch wie ein dunkler Flecken in einem Meer von Sonnenstrahlen. Keine Sichelform, kein aschfarbenes Licht mehr. Am folgenden Tag um Mitternacht, gerade zur Zeit des Vollmonds, mußte die Erde Neulicht haben. Oben näherte sich der Mond mehr und mehr der Linie ihrer Fahrt, so daß das Projectil zu der festgesetzten Stunde mit ihm zusammentreffen mußte. Ringsumher war das schwarze Himmelsgewölbe mit glänzenden Punkten besäet, welche langsam ihre Stelle zu ändern schienen. Aber bei der bedeutenden Entfernung schien ihre verhältnißmäßige Größe nicht geändert. Sonne und Sterne erschienen gerade so, wie man sie von der Erde aus schaut. Der Mond zeigte sich um ein Beträchtliches größer; aber mit ihren Fernröhren, welche überhaupt nicht weit reichten, vermochten die Reisenden noch nicht auf seiner Oberfläche ausgiebige Beobachtungen anzustellen, topographische oder geologische Eigenthümlichkeiten zu erkennen.

So verfloß denn auch die Zeit in fortgesetzten Unterhaltungen. Man plauderte vom Mond überhaupt, wobei jeder zum Besten gab, was er an Kenntnissen Besonderes hatte, Barbicane und Nicholl stets ernst, Michel Ardan stets phantastisch. Das Projectil, seine Lage und Richtung, die Zwischenfälle, welche eintreten konnten, die Vorsichtsmaßregeln, welche ein bevorstehender Fall auf den Mond erforderlich machte – dies alles bot unerschöpflichen Stoff zu Muthmaßungen.

Eben beim Frühstück rief eine auf das Projectil bezügliche Frage Michel's eine merkwürdige Beantwortung von Seiten Barbicane's hervor.

Michel, in Voraussetzung, das Geschoß werde, während es mit seiner furchtbaren Geschwindigkeit in voller Bewegung war, zu einem plötzlichen

Innehalten veranlaßt, wünschte zu wissen, welche Folgen ein solcher Anhalt haben würde.

„Aber“, erwiderte Barbicane, „ich sehe nicht ein, wie das Projectil zu einem Innehalten veranlaßt werden könnte.“

– Nehmen wir den Fall an, erwiderte Michel.

– Ein solcher Fall könnte nicht wirklich werden, versetzte der praktische Barbicane, sofern nicht die treibende Kraft in Abgang kommen sollte. Allein dann würde seine Geschwindigkeit allmälig abnehmen, ein plötzlicher Stillestand würde nicht eintreten.

– Angenommen, es stoße wider einen Körper an.

– Was für einen Körper?

– So ein Bolide, welchem wir begegnet sind.

– Dann, sagte Nicholl, würde das Projectil in tausend Stücke zersplittert, und wir mit.

– Noch besser, versetzte Barbicane, wir würden lebendig verbrannt.

– Verbrannt! rief Michel. Wahrhaftig! Ich bedauere, daß der Fall nicht eingetreten ist, „um es mit anzusehen“.

– „Und Du würdest es erlebt haben, erwiderte Barbicane. Man weiß jetzt, daß die Wärme nur eine Modification der Bewegung ist. Wenn man Wasser siedet, d.h. wenn man seine Wärme vermehrt, so bedeutet das, man vermehrt die Bewegung seiner Elementartheilchen.

– Nun! sagte Michel, das ist ja eine geniale Theorie!

– Und eine richtige, mein werther Freund, denn sie erklärt alle Erscheinungen des Wärmestoffs. Die Hitze ist nur eine Bewegung der Elementartheile, eine bloße Schwingung der Theilchen eines Körpers. Wenn man einen Zug zum Stillestehen bringt, so hält der Zug an. Aber was wird aus der Bewegung, welche ihn trieb? Sie verwandelt sich in Wärme, und der hemmende Zügel wird heiß. Warum schmiert man die Achse der Räder mit Fett? Um sie zu hindern, in Hitze zu kommen, in Betracht, daß die durch die Umwandlung verlorene Bewegung zu Hitze wird. Begreifst Du?

– Ob ich's begreife! erwiderte Michel, zum Staunen! So zum Beispiel, wenn ich lange gelaufen und ganz in Schweiß bin, daß mir die Tropfen rinnen, weshalb muß ich inne halten? Ganz einfach, weil meine Bewegung sich in Wärme verwandelt hat!“

Barbicane konnte bei Michel's Erwiderung das Lachen nicht halten. Dann kam er auf seine Theorie zurück und sprach:

„Also im Fall eines Anstoßes wäre es unserem Projectil ergangen, wie einer Kugel, welche, nachdem sie auf eine eiserne Platte getroffen, brennend heiß nieder fällt. Ihre Bewegung hat sich in Hitze verwandelt. Demnach behaupte ich, daß, wäre unsere Kugel mit dem Boliden zusammengestoßen, seine mit einem Male aufgehobene Geschwindigkeit eine Hitze erzeugt hätte, welche es augenblicklich zu verflüchtigen im Stande war.

– Dann, fragte Nicholl, was für eine Folge würde eintreten, wenn die Erde plötzlich in ihrer Umlaufbewegung gehemmt würde?

– Ihre Temperatur würde einen Höhegrad erreichen, erwiderte Barbicane, daß sie unverzüglich in Dünste aufgelöst würde.

– Gut, sagte Michel, da gäb's also ein höchst einfaches Mittel, der Welt ein Ende zu machen.

– Und wenn die Erde auf die Sonne fiele? sagte Nicholl.

– Den Berechnungen nach, erwiderte Barbicane, würde dieser Fall eine Hitze entwickeln gleich der von sechzehnhundert Kohlenkugeln von der Größe des Erdballs.

– Das würde der Sonnenhitze einen hübschen Zuwachs geben, versetzte Michel Ardan, worüber die Bewohner des Uranus und Saturn sich gewiß nicht beklagen würden, denn die müssen auf ihrem Planeten eine entsetzliche Kälte auszustehen haben.

– Also, meine Freunde, fuhr Barbicane fort, jede plötzlich zum Stillstand gebrachte Bewegung erzeugt Wärme. Und diese Theorie gestattet die Annahme, daß die Hitze der Sonnenscheibe durch einen Hagel von Boliden, welche unaufhörlich auf ihre Oberfläche fallen, unterhalten wird. Man hat selbst berechnet ...

– Verlassen wir uns nicht darauf, brummte Michel, das sind Ziffern, die gehen in's Weite.

– Man hat selbst berechnet, sagte Barbicane, ohne sich stören zu lassen, daß das Zusammenstoßen eines jeden Boliden mit der Sonne eine Hitze erzeugen muß, welche der von viertausend Massen Kohlen von demselben Kubikinhalt gleich kommt.

– Und wie stark ist die Sonnenhitze? fragte Michel.

– Sie ist gleich derjenigen, welche durch das Verbrennen einer um die Sonne herumgelegten siebenundzwanzig Kilometer dicken Kohlenschichte erzeugt würde.

– Und diese Hitze? ...

– Sie würde fähig sein, stündlich zwei Milliarden, neunhundert Millionen Kubikmyriameter Wasser siedend zu machen.

– Und sie röstet uns nicht? rief Michel.

– Nein, erwiderte Barbicane, weil die Erdatmosphäre vier Zehntel der Sonnenhitze verzehrt. Uebrigens beträgt die Quantität der von der Erde aufgefangenen Sonnenwärme nur zwei Milliardetheile der Gesammtausstrahlung derselben.

– Ich sehe wohl, daß Alles zum Besten dient, versetzte Michel, und daß diese Atmosphäre eine nützliche Erfindung ist, denn sie vergönnt uns nicht allein zu athmen, sondern verhindert uns auch zu braten.

– Ja, sagte Nicholl, und leider wird's auf dem Mond nicht ebenso sein.

– Bah! sagte Michel, stets voll Zuversicht. Wenn's dort Bewohner giebt, so athmen sie auch. Giebt's keine mehr, so werden sie wohl Sauerstoff übrig gelassen haben, der für drei Personen ausreicht, sei's auch im Grund der Schluchten, wo er durch seine Schwere sich ansammelte! Nun! Die Berge werden wir nicht erklettern können! Das ist Alles."

Michel stand auf und betrachtete die Mondscheibe, deren Glanz so stark war, daß man nicht hineinschauen konnte.

„Sacrement!" sagte er, „es muß doch warm da oben sein."

– „Nicht zu rechnen, erwiderte Nicholl, daß der Tag dort dreihundertundsechzig Stunden dauert!

– Zur Ausgleichung, sagte Barbicane, sind die Nächte da eben so lang, und da die Wärme durch Strahlen erneuert wird, so dürfte ihre Temperatur nicht anders sein, als die der Planetenräume.

– Ein hübsches Land! sagte Michel. Gleichviel! Ich möchte schon dort sein! Nicht wahr, liebe Kameraden, es wird recht merkwürdig sein, wenn man die Erde zum Mond hat, sie am Horizont aufgehen sieht, die Gestaltung ihrer Continente erkennt und sich sagt: hier ist Amerika, hier Europa! dann ihr mit den Blicken folgt, wenn sie sich in den Sonnenstrahlen verliert! – Ei, Barbicane, giebt's denn Finsternisse für die Seleniten?

– Ja, Sonnenfinsternisse, erwiderte Barbicane, wann sich die Centren der drei Gestirne in der nämlichen Linie befinden, die Erde in der Mitte.

Aber sie sind nur ringförmig, indem die Erde gleich einem vor die Sonnenscheibe gestellten Schirm, den größeren Theil derselben unbedeckt läßt.

– Und warum, fragte Nicholl, giebt's keine totale Verfinsterung? Reicht nicht der von der Erde geworfene Schattenkegel über den Mond hinaus?

– Ja, wenn man die von der Erdatmosphäre bewirkte Brechung der Strahlen nicht berücksichtigt. Nein, wenn man dieselbe in Betracht zieht. Also sei d ' die horizontale Parallaxe und r ' er halbe scheinbare Durchmesser.

– O! sagte Michel, ein halb v Null Quadrat ...! Sprich doch, daß es Jedermann versteht, Algebramensch!

– Nun denn in gewöhnlicher Sprache, erwiderte Barbicane. Da die mittlere Entfernung des Mondes von der Erde sechzig Erdradien beträgt, so beschränkt sich die Länge des Schattenkegels in Folge der Strahlenbrechung auf nicht ganz zweiundvierzig Radien. Daraus ergiebt sich, daß zur Zeit der Verfinsterungen der Mond sich außerhalb des reinen Schattenkegels befindet, und daß die Sonne ihm nicht allein die Strahlen ihres Randes, sondern auch die ihres Centrums zusendet.

– Dann, sagte Michel spöttisch, weshalb giebt's denn eine Finsterniß, da ja keine stattfinden soll?

– Blos deshalb, weil die Sonnenstrahlen durch die Lichtbrechung geschwächt sind, indem die Atmosphäre, durch welche sie dringen, den größeren Theil derselben verschlingt!

– Dieser Grund ist befriedigend, erwiderte Michel. Uebrigens, wir werden's wohl zu sehen bekommen, wenn wir dort sind. – Jetzt sag' mir, Barbicane, glaubst Du, daß der Mond ein vormaliger Komet sei?

– Das ist einmal wieder eine Idee!

– Ja, versetzte Michel mit liebenswürdiger Albernheit, ich habe manchmal Ideen der Art.

– Aber diese Idee rührt nicht von Michel her, erwiderte Nicholl.

– Gut! So bin ich ein Ideendieb!

– Allerdings, entgegnete Nicholl. Nach dem Zeugniß der Alten behaupteten die Arkadier, ihre Vorfahren hätten bereits auf der Erde gewohnt, als sie noch nicht den Mond zum Trabanten hatte. Von dieser Thatsache ausgehend haben manche Gelehrte den Mond für einen Kometen gehalten, den seine Bahn einmal der Erde so nahe brachte, daß er von ihrer Anziehungskraft festgehalten wurde.

– Und was ist denn Wahres an dieser Annahme? fragte Michel.

– Nichts, erwiderte Barbicane, und es läßt sich dies durch den Umstand beweisen, daß der Mond keine Spur von der gashaften Umhüllung bewahrt hat, die sich bei den Kometen stets findet.

– Aber, fuhr Nicholl fort, war es nicht möglich, daß der Mond, bevor er Trabant der Erde ward, bei seiner Sonnennähe so nahe an dieselbe herankam, daß er alle diese Gassubstanzen durch Verdünstung verlor?

– Möglich wohl, Freund Nicholl, aber nicht wahrscheinlich.

– Warum?

– Weil ... Meiner Treu', ich weiß nicht.

– Ei! rief Michel, wie viele Hundert Bücher lassen sich davon schreiben, was man nicht weiß!

– Laß das! Wie viel Uhr ist's? fragte Barbicane.

– Drei Uhr, erwiderte Nicholl.

– Wie doch bei der Unterhaltung so gelehrter Leute, wie wir sind, die Zeit hingeht! Sicherlich, ich merke, daß ich zu viel lerne! ich fühle, daß ich zu einem Brunnen werde!“

Mit diesen Worten schwang sich Michel zur Decke des Projectils empor, „um den Mond besser zu schauen“, wie er angab. Während dessen schauten seine Gefährten durch das untere Fenster in den Raum hinaus. Nichts Neues zu melden.

Als Michel wieder herabstieg, kam er bei der einen Seitenlucke vorüber, und stieß plötzlich einen Schrei der Verwunderung aus.

„Was giebt's denn?“ fragte Barbicane.

Der Präsident trat an das Fenster und gewahrte eine Art von plattem Sack, der einige Meter vom Projectil entfernt schwebte. Der Gegenstand schien unbeweglich, wie die Kugel, folglich war er von derselben Bewegung aufwärts getrieben.

„Was ist das für eine Maschine? fragte Michel Ardan wiederholt. Ist's ein im Weltraum schwebender kleiner Körper, den unser Projectil im Bereich seiner Anziehung festhält und es bis zum Mond begleiten will?“

– „Ich staune nur, erwiderte Nicholl, daß die specifische Schwere dieses Körpers, welche gewiß weit geringer ist, als die der Kugel, ihm gestattet, sich so strenge in ihrem Niveau zu halten!

– Nicholl, erwiderte Barbicane nach kurzem Besinnen, ich weiß nicht, was es für ein Gegenstand ist, aber ich weiß doch, weshalb er sich dem Projectil quer gegenüber hält.

– Und weshalb?

– Weil wir uns im luftleeren Raum bewegen, lieber Kapitän, und in einem solchen leeren Raum fallen oder bewegen sich – was einerlei ist – die Körper mit gleicher Geschwindigkeit, ohne Rücksicht auf ihre Schwere oder Gestalt. Der Widerstand der Luft verursacht die Verschiedenheit des Gewichts. Wenn man mit einer Luftpumpe eine Röhre entleert, so fallen die hineingeworfenen

Gegenstände, Staub- oder Bleikörner, mit gleicher Schnelligkeit hinein. Hier im leeren Weltraum erzeugt dieselbe Ursache gleiche Wirkung.

– Sehr richtig, sagte Nicholl, und Alles, was wir aus dem Projectil hinauswerfen, wird uns auf der ganzen Fahrt bis zum Mond unablässig begleiten.

– Ach was sind wir für Dummköpfe! rief Michel.

– Wir hätten das Projectil mit nützlichen Gegenständen, Büchern, Instrumenten, Werkzeugen etc. ganz füllen sollen. Dann hätten wir alles hinausgeworfen, und „Alles“ würde in einem Zug mit gefahren sein! Aber ich denke weiter: Weshalb begeben wir uns nicht hinaus, wie dieser Bolid? Warum springen wir nicht aus den Fenstern in den Raum hinaus? Was wäre das für eine Luft, so im Aether zu schweben, ohne daß wir, wie der Vogel mit Flügeln zu schlagen brauchten.

– Einverstanden, sagte Barbicane, aber wie sollten wir athmen?

– Daß auch die verdammte Luft so zur Unzeit fehlt!

– Aber, wenn sie auch nicht fehlte, Michel, da Dein Körper weniger dicht ist, als der des Projectils, so würdest Du sehr bald zurückbleiben.

– Dann ist's ein verkehrter Zirkel.

– Das Verkehrteste, was es giebt.

– So müssen wir im Waggon eingeschlossen bleiben?

– Ja wohl.

– Unmöglich! rief Michel mit fürchterlichem Ton.

– Was ist Dir? fragte Nicholl.

– Ich weiß, ich rathe, was es mit dem vermeintlichen Boliden für eine Bewandtniß hat! Nicht ein Asteroïd begleitet uns, nicht ein Planetenstückchen.

– Nun, was ist's denn? fragte Barbicane.

– Unser verendeter Hund! Diana's Gatte!“

Wirklich, dieser mißgestaltete, unkenntliche, zu Nichts gewordene Gegenstand war Trabant's Leichnam, platt wie ein nicht aufgeblasener Dudelsack, in steter Bewegung aufwärts.

Siebentes Capitel

Ein Moment der Berauschung

So begab sich also unter diesen ganz besonderen Bedingungen ein merkwürdiges, aber logisches, seltsames, doch erklärbares Ereigniß. Jeder aus dem Projectil herausgeworfene Gegenstand mußte dieselbe Bahn gehen und nur gemeinsam mit demselben stille stehen. Dieser Gegenstand der Unterhaltung ließ sich diesen Abend nicht erschöpfen. Die Gemüthsbewegung der drei Reisenden steigerte sich übrigens in dem Verhältniß, wie sie ihrem Reiseziel näher kamen. Sie hielten sich auf unvorhergesehene, neue Erscheinungen gefaßt, und in ihrer Geistesstimmung hätte sie nichts in Verwunderung gebracht. Ihre überreizte Phantasie eilte dem Projectil voraus, dessen Geschwindigkeit bedeutend abnahm, ohne daß sie's merkten. Aber der Mond wurde vor ihren Augen größer, und sie meinten schon, sie brauchten nur die Hand auszustrecken, um ihn zu fassen.

Am folgenden Morgen, 5. December, waren sie schon früh um fünf Uhr auf den Beinen. Dieser Tag sollte der letzte ihrer Reise sein, wenn die Berechnung richtig war. An demselben Abend um Mitternacht, binnen achtzehn Stunden, gerade bei Eintritt des Vollmonds, sollten sie bei seiner glänzenden Scheibe an langen. Zu Mitternacht sollte diese Reise, die außerordentlichste in alter und neuer Zeit, zur Vollendung kommen. Daher begrüßten sie auch in aller Frühe durch die von seinen Strahlen versilberten Fenster das Nachtgestirn mit zuversichtlichem, freudigem Hurrahrufen.

Der Mond schritt majestätisch am bestirnten Firmament weiter. Noch einige Grade, und er kam just zu der Stelle im Raum, wo das Zusammentreffen mit dem Projectil stattfinden sollte. Nach seinen eigenen Beobachtungen rechnete Barbicane darauf, an seiner Nordhälfte auf ihn zu stoßen, wo unermeßliche Ebenen sich ausdehnen und wenig Gebirg ist. Ein günstiger Umstand dies, falls die Mondatmosphäre, wie man dachte, nur in den Niederungen sich befand.

„Zudem, bemerkte Michel Ardan, ist eine Ebene zum Anlanden geeigneter, als ein Gebirg. Wenn ein Selenit in Europa auf dem Gipfel des Montblanc, oder in Asien auf der Spitze des Himalaya herabkäme, so bliebe ihm noch ein Stückchen der Reise zu machen!

– Ferner, fügte der Kapitän Nicholl hinzu, wird in ebener Gegend das Projectil, sobald es den Boden berührt, unbeweglich sein. Auf einem Abhange dagegen würde es wie eine Lavine fortrollen, und da wir keine Eichhörnchen sind, würden wir nicht mit heiler Haut davon kommen. Es ist also so in jeder Hinsicht am besten."

In der That schien der glückliche Erfolg des kühnen Unternehmens nicht mehr zweifelhaft. Ein Gedanke jedoch machte Barbicane Sorge; aber um seine Genossen nicht zu beunruhigen, schwieg er darüber.

Die Richtung des Projectils nach der Nordhälfte des Mondes bewies, daß seine Fahrt ein wenig von ihrer Linie abgewichen war. Mathematisch genommen mußte die Kugel gerade das Centrum der Mondscheibe treffen; nur durch eine Abweichung konnte es anderswohin sich richten. Woher kam eine solche? Barbicane konnte sich's nicht denken, noch über die Bedeutung dieser Abweichung urtheilen, weil ihm die Merkzeichen dafür abgingen. Er hoffte jedoch, es werde nur das zur Folge haben, daß man dem oberen Rand des Mondes zugeführt würde, eine zum Landen geeignetere Gegend.

Barbicane beschränkte sich daher, ohne seine Besorgnisse seinen Freunden mitzutheilen, darauf, den Mond häufig zu beobachten, um zu erkennen, ob sich die Richtung des Projectils nicht ändere. Denn es würde eine fürchterliche Lage sein, wenn die Kugel, ihr Ziel verfehlend, über die Mondscheibe hinaus in die Planetenräume gelangte.

In diesem Augenblick ließ der Mond, anstatt daß er bisher flach wie eine Scheibe schien, seine Wölbung bereits wahrnehmen. Hätten die Sonnenstrahlen ihn schräg von der Seite getroffen, so würde der geworfene Schatten die hohen Gebirge, welche dann klar hervortraten, haben erkennen lassen; der Blick hätte in den klaffenden Grund seiner Krater dringen, und die launenhaften Streifen, welche über seine unermeßlichen Ebenen ziehen, verfolgen können. Aber jede Erhöhung verlor sich noch in dem starken Lichtglanz. Kaum konnte man die großen Flecken unterscheiden, welche dem Mond den Anschein eines menschlichen Angesichts geben.

„Menschengesicht, meinetwegen, sagte Michel Ardan, aber es thut mir leid für die liebenswürdige Schwester Apollo's, ein benarbtes Gesicht!"

Inzwischen beobachteten die Reisenden, so nahe ihrem Ziel, unablässig diese neue Welt. Ihre Phantasie ließ sie die unbekannten Landschaften durchwandern. Sie erklimmten hohe Berggipfel, stiegen in den Grund der weiten Ringgebirge hinab. Hie und da glaubten sie ungeheure Meere zu sehen, die unter einer dünnen Atmosphäre kaum bestehen konnten, und Bäche, die den Tribut der Gebirge zollten. Ueber den Abgrund gebeugt hofften sie von dem Gestirn her Geräusch zu vernehmen, das in der Einsamkeit des leeren Raumes ewig stumm blieb.

Von diesem letzten Tage blieben ihnen tiefe Erinnerungen. Sie zeichneten die geringsten Details auf. Es durchdrang sie eine unbestimmte Unruhe in dem Verhältniß, wie sie sich dem Ziele näherten, und diese Unruhe wäre noch größer gewesen, wenn sie die geringe Geschwindigkeit, mit der sie fuhren, gewahr geworden wären. Sie würde ihnen wohl unzureichend vorgekommen sein, um sie bis an ihr Ziel zu bringen. Das Projectil hatte damals fast kein Gewicht mehr. Dieses nahm beständig ab, und mußte am Ende auf der Linie verschwinden, wo die Anziehungskräfte des Mondes und der Erde sich gegenseitig aufhoben, was überraschende Wirkungen hervorbrachte.

Trotz dieser beunruhigenden Gedanken vergaß jedoch Michel Ardan nicht, das Frühstück mit gewohnter Pünktlichkeit zu bereiten, und man aß mit großem Appetit. Die Bouillon war vortrefflich; nicht minder das conservirte Fleisch. Einige Gläser guten Franzweins setzten dem Mahle die Krone auf. Und bei dieser Gelegenheit bemerkte Michel Ardan, daß die Mondweinberge – wofern es solche gäbe, – bei dieser glühenden Hitze die feurigsten Weine erzeugen müßten. Für jeden Fall hatte der vorsorgliche Franzose nicht vergessen, einige köstliche Reben, als Medoc und Côte d'or, in sein Packet zu thun, worauf er hauptsächlich baute.

Der Apparat Reisset und Regnault war fortwährend sehr pünktlich in Thätigkeit, so daß die Luft in völlig reinem Zustand blieb. Kein Elementartheilchen Kohlensäure, das nicht von dem Kali verschlungen ward, und vom Sauerstoff versicherte der Kapitän Nicholl, „er sei erster Qualität“. Etwas Wasserdünste im Projectil mischten sich mit dieser Luft und milderten ihre Trockenheit, und man kann sagen, daß viele Wohnungen in Paris, London oder New-York, viele Theatersäle sich gewiß nicht in so günstigem Gesundheitszustand befinden.

Doch mußte, um regelmäßig thätig zu sein, dieser Apparat in vollkommenem Zustand erhalten werden. Daher untersuchte Michel jeden Morgen die Regulatoren der Ausströmung, probirte die Hahnen, regelte mit dem Pyrometer den Wärmegrad des Gases. So ging bisher Alles gut, und die Reisenden fingen an, nach dem Beispiel des würdigen J.T. Maston eine Wohlbeleibtheit zu gewinnen, daß man sie nicht wieder erkannt haben würde, wenn sie einige Monat lang in diesem Gefängniß geblieben wären. Sie befanden sich mit einem Wort, wie die Hühner im Korbe: sie wurden fett.

Wenn Barbicane zu den Luckenfenstern hinaussah, gewahrte er das Hundegespenst und die verschiedenen hinausgeworfenen Gegenstände, welche standhaft das Projectil begleiteten. Diana heulte melancholisch, wenn sie

Trabant's irdische Reste erblickte. Diese heimat- und herrenlosen Gegenstände schienen so unbeweglich, als lägen sie auf festem Boden.

„Wissen Sie, meine Freunde“, sagte Michel Ardan, „wenn Einer von uns den Gegenstoß bei der Abfahrt nicht überlebt hätte, wir wären in Verlegenheit gewesen, ihn zu beerdigen, d.h. im Aether zu bestatten. Sehen Sie diesen Leichnam, der uns als Ankläger wie mit Gewissensbissen im Weltraum verfolgt!

– Es wäre traurig gewesen, sagte Nicholl.

– Ach! fuhr Michel fort, wie bedauere ich, daß ich nicht draußen einen Spaziergang machen kann. Was wär's für eine Luft, in diesem strahlenden Aether sich zu baden und zu wiegen, in diesen reinen Sonnenstrahlen sich zu wälzen! Hätte nur Barbicane daran gedacht, für ein Skaphanderkleid und eine Luftpumpe zu sorgen, so würde ich mich hinaus gewagt haben, um auf der Spitze des Projectils wie ein Hippogryph oder eine Chimäre Stellung zu nehmen.

– Aber, mein alter Michel, erwiderte Barbicane, Du würdest nicht lange den Hippogryphen gespielt haben, denn trotz Deines Skaphanderkleides würdest Du, aufgetrieben durch die in Deinem Innern enthaltene Luft, wie eine Granate zerplatzt sein, oder vielmehr wie ein Ballon, der zu hoch steigt. Also bedauere nichts, und beherzige wohl: So lange wir uns im luftleeren Raum bewegen, mußt Du Dir jeden sentimentalen Spaziergang außerhalb des Projectils versagen!“

Michel Ardan ließ sich einigermaßen überzeugen. Er gab zu, die Sache sei schwierig, aber nicht „unmöglich“. Dieser Begriff und das Wort dafür ging ihm gänzlich ab.

Die Unterhaltung ging von diesem Gegenstand auf einen anderen über, und stockte keinen Augenblick.

Es kam den drei Freunden vor, als sproßten in dieser Lage ihnen die Ideen im Gehirn wie die Blätter bei der ersten Frühlingswärme. Sie fühlten sich wie stark belaubt.

Mitten unter diesen Fragen und Antworten, die an diesem Morgen sich kreuzten, stellte Nicholl eine Frage, die nicht sogleich gelöst wurde.

„Eine Reise zum Mond“, sagte er, „ist jedenfalls eine hübsche Sache, aber wie kommen wir wieder zurück?“

Seine Kameraden sahen ihn mit Ueberraschung an. Man hätte denken können, dieser mögliche Fall komme jetzt zum erstenmale ihnen in den Sinn.

„Was meinen Sie damit, Nicholl“, fragte Barbicane ernst.

– Daß man, fügte Michel bei, ehe man in ein Land kommt, schon nach der Rückkehr fragt, scheint mir nicht an der Zeit.

– Ich sag's nicht, um zurückzuweichen, entgegnete Nicholl, sondern ich wiederhole meine Frage mit den Worten: Wie werden wir zurückkehren?

– Das weiß ich nicht, erwiderte Barbicane.

– Und ich, sagte Michel, wäre gar nicht hingegangen, hätte ich gewußt, wie wieder heim zu kommen.

– Das heißt eine Antwort, rief Nicholl aus.

– Ich billige Michel's Aeußerung, sagte Barbicane, und ich füge hinzu, daß die Frage für jetzt kein Interesse hat. Später, wenn wir für angemessen halten, zurück zu kehren, werden wir darüber berathen. Ist die Columbiade nicht mehr da, so wird das Projectil stets da sein.

– Gut gesagt! Eine Kugel ohne Flinte!

– Die Flinte, erwiderte Barbicane, kann man verfertigen. Das Pulver läßt sich fabriciren! Auf dem Mond kann es weder an Metallen, noch an Salpeter, noch an Kohlen fehlen. Uebrigens braucht man für die Rückkehr nur die Anziehungskraft des Mondes zu überwinden, und nur achttausend Lieues zu steigen, um blos in Folge der Schwerkraft auf den Erdball zu fallen.

– Genug, sagte Michel lebhaft, kein Wort mehr von Rückkehr! Wir haben schon zu viel davon gesprochen. Mit unseren vormaligen Collegen auf der Erde zu verkehren, wird so schwer nicht sein.

– Und wie?

– Vermittelst der aus den Kratern des Mondes geschleuderten Boliden.

– Richtig getroffen, Michel, erwiderte Barbicane, als sei er davon überzeugt. Laplace hat berechnet, es sei nur eine fünfmal stärkere Kraft, wie die unserer Kanonen erforderlich, um einen Boliden von dem Mond zur Erde zu schleudern. Nun giebt's aber keinen Vulkan, der nicht eine stärkere Kraft besäße.

– Hurrah! rief Michel. Diese Boliden sind bequeme Briefboten, und die nichts kosten! Wir können die Postverwaltung auslachen! Aber, ich meine ...

– Was meinst Du?

– Eine kostbare Idee! Warum haben wir nicht einen Draht an unser Projectil befestigt? Dann könnten wir Telegramme mit den Erdbewohnern wechseln!

– Tausend Teufel! versetzte Nicholl. Und Du bringst das Gewicht eines Drahtes von sechsundachtzigtausend Lieues nicht in Anschlag?

– Nein! Man hätte die Ladung der Columbiade dreimal stärker gemacht! Ja viermal! fünfmal! rief Michel mit einer heftigen Betonung.

– Es erhebt sich nur ein kleiner Einwand gegen Dein Project, erwiderte Barbicane; während der Bewegung unseres Erdballs um ihre Achse hätte sich der

Draht um sie herum gelegt, gleich der Kette um eine Winde, und das hätte uns unvermeidlich auf die Erde zurückgezogen.

– Bei den neununddreißig Sternen der Union! Da habe ich also heute nur unpraktische Ideen! Ideen, unseres J.T. Maston würdig! Aber ich denke, wenn wir nicht auf die Erde zurück kommen, ist Maston im Stande uns zu besuchen!

– Ja, versetzte Barbicane, der würdige und muthige Kamerad wird gewiß kommen. Uebrigens ist's auch eine sehr leichte Sache. Ist nicht die Columbiade noch im Boden Florida's? Giebt's nicht Baumwolle und Stickstoff genug, um Schießbaumwolle zu verfertigen? Kommt nicht der Mond wieder in den Zenith Florida's? und zwar in achtzehn Jahren gerade wieder in dieselbe Stellung?

– Ja, wiederholte Michel, ja, Maston wird kommen, und unsere Freunde Elphistone, Blomsberry, alle Mitglieder des Gun-Clubs werden mitkommen, und werden uns willkommen sein! Und später richtet man Projectilzüge zwischen der Erde und dem Mond ein: „Hurrah für J.T. Maston!"

Wenn der ehrenwerthe J.T. Maston nicht die zu seinen Ehren erschallten Hurrahs hören konnte, so hat's ihm doch in den Ohren geklingelt. Was trieb er damals? Ohne Zweifel war er auf dem Posten zu Longs Peak, um das nicht sichtbare Projectil aufzusuchen. Dachte er an seine theuren Kameraden, so blieben diese nicht hinter ihm zurück, und widmeten ihm in Folge einer ganz besonderen Steigerung ihre besten Gedanken.

Aber woher kam diese Aufgeregtheit bei den Bewohnern des Projectils, welche sichtbar größer ward? Ihre Nüchternheit konnte man nicht in Zweifel ziehen. War diese seltsame Steigerung des Gehirns der außerordentlichen Lage, worin sie sich befanden, zuzuschreiben, der Nähe des Nachtgestirns, von welchem sie nur noch einige Stunden entfernt waren, einer stillen Einwirkung des Mondes auf ihre Nerven? Ihr Angesicht war roth, als befänden sie sich vor einem Schmelzofen; ihr Athmen wurde lebhafter, ihre Lungen spielten wie ein Blaseblag; ihre Augen glänzten von außerordentlichem Feuer; ihre Stimme schallte fürchterlich laut; ihre Worte platzten heraus, wie die Pfropfen einer Champagnerflasche; ihre Bewegungen wurden unruhiger und verwirrt. Und, sonderbar, Keiner von ihnen merkte diese maßlose Steigerung ihres Geistes.

„Jetzt", sagte Nicholl in barschem Ton, „jetzt, da ich nicht weiß, ob wir wieder zurückkommen, möcht' ich wissen, was wir auf dem Mond vorhaben."

– Was wir dort vorhaben? erwiderte Barbicane und stampfte mit dem Fuß, als wär' er in einem Waffensaal, das weiß ich nicht!

– Du weißt's nicht! rief Michel heulend, daß es laut im Projectil widerhallte.

– Nein, ich hab' nicht einmal eine Idee davon! entgegnete Barbicane, indem er den gleichen Ton anstimmte.

– Aber ich weiß es, ich, erwiderte Michel.

– Dann sprich's heraus, schrie Nicholl, der seinen Zorn nicht länger zurückhalten konnte.

– Das sag ich, wann mir's beliebt, rief Michel und faßte dabei seinen Kameraden beim Arme.

– Das muß Dir belieben, sagte Barbicane mit feurigem Blick und drohender Faust. Du hast uns zu dieser fürchterlichen Reise fortgerissen, und wir wollen wissen, warum!

– Ja! sagte der Kapitän, jetzt, da ich nicht weiß, wohin ich gehe, will ich wissen warum!

– Warum? schrie Michel, und sprang einen Meter hoch, warum? Um im Namen der Vereinigten Staaten den Mond in Besitz zu nehmen! um ihnen einen vierzigsten Staat hinzuzufügen! Um die Mondlandschaften zu cultiviren, zu bevölkern, alle Wunderwerke der Kunst, Wissenschaft und Industrie dahin zu verpflanzen! Um die Seleniten zu civilisiren, sofern sie nicht civilisirter als wir sind, und bei ihnen eine Republik einzuführen, wenn sie noch nicht eine solche haben!

– Und wenn es keine Seleniten giebt, entgegnete Nicholl, der in seiner unerklärlichen Trunkenheit sehr widerwärtig wurde.

– Wer sagt, daß es keine Seleniten giebt? schrie Michel mit drohendem Ton.

– Ich! brüllte Nicholl.

– Kapitän, sagte Michel, sage nicht zum zweitenmal so ein unverschämtes Wort, oder ich versetze Dir eins durch die Zähne in den Rachen hinein!

Die beiden Gegner waren schon im Begriff, aufeinander loszustürzen, und die unzusammenhängenden Streitreden drohten in eine Schlacht auszuarten, als Barbicane mit einem fürchterlichen Sprung sich dazwischen warf.

„Halt, Unglückselige“, sagte er, indem er seine Kameraden auseinander riß, „wenn's keine Seleniten giebt, so brauchen wir keine!“

– Ja, rief Michel, der nicht darauf bestand, wir können sie entbehren. Wir haben mit den Seleniten nichts zu schaffen! Nieder mit den Seleniten!

– Uns gehört die Herrschaft über den Mond, sagte Nicholl.

– Uns Dreien, errichten wir eine Republik!

– Ich werde Congreß sein, schrie Michel.

– Und ich Senat, versetzte Nicholl.

– Und Barbicane Präsident, brüllte Michel.

– Kein von der Nation ernannter Präsident, erwiderte Barbicane.

– Nun denn! Ein vom Congreß ernannter Präsident, rief Michel, und als Congreß erwähle ich Dich einstimmig!

– Hurrah! Hurrah! dem Präsidenten Barbicane! schrie Nicholl.

– Hip! Hip! Hip! rief Michel Ardan.

Darauf stimmten Präsident und Senat das populäre *Yankee doodle* an, während der Congreß sie mit der schwungvollen *Marseillaise* begleitete.

Darauf begannen sie einen Rundtanz mit unsinnigen Bewegungen und tollen Sprüngen, machten Purzelbäume wie Clowns. Diana tanzte mit, heulte mit, sprang bis zur Decke empor. Man vernahm unerklärliche Flügelschläge, seltsam tönende Hahnrufe. Fünf bis sechs Stück Geflügel flatterten umher, und stießen wie tolle Fledermäuse wider die Wände ...

Die drei Reisekameraden aber, deren Lungen durch eine unbegreifliche Einwirkung in Unordnung geriethen, sanken, mehr als berauscht, mit glühenden Athmungswerkzeugen, bewegungslos zu Boden.

Achtes Capitel

Achtundsiebenzigtausendhundertundvierzehn Meilen

Was war vorgegangen? Woher kam diese seltsame Berauschung, welche verderbliche Folgen haben konnte? Eine bloße Unachtsamkeit Michel's war schuld, und glücklicher Weise konnte Nicholl noch zeitig abhelfen.

Nach einer wirklichen. Ohnmacht von einigen Minuten kam der Kapitän zuerst wieder zur Besinnung, zum Besitz seines Verstandes.

Obwohl er zwei Stunden zuvor gefrühstückt hatte, empfand er einen fürchterlichen Hunger, der ihn peinigte, als habe er seit einigen Tagen nichts gegessen. Sein Magen war, wie das Gehirn und alle Nerven im höchsten Grad überreizt.

Er stand also auf und begehrte von Michel ein nachträgliches Frühstück. Michel, der noch nicht bei Sinnen war, antwortete nicht. Nun wollte Nicholl einige Tassen Thee bereiten, um das Verschlingen von einem Dutzend Sandwichs zu erleichtern. Um sich dafür Feuer zu machen, rieb er hastig ein Zündhölzlein.

Wie erstaunte er, als er den Schwefel außerordentlich glänzend brennen sah, daß seine Augen es fast nicht aushalten konnten. Aus dem Hahnen des Gases, welches er anzündete, strömte eine Flamme, wie ein elektrischer Lichtstrom.

Jetzt ging dem Kapitän ein Licht auf. Dieser starke Lichtglanz, die in ihm vorgegangenen physiologischen Störungen, die Ueberreizung aller seiner geistigen und sittlichen Kraft, Alles ward ihm verständlich.

„Der Sauerstoff"! rief er aus.

Er besichtigte den Luftbereitungs-Apparat, und gewahrte wie dem Hahnen reichlich das farblose, geschmacklose, geruchlose Gas entströmte, welches zwar äußerst belebend ist, aber in unvermischtem Zustand die bedenklichsten Störungen des Organismus herbeiführt. Aus Unachtsamkeit hatte Michel den Hahnen zu weit offen gelassen!

Nicholl hemmte rasch das Ausströmen das Sauerstoffs, womit die Atmosphäre gesättigt war, so daß der Tod der Reisenden nicht durch Ohnmacht, sondern durch Verbrennen erfolgt wäre.

Eine Stunde hernach, als die Luft weniger von Sauerstoff überladen war, konnten die Lungen wieder regelmäßig ihre Function verrichten. Allmälig kamen die drei Freunde aus ihrem Rausch wieder zu sich; aber sie mußten diesen Gasrausch ausschlafen, wie ein Betrunkener seinen Weinrausch.

Als Michel hörte, wie sehr er diesen Zwischenfall verschuldet hatte, ließ er sich dadurch nicht aus der Fassung bringen. Diese unversehene Trunkenheit beseitigte die langweilige Einförmigkeit der Reise. Zwar hatte man sich in diesem Zustand manche Beleidigungen gesagt, aber sie waren rasch wieder vergessen.

„Sodann", fügte der lustige Franzose bei, „bin ich nicht böse, etwas von diesem Gas, das in den Kopf steigt, genossen zu haben. Wissen Sie, meine Freunde, es ließe sich eine merkwürdige Anstalt gründen, Sauerstoffcabinette, worin Leute von abgeschwächtem Organismus auf einige Stunden könnten zu einem thätigeren Leben gesteigert werden! Denken Sie sich einmal Versammlungen, worin die Luft mit diesem heroischen Fluidum gesättigt wäre, Theater, worin die Administration dasselbe in großer Dosis verwendet, welche Leidenschaft in der Seele der Schauspieler und Zuschauer, welches Feuer, welcher Enthusiasmus würde dadurch erzeugt! Und wenn man, statt einer bloßen Versammlung, ein ganzes Volk damit sättigen könnte, welche Belebung der Thätigkeit in seinen Verrichtungen, welche Lebensergänzung würde erfolgen. Aus einer durch Erschöpfung herabgekommenen Nation könnte man vielleicht eine kräftige und große Nation machen, und ich kenne mehr wie einen

Staat unseres alten Europas, welcher im Interesse seiner Gesundheit sich einer Sauerstoffcur unterziehen sollte!“

Michel sprach und steigerte sich dergestalt, daß man meinen konnte, der Hahnen sei immer noch zu weit offen. Aber mit einem einzigen Worte hemmte Barbicane seinen Enthusiasmus.

„Das ist alles gut, Freund Michel“, sprach er zu ihm, „aber willst Du uns nicht sagen, woher das Geflügel kam, das sich in unser Concert mischte?“

– Dies Geflügel?

– Ja.

In der That spazierten ein halb Dutzend Hennen sammt einen prachtvollen Hahn umher, flatterten und gackerten.

„Ach! Die Tölpel!“ rief Michel. „Der Sauerstoff hat sie in Aufruhr gebracht!“

– Aber was willst Du denn mit dem Geflügel anfangen? fragte Barbicane.

– Sie auf dem Mond acclimatisiren, wahrhaftig!

– Weshalb hast Du sie denn versteckt?

– Ein Possenstreich, mein würdiger Präsident, ein bloßer Scherz, der kläglich scheiterte! Ich wollte sie auf dem Mondland im Stillen frei lassen, ohne Ihnen ein Wörtchen zu sagen! Nicht wahr, Sie wären erstaunt gewesen, daß solch irdisches Geflügel auf den Gefilden des Mondes nach Körnern scharrt!

– Ach, was bist Du ewig ein Gamin! erwiderte Barbicane, bei Dir bedarf's keines Sauerstoffs, um den Kopf zu steigern! Du bis stets, was wir in der Gasbenebelung waren: stets ein Narr!

– So! wer sagt denn, daß wir damals nicht gescheit gewesen, entgegnete Michel Ardan.

Nach dieser philosophischen Betrachtung stellten die drei Freunde die Ordnung im Projectil wieder her. Hennen und Hahn wurden wieder eingesperrt. Aber während sie dieses vornahmen, kam Barbicane und seinen Genossen eine neue Erscheinung sehr auffallend zum Bewußtsein.

Seit dem Moment, da sie von der Erde abgefahren waren, hatten sie selbst, die Kugel sammt den darin enthaltenen Gegenständen, beständig und in zunehmendem Verhältniß an Schwere abgenommen. Konnten sie diese Abnahme für das Projectil nicht constatiren, so mußte doch ein Zeitpunkt kommen, wo diese Wirkung in Beziehung auf sie selbst und für die Geräthe oder Instrumente, deren sie sich bedienten, merkbar wurde.

Es versteht sich, daß eine Wage die Abnahme nicht angezeigt haben würde, weil das zum Abwiegen eines Gegenstands bestimmte Gewicht gerade ebensoviel an Schwere verloren haben würde, als der Gegenstand selbst; aber eine Schnellwage mit einer Feder, deren Spannkraft von der Anziehungskraft unabhängig ist, hätte dieses Schwinden genau anzugeben vermocht.

Bekanntlich steht die Anziehungskraft, sonst Schwere genannt, im gleichen Verhältniß der Massen, und im umgekehrten des Quadrats der Entfernungen. Daraus folgt nun: Wäre die Erde allein in dem Raum gewesen, und die anderen Himmelskörper plötzlich zu Nichte geworden, so würde das Projectil nach Newton's Gesetz um so viel mehr, als es sich von der Erde entfernte, an Gewicht verloren haben, doch ohne dasselbe jemals ganz zu verlieren, denn die Anziehungskraft der Erde würde sich stets, bei jeder Entfernung, fühlbar gemacht haben.

Aber in dem gegebenen Fall mußte ein Zeitpunkt eintreten, wo das Projectil gar nicht mehr den Gesetzen der Schwere unterworfen war, wenn man von den anderen Himmelskörpern absah, deren Einwirkung man als Null ansehen konnte.

In der That zog sich die Bahnlinie des Projectils zwischen der Erde und dem Mond. Je mehr sich dasselbe von der Erde entfernte, nahm die Anziehung der letzteren ab im umgekehrten Verhältniß des Quadrats der Entfernungen, aber auch die Anziehung von Seiten des Mondes nahm in gleichem Verhältniß zu. Es mußte also ein Punkt kommen, wo diese beiden Anziehungen sich gegenseitig aufhoben, die Kugel also gar keine Schwere mehr hatte. Wäre Erde und Mond von gleichem Massengehalt gewesen, so hätte dieser Punkt in gleicher Entfernung von beiden, gerade in der Mitte der Linien gelegen. Zog man aber die Verschiedenheit der Massen in Berechnung, so war es leicht zu berechnen, daß dieser Punkt zwischen siebenundvierzig und zweiundfünfzig Theilen der Reise lag, in Ziffern nämlich, achtundsiebenzigtausendeinhundertundvierzehn französische Meilen von der Erde ab.

Auf diesem Punkt würde ein Körper, der keine treibende Kraft der Schnelligkeit oder Ortsveränderung in sich enthielt, ewig unverändert bleiben, indem er von den beiden Gestirnen gleichmäßig angezogen würde und keine andere Kraft ihn abzog.

Nun aber mußte das Projectil, wenn die treibende Kraft richtig berechnet war, beim Anlangen an diesem Punkt keine Geschwindigkeit mehr haben, indem zugleich bei ihm, wie bei allen in demselben enthaltenen Gegenständen, gar keine Schwere mehr zu erkennen war.

Was würde jetzt erfolgen? Es konnte einer von den drei Fällen eintreten:

Entweder das Projectil hatte noch einige Geschwindigkeit behalten, dann drang es über den Punkt gleicher Anziehung hinaus, und mußte, vermöge der überwiegenden Anziehungskraft des Mondes auf diesen fallen.

Oder, wenn ihm die Kraft mangelte, den Punkt gleicher Anziehung zu erreichen, so mußte es vermöge der überwiegenden Anziehungskraft der Erde auf diese zurückfallen.

Oder endlich, seine Kraft reichte zum Anlangen an dem neutralen Punkt gerade aus, aber nicht weiter vorwärts, dann würde sie ewig an dieser Stelle bleiben, wie das angebliche Grab Mahomed's, zwischen dem Zenith und Nadir.

In dieser Lage befand man sich, und Barbicane setzte seinen Reisegefährten die Folgen derselben klar auseinander. Das entsprach im höchsten Grad ihrem Interesse. Wie konnten sie nun aber erkennen, daß das Projectil, diesen neutralen Punkt in der Entfernung von achtundsiebenzigtausendeinhundertundvierzehn französischen Meilen erreicht habe?

Eben daran, wenn sowohl sie, als die im Projectil enthaltenen Gegenstände sich gar nicht mehr den Gesetzen der Schwere unterworfen zeigten.

Bisher hatten die Reisenden, obwohl sich ihnen ergab, daß diese Kraft mehr und mehr schwand, doch noch nicht ihre völlige Abwesenheit erkannt. Aber diesen Tag, gegen elf Uhr Morgens, als Nicholl ein Glas aus der Hand fallen ließ, blieb dasselbe, anstatt zu fallen, in der Luft schweben.

„Ei!" rief Michel Ardan, „da seht einmal eine spaßhafte Physik!"

Und sofort hielten sich verschiedene Gegenstände, Waffen, Flaschen, die man sich selbst überließ, wie zauberhaft an ihrer Stelle. Auch Diana, von Michel in die Luft gestellt, führte, jedoch ohne ein Zauberkunststück, das einst von Caston und Robert Houdin veranstaltete schwebende Wunder auf. Der Hund schien übrigens gar nicht zu merken, daß er in der Luft schwebte.

Sie selbst, diese drei wagehalsigen Genossen, waren überrascht und trotz ihres wissenschaftlichen Urtheils bestürzt, als sie, in das Bereich des Wunderbaren versetzt, merkten, daß ihrem Körper die Schwere abging. Wenn sie die Arme ausstreckten, fühlten diese kein Bedürfniß, wieder zu sinken. Ihr Kopf wackelte auf den Schultern. Ihre Füße blieben nicht mehr auf dem Boden des Projectils. Sie waren wie Betrunkene, die nicht mehr fest stehen können. Die Phantasie hat Menschen ohne Schatten, ohne Widerschein geschaffen. Hier aber bildete die Wirklichkeit durch Aufhebung der Anziehungskräfte Menschen, bei denen nichts mehr ein Gewicht, und die selbst keine Schwere mehr hatten!

Plötzlich schwang sich Michel mit einem Sprung empor, und blieb so in der Luft schwebend, wie bei Murillo der Mönch in der Engelsküche.

Seine beiden Freunde gesellten sich ihm auf ein Weilchen zu, so daß sie alle drei in der Mitte des Projectils eine wunderbare Himmelfahrt darstellten.

„Ist das glaublich, ist's wahrscheinlich? ist's möglich?“ rief Michel aus. „Nein.

Und doch ist's so! Ach! hätte uns Raphael so gesehen, was hätte er für eine

„Himmelfahrt“ dargestellt!“

– „Das Schweben in der Höhe kann nicht andauern, erwiderte Barbicane. Wenn das Projectil über den neutralen Punkt hinaus kommt, wird die Anziehungskraft des Mondes uns nach diesem hin ziehen.

– Dann werden wir also auf der Decke des Projectils Fuß fassen, erwiderte Michel.

– Nein, sagte Barbicane, weil das Projectil, dessen Schwerpunkt sehr weit unten liegt, sich allmälig umkehren wird.

– Das will heißen, unsere ganze Einrichtung, von oben bis unten, wird sich umkehren!

– Beruhige Dich, Michel, erwiderte Nicholl. Eine Umkehrung ist durchaus nicht zu befürchten. Nicht ein einziger Gegenstand wird von seiner Stelle rücken, weil die Wendung des Projectils ganz unmerklich vorgeht.

– Richtig, fuhr Barbicane fort, und wenn es über den Punkt gleicher Anziehung hinaus ist, wird sein Boden als der verhältnißmäßig schwerere Theil dasselbe senkrecht nach dem Mond hin ziehen. Aber damit dieses vor sich gehe, müssen wir über die neutrale Linie hinaus sein.

– Ueber die neutrale Linie hinaus! schrie Michel. Dann machen wir's wie die Seeleute, welche die Linie des Aequators passiren. Benutzen wir den Uebergang.“

Eine leichte Seitenbewegung brachte Michel an die ausgefütterte Wand. Hier nahm er eine Flasche und Gläser, stellte sie in die Luft vor seine Kameraden, sie stießen lustig an und begrüßten die Linie mit einem dreifachen Hurrah.

Diese Wirkung der Anziehungskräfte dauerte kaum eine Stunde. Die Reisenden fühlten sich unmerklich wieder nach dem Boden gezogen, und Barbicane glaubte wahrzunehmen, daß die konische Spitze des Projectils ein wenig von der senkrecht dem Mond zugewendeten Richtung abwich. Durch eine entgegengesetzte Bewegung näherte sich das Bodenstück demselben. Die Anziehungskraft des Mondes überwog also die der Erde. Der Fall nach dem

Mond zu begann, noch fast unmerklich; er konnte in der ersten Secunde nur 1/3 Millimeter, d.h. fünfhundertundneunzig Tausendtheile einer Linie betragen. Aber allmälig würde die anziehende Kraft zunehmen, der Fall würde auffallender werden, das Projectil, mit dem Boden gegen den Mond gezogen, würde seine Spitze der Erde zukehren, und mit wachsender Schnelligkeit auf die Oberfläche des Mondlandes fallen. Damit wäre der Zweck erreicht. Jetzt konnte nichts mehr das Gelingen hindern, und Nicholl mit Michel Ardan theilten Barbicane's Freude. Hernach plauderten sie über alle diese Erscheinungen, welche sie eine nach der anderen in Staunen versetzten. Diese Neutralisation der Gesetze der Schwere zumal gab immer neuen Stoff der Unterhaltung. Michel Ardan, stets Enthusiast, wollte daraus Consequenzen ziehen, die pure Phantasie waren.

„Nun, meine würdigen Freunde", rief er aus, „welcher Fortschritt, wenn man sich dergestalt der Schwere, dieser an die Erde fesselnden Kette, entledigen könnte! Es wäre gleichsam Befreiung eines Gefangenen! Es gäbe keine Ermüdung mehr für die Arme, wie für die Beine. Und wenn es richtig steht, daß, um auf die Erdoberfläche zu fliegen, um sich durch bloßes Muskelspiel in der Luft zu halten, es einer hundertfach stärkeren Kraft, als die unserige ist, bedarf, so würde ein bloßer Willensact, eine Laune uns in den Weltraum versetzen, wenn die Anziehungskraft nicht mehr existirte."

– Wirklich, sagte Nicholl lächelnd, wenn man die Schwere unterdrücken könnte, wie man den Schmerz durch Chloroform unterdrückt, so würde das gewiß die Gestalt der modernen Gesellschaft ändern!

– Ja! rief Michel, der von seinem Gegenstand ganz erfüllt war, heben wir die Schwerkraft auf, dann giebt's keine Bürden mehr. Folglich Krahnen, Winden, Spillen, Kurbeln und dergleichen Maschinen hätten kein Recht mehr zu existiren!

– Gut gesagt, entgegnete Barbicane, aber wenn es keine Schwere mehr gäbe, so hielte und säße auch nichts mehr fest, würdiger Michel, so wenig Dein Hut auf dem Kopf, wie Dein Haus auf seiner Stelle, denn nur durch Schwere hängen die Steine zusammen! Keine Schiffe, deren Festigkeit auf den Gewässern nur eine Folge der Schwere ist! Selbst der Ocean nicht, dessen Wogen nicht mehr durch die Anziehungskraft der Erde im Gleichgewicht gehalten würden. Endlich keine Atmosphäre, deren Elementartheilchen ohne Zusammenhalt sich im Weltraum zerstreuen würden!

– Das ist aber bedauerlich, versetzte Michel. Es gleicht doch nichts den positiven Leuten, die uns brutal zur Wirklichkeit zurückführen.

– Aber tröste Dich, Michel, fuhr Barbicane fort, denn wenn es keine Weltkörper giebt, wo die Gesetze der Schwere aufgehoben sind, so wirst Du wenigstens einen besuchen, wo sie weit geringer ist, wie auf der Erde.

– Der Mond?

– Ja, der Mond, auf dessen Oberfläche die Gegenstände sechsmal weniger Gewicht haben, als auf der Oberfläche der Erde, was sehr leicht zu beweisen ist.

– Und wir werden es erfahren? fragte Michel.

– Offenbar, denn zweihundert Kilogramm sind nicht schwerer als dreißig auf dem Mond.

– Und unsere Muskelkraft wird dort nicht geringer sein?

– Keineswegs. Anstatt einen Meter hoch zu springen, würdest Du achtzehn Fuß Dich erheben.

– Aber dann sind wir auf dem Mond Riesen, wie Herkules! rief Michel.

– Um so mehr, erwiderte Nicholl, als, wenn die Körpergröße der Seleniten im Verhältniß zur Masse ihres Planeten steht, sie kaum einen Fuß hoch sind.

– Liliputer! versetzte Michel. Dann werde ich die Rolle Gulliver's spielen! Wir werden die Fabel von den Riesen zur Wirklichkeit machen! Den Vortheil hat man davon, wenn man seinen Planeten verläßt und in der Sonnenwelt Reisen macht!

– Einen Augenblick, Michel, erwiderte Barbicane. Wenn Du Gulliver spielen willst, so besuche nur die kleinen Planeten, wie Merkur, Venus oder Mars, deren Masse geringer ist als die der Erde. Aber wage Dich nicht auf die großen, Jupiter, Saturn, Uranus, Neptun, denn da würde die Rolle sich umkehren, und Du würdest Liliputer sein.

– Und auf der Sonne?

– Ist die Dichtigkeit der Sonne viermal geringer, wie die des Erdkörpers, so ist dagegen ihr Umfang dreizehnhundertundachtzigtausendmal beträchtlicher, und die Anziehungskraft ist da siebenundzwanzigmal stärker, als auf der Oberfläche des Erdballs. Wäre Alles dort in gleichem Verhältniß, so müßten die Bewohner im Durchschnitt zweihundert Fuß hoch sein.

– Tausend Teufel! rief Michel. Da wäre ich ja nur ein Zwerg, ein Knirps!

– Gulliver im Lande der Riesen, sagte Nicholl.

– Richtig, erwiderte Barbicane.

– Und es würde gar nichts schaden, zu seiner Vertheidigung einige Geschützstücke bei sich zu haben.

– Gut! entgegnete Barbicane, Deine Kugeln würden auf der Sonne ganz wirkungslos sein, und sie würden in der Entfernung einiger Meter zu Boden fallen.

– Das ist stark!

– Das ist aber ganz gewiß, erwiderte Barbicane. Auf diesem enormen Weltkörper ist die Anziehungskraft so beträchtlich, daß ein Gegenstand, welcher auf der Erde siebenzig Kilogramm wiegt, auf der Oberfläche der Sonne ein Gewicht von neunzehnhundertunddreißig haben würde. Dein Hut würde zehn Kilogramm wiegen, Deine Cigarre ein halbes Pfund. Endlich, wenn Du auf der Sonne zu Boden fielest, so würde Dein Gewicht von ungefähr zweitausendfünfhundert Kilo Dir's unmöglich machen, wieder aufzustehen!

– Teufel! sagte Michel. Da müßte man einen tragbaren Krahnen bei sich haben! Nun denn, meine Freunde, so wollen wir für heute uns auf den Mond beschränken. Da werden wir wenigstens die Großen spielen! Später wollen wir überlegen, ob es nöthig ist, die Sonne zu besuchen, wo man nicht trinken kann, ohne mittelst einer Winde sein Glas zum Munde zu bringen!

Neuntes Capitel

Folgen einer Abweichung von der Bahn

Barbicane hatte nun keine Besorgniß mehr, außer in Beziehung auf das Ende der Reise hinsichtlich eines starken Anprallens.

Die noch wirksame Geschwindigkeit des Projectils trieb es über die neutrale Linie hinaus; folglich würde es nicht mehr auf die Erde zurückfallen, auch nicht unbeweglich an der neutralen Stelle bleiben. Zu verwirklichen blieb nur noch die Voraussetzung, daß es unter Einwirkung der Anziehungskraft des Mondes sein Ziel erreiche.

In Wirklichkeit war es ein Herabfallen aus einer Höhe von achttausendzweihundertsechsundneunzig französischen Meilen auf einen Weltkörper, wo die Schwere allerdings nicht höher als auf den sechsten Theil der Schwere auf der Erde anzuschlagen ist. Dennoch ein fürchterlicher Fall, gegen welchen unverzüglich alle Vorkehrungen getroffen sein wollten.

Diese Vorkehrungen waren zweierlei Art: die einen sollten im Moment, wo das Projectil den Boden des Mondes berühren würde, den Schlag abschwächen; die anderen sollten den Fall verzögern, folglich ihn weniger stark machen.

Um das Anprallen abzuschwächen, war es zu bedauern, daß Barbicane nicht mehr im Stande war, die Mittel anzuwenden, welche bei der Abfahrt so wirksam waren, den Gegenstoß zu vermindern, nämlich das Wasser und die zerbrechlichen Verschläge. Die Scheidewände existirten noch, aber an Wasser mangelte es; denn den noch vorhandenen Vorrath konnte man nicht verwenden, da derselbe zu kostbar war für den Fall, daß man in den ersten Tagen auf dem Boden des Mondes ein flüssiges Element nicht vorhanden träfe.

Uebrigens wäre dieser Vorrath auch sehr unzureichend gewesen. Das bei der Abfahrt des Projectils dazu verwendete, worauf die wasserdichte Scheibe ruhte, war nicht minder wie drei Fuß hoch auf einer Fläche von vierundfünfzig Quadratfuß, enthielt sechs Kubikmeter und wog tausendsiebenhundertundfünfzig Kilogramm. Nun enthielten aber die Behälter nur den fünften Theil davon. Man mußte also auf dieses so wirksame Mittel verzichten.

Zu allem Glück hatte Barbicane sich nicht auf diese Wasservorrichtung beschränkt, sondern die bewegliche Scheibe durch starke Zapfen mit Federn gestützt, welche nach Zertrümmerung der Verschläge den Stoß wider das Bodenstück schwächen sollten. Diese Zapfen waren noch vorhanden; man brauchte sie nur wieder herzurichten und die bewegliche Scheibe wieder an ihre Stelle zu bringen. Alle diese Stücke, die, weil sie kaum merkbares Gewicht hatten, leicht zu handhaben waren, konnten rasch wieder eingerichtet werden.

Dies geschah. Die verschiedenen Stücke waren leicht wieder hergestellt. Man brauchte nur Bolzen und Schrauben. An Werkzeug fehlte es nicht. Bald ruhte die wieder eingesetzte Scheibe auf ihren Stahlfederzapfen, wie ein Tisch auf seinen Füßen. Ein Uebelstand ergab sich aus der Wiederherstellung der Scheibe: sie versperrte das untere Fenster, so daß die Reisenden nicht mehr den Mond durch diese Lucke beobachten konnten, wenn sie senkrecht auf derselben stehen würden. Darauf mußte man nun verzichten. Uebrigens sonnte man durch die Seitenfenster noch die ungeheuren Mondregionen anschauen, wie der Luftschiffer die Erde aus seiner Gondel.

Diese Einrichtung der Scheibe erforderte eine Stunde Zeit. Es war schon zwölf Uhr Mittags vorüber, als die Vorbereitungen fertig waren. Barbicane stellte von Neuem Beobachtungen über die Neigung des Projectils an; aber zu seinem großen Leidwesen hatte es sich nicht hinreichend umgedreht, um zu fallen; es schien eine krumme Linie parallel mit der Mondscheibe zu beschreiben. Das Nachtgestirn strahlte glänzend im Weltraum, während auf der entgegengesetzten Seite das Tagesgestirn es mit seiner Gluth beleuchtete.

Diese Lage konnte nur beunruhigen.

„Werden wir anlangen?“ fragte Nicholl.

– Thun wir nur, als müßten wir anlangen, erwiderte Barbicane.

– Ihr seid zu zaghaft, versetzte Michel Ardan. Wir werden anlangen, und rascher, als uns lieb sein wird.

Diese Antwort veranlaßte Barbicane, die Vorbereitungen fortzusetzen, und er machte sich daran, die zur Verzögerung des Falls bestimmten Maschinen bereit zu halten.

Erinnern wir uns des Meetings zu Tampa-Town, da der Kapitän Nicholl als Feind Barbicane's und als Gegner Michel Ardan's auftrat. Dem Kapitän Nicholl hatte auf seine Behauptung, das Projectil werde wie Glas zersplittern, Michel geantwortet, er werde dessen Fall durch angemessen verwendete Raketen verzögern.

Wirklich vermochten starke Kunstfeuer, vom Bodenstück auswärts gerichtet, indem sie eine starke Rückstoßbewegung hervorbrachten, die Schnelligkeit der Kugel einigermaßen zu hemmen. Diese Raketen mußten zwar im luftleeren Raum in Brand gesetzt werden, aber es sollte doch nicht an Sauerstoff fehlen, denn sie waren in ihrem Innern damit versehen, gleich den Mondvulkanen, deren Brand unerachtet des Mangels an Atmosphäre um den Mond herum niemals gehindert war.

Die Raketen nun, welche Barbicane angeschafft hatte, waren in kleinen Röhren von Stahl, welche mit einem Schraubengewinde versehen in das Bodenstück eingeschraubt werden konnten. Innen waren diese Röhren dem Boden gleich, außerhalb reichten sie einen halben Fuß weit hervor. Es waren deren zwanzig. Eine in der Scheibe angebrachte Oeffnung machte es möglich, daß man die an jeder befindliche Lunte anzünden konnte. Sie entluden sich dann nach außen. Die Füllung der Röhren war im Voraus vorgenommen. Man brauchte nun nur die in den Boden eingelassenen metallenen Stöpsel wegzunehmen und an ihre Stelle die genau hineingepaßten Röhren zu setzen.

Diese Arbeit war binnen drei Stunden vollendet, und nach allen diesen Vorkehrungen mußte man abwarten.

Inzwischen näherte sich das Projectil sichtbar immer mehr dem Mond, welcher in einem gewissen Verhältniß auf dasselbe einwirkte; aber die ihm noch eigene Schnelligkeit trieb es auch in schiefer Linie weiter. Die durch diese beiden Einwirkungen hervorgebrachte Linie wurde vielleicht zu einer Tangente. Aber gewiß fiel das Projectil nicht senkrecht auf die Mondoberfläche, denn sein

Untertheil hätte in Gemäßheit seines Gewichts derselben zugekehrt sein müssen.

Barbicane's Unruhe wurde größer, als er seine Kugel den Einwirkungen der Gravitation widerstehen sah. Er fand sich gegenüber dem Unbekannten, welches in dem Weltraum zwischen den Sternen herrscht. Er glaubte als Gelehrter nur die drei Fälle möglich, Rückfall auf die Erde, Fall auf den Mond und Unbewegtheit auf der neutralen Linie! Und siehe, da erhob sich unversehens ein vierter Fall sammt allen Schrecken des Unendlichen. Um bei dieser Ansicht seines Geistes mächtig zu bleiben, mußte man ein entschlossener Charakter sein, wie Barbicane, ein Phlegma wie Nicholl, oder ein tollkühner Abenteurer wie Michel Ardan.

Die Unterhaltung fiel auf diesen Gegenstand. Andere Leute hätten die Frage vom praktischen Gesichtspunkt aus betrachtet, und sich gefragt, wohin ihr Waggon-Projectil sie führe. Sie dagegen forschten nach der Ursache, welche diese Wirkung gehabt.

„Also wir sind aus der Bahn gekommen?“ sagte Michel. „Aber weshalb?“

– Ich fürchte wohl, erwiderte Nicholl, daß trotz aller Vorsichtsmaßregeln die Columbiade nicht genau gerichtet wurde. Eine noch so kleine Unrichtigkeit mußte schon hinreichen, uns aus der Einwirkung der Anziehung des Mondes heraus zu bringen.

– Also hätte man schlecht visirt? fragte Michel.

– Ich glaub's nicht, erwiderte Barbicane. Die Kanone war streng senkrecht gerichtet, unstreitig gerade auf den Zenith des Ortes. Wenn nun der Mond in den Zenith kam, mußten wir ihn als Vollmond erreichen. Es giebt noch einen anderen Grund, ich kann aber nicht darauf kommen.

– Kommen wir nicht zu spät? fragte Nicholl.

– Zu spät? versetzte Barbicane.

– Ja, fuhr Nicholl fort. Die Anweisung des Observatoriums zu Cambridge verlangte, daß die Fahrt in siebenundneunzig Stunden, dreizehn Minuten und zwanzig Secunden vor sich gehe. Das will heißen: wenn früher, so werde der Mond noch nicht an dem bestimmten Punkt angekommen sein; wenn später, so werde er nicht mehr an der Stelle sein.

– Einverstanden, erwiderte Barbicane. Aber wir sind dreizehn Minuten und fünfundzwanzig Secunden vor elf Uhr Abends abgefahren, und müssen am fünften zu Mitternacht ankommen, genau zu dem Zeitpunkt, da der Mond voll sein wird. Nun sind wir am 5. December. Es ist halb vier Uhr Nachmittags, und in acht und einer halben Stunde sollten wir am Ziel anlangen. Weshalb kommen wir nun nicht dort an?

– Sollte vielleicht die Schnelligkeit zu groß sein? erwiderte Nicholl, denn wir wissen jetzt, daß die Anfangsgeschwindigkeit größer gewesen ist, als man voraussetzte.

– Nein! Hundertmal nein! entgegnete Barbicane. War die Richtung des Projectils gut, so hätte ein Uebermaß von Geschwindigkeit uns nicht gehindert, den Mond zu erreichen. Nein, es ist eine Abweichung der Bahn. Wir sind von der Bahn abgekommen.

– Wodurch? Durch wen? fragte Nicholl.

– Ich kann's nicht sagen, erwiderte Barbicane.

– Nun, Barbicane, sprach darauf Michel, soll ich Dir meine Meinung sagen über die Frage, woher diese Abweichung kommt?

– – Nur immer heraus.

Ich würde keinen halben Dollar dafür geben, um es zu erfahren! Wir sind aus der Bahn heraus, das ist Thatsache. Wohin wir fahren, daran liegt mir wenig. Wir werden's schon sehen. Der Teufel! Da wir nun einmal in den Weltraum hineingezogen sind, so werden wir schließlich irgend einem Centrum der Anziehungskraft zufallen!

Mit dieser Gleichgiltigkeit Michel Ardan's konnte sich Barbicane nicht zufrieden geben. Nicht daß er wegen der Zukunft Besorgniß hatte! Vielmehr hätte er um jeden Preis gern gewußt, weshalb sein Projectil von der Bahn abgekommen.

Inzwischen änderte die Kugel sammt den hinausgeworfenen Gegenständen fortwährend ihre Lage, und zwar seitwärts vom Mond. Barbicane konnte sogar durch Merkzeichen, welche er an dem Mond, der keine zweitausend Lieues mehr entfernt war, aufgenommen hatte, feststellen, daß seine Geschwindigkeit gleichförmig wurde. Ein neuer Beweis, daß nicht ein Fallen stattfand. Die treibende Kraft hatte noch über die anziehende des Mondes das Uebergewicht, aber das Projectil kam doch unstreitig dem Mond immer näher und man konnte hoffen, daß, je näher man kam, die Schwerkraft überwiegen, und definitiv ein Fallen verursachen werde.

Da die drei Freunde nichts Besseres zu thun hatten, setzten sie ihre Beobachtungen fort. Doch konnten sie über die topographische Beschaffenheit des Trabanten noch nichts feststellen, weil alle Erhabenheiten unter dem Rückwerfen der Sonnenstrahlen flacher wurden.

Sie betrachteten ihn also bis um acht Uhr Abends durch die Seitenlucken. Der Mond hatte damals vor ihren Augen dermaßen an Größe zugenommen, daß er die ganze eine Hälfte des Firmaments verdeckte. Das Projectil wurde auf der einen Seite vom Nachtgestirn mit Licht überschwemmt.

In diesem Moment glaubte Barbicane die Entfernung von ihrem Ziel auf nur noch siebenhundert Lieues schätzen zu können. Die Schnelligkeit des Projectils schien ihm noch zweihundert Meter in der Secunde zu betragen, das macht etwa hundertundsiebenzig franz. Meilen in der Stunde. Das Bodenstück desselben zeigte unterm Einfluß der Centripetalkraft das Bestreben, sich dem Monde zuzukehren; aber die centrifugale behauptete stets das Uebergewicht, und es wurde wahrscheinlich, daß sich die geradlinige Bahn in irgend eine krumme verwandelte, ohne daß man über ihre Beschaffenheit noch etwas Bestimmtes kannte.

Barbicane trachtete fortwährend nach der Lösung seines unlösbaren Problems.

Die Stunden verflossen ohne Ergebniß. Das Projectil kam sichtbar dem Monde näher, aber es wurde auch sichtbar, daß es denselben nicht erreichen würde. Aus dem Zusammenwirken der anziehenden und abstoßenden Kraft, welche die Bewegung desselben bestimmten, mußte sich der kürzeste Abstand ergeben, bis zu welchem es gelangen würde.

„Ich begehre nur etwas“, sagte Michel wiederholt: „nahe genug an den Mond heranzukommen, um in seine Geheimnisse zu dringen!“

– „Verfluchte Ursache, rief Nicholl, die unser Projectil zur Abweichung gebracht hat!

– Verwünscht dann, erwiderte Barbicane, als sei ihm auf einmal ein Gedanke gekommen, verwünscht dann der Bolide, dem wir begegneten!

– Hm! brummte Michel Ardan.

– Was meinen Sie damit? rief Nicholl.

– Ich meine, erwiderte Barbicane so zuversichtlich, als sei er davon überzeugt, ich meine, daß unsere Abweichung einzig und allein der Begegnung mit diesem schweifenden Körper zuzuschreiben ist!

– Aber er hat ja nicht einmal uns gestreift, erwiderte Michel.

– Darauf kommt's nicht an. Seine Masse war im Verhältniß zu der unseres Projectils enorm, so daß seine Anziehungskraft hinreichend stark war, um auf unsere Richtung einzuwirken.

– So wenig! rief Nicholl.

– Ja! Nicholl, so wenig es auch der Fall gewesen sein mag, erwiderte Barbicane, bei einer Entfernung von vierundachtzigtausend Lieues bedurfte es nicht mehr, um ein Verfehlen des Mondes zu veranlassen!“

Zehntes Capitel

Die Beobachter des Mondes

Barbicane hatte offenbar in Beziehung auf diese Abweichung den einzigen Grund, der sich hören ließ, getroffen. So gering auch die Veranlassung gewesen sein mag, so war sie hinreichend, um auf die Bahn des Projectils einzuwirken. Es war ein Verhängniß. Das kühne Unternehmen scheiterte an einem ganz zufälligen Umstand, und wenn nicht außerordentliche Ereignisse eintraten, war es nicht mehr möglich, die Mondscheibe zu erreichen. Würde man nahe genug vorbei kommen, um einige bisher unlösbare Fragen der Physik oder Geologie zu lösen? Dieser Punkt allein nahm jetzt die kühnen Reisenden vorerst in Anspruch. An das Schicksal, welches ihnen die Zukunft vorbehielt, wollten sie nicht einmal denken. Doch, was sollte aus ihnen werden mitten in dieser unendlichen Verlassenheit, da ihnen bald die Lebenslust ausgehen mußte? Wenige Tage noch, und sie verfielen in dieser unstät schweifenden Kugel dem unvermeidlichen Tode. Aber die wenigen Tage hatten für die unerschrockenen Männer den Werth von Jahrhunderten, und sie widmeten jeden Augenblick der Beobachtung dieses Mondes, welchen sie zu erreichen nicht mehr hoffen konnten.

Die damalige Entfernung vom Trabanten wurde auf etwa zweihundert Lieues geschätzt. Unter diesen Umständen befanden sich die Reisenden, in Hinsicht auf die Sichtbarkeit des Details der Scheibe, weiter vom Mond entfernt, als die Bewohner der Erde bei ihrer Bewaffnung mit den weitreichenden Teleskopen.

Wir wissen ja, daß das von John Roß zu Parson-Town aufgestellte Instrument, dessen Vergrößerung sechstausendfünfhundertfach ist, den Mond bis auf sechzehn Lieues nahe bringt; ferner durch die Maschine zu Long's Peak, welche achtundvierzigtausendfach vergrößert, wurde das Nachtgestirn auf weniger als zwei Meilen in die Nähe gebracht, und man konnte Gegenstände von zehn Meter Durchmesser hinlänglich klar erkennen.

Bei dieser Entfernung also waren die topographischen Details des Mondes, ohne Fernrohr betrachtet, nicht merklich klar bestimmt. Das Auge faßte zwar den unbestimmten Umriß der unermeßlichen Niederungen, welche man nicht im eigentlichen Sinn „Meere“ genannt hat, aber ihre Beschaffenheit näher zu erkennen vermochte es nicht. Das Hervorspringen der Berge verschwand in der glänzenden Beleuchtung durch die rückgeworfenen Sonnenstrahlen. Der Blick wendete sich unwillkürlich wieder ab, als wäre es eine Masse geschmolzenen Silbers.

Inzwischen wurde die längliche Gestalt der Kugel bereits erkennbar. Sie erschien wie ein riesenhaftes, mit dem spitzen Ende der Erde zugekehrtes Ei. In Wirklichkeit hatte der Mond, als er in den ersten Tagen seiner Bildung flüssig oder dehnbar war, eine vollständige Kugelgestalt, aber sobald die Erde ihn in ihr Attractions-Centrum zog, wurde er durch die Wirkung der Schwere länglich. Indem er Trabant wurde, büßte er durch die Wirkung der Schwere die ursprüngliche Reinheit seiner Formen ein; sein Centrum der Schwere verlegte sich vor das Centrum der Gestalt, und aus dieser Eigenthümlichkeit zogen einige Gelehrte den Schluß, daß Luft und Wasser sich auf die entgegengesetzte Seite des Mondes, welche nie auf der Erde sichtbar ist, zurückziehen konnten.

Diese Veränderung der ursprünglichen Formen wurde erst seit einigen Augenblicken merklich. Die Entfernung des Projectils vom Mond minderte sich sehr rasch, da seine jetzige Geschwindigkeit so bedeutend geringer war, als die anfängliche; doch war sie immer noch acht- bis neunfach stärker, als unsere Eilzüge auf den Eisenbahnen. Die schiefe Richtung der Kugel, in Gemäßheit ihrer schiefen Lage, ließ Michel Ardan einige Hoffnung, man werde auf irgend einen Punkt der Mondscheibe treffen. Er konnte gar nicht glauben, daß er nicht anlangen werde; das wiederholte er öfters von Neuem. Aber Barbicane, der richtiger zu urtheilen verstand, erwiderte ihm unablässig mit unbarmherziger Logik:

„Nein, Michel, nein. Wir können nur durch Fallen auf den Mond gelangen, und wir fallen nicht. Die centripetale Kraft hält uns unter dem Einfluß des Mondes, aber die centrifugale entfernt uns unwiderstehlich.“

Die Betonung, womit er dieses sprach, raubte Michel Ardan seine letzten Hoffnungen.

Das Projectil näherte sich der Nordhälfte des Mondes, welche auf den Mondkarten unten ist, denn diese werden meistens nach dem von den Fernröhren dargebotenen Bild entworfen, welches bekanntlich ein umgekehrtes ist. Dieses war auch bei der Mädler'schen Mondkarte, welche Barbicane zu Rathe zog, der Fall. Auf dieser zeigten sich ausgedehnte Ebenen, worauf hie und da einzelne Berge vorkommen.

Zu Mitternacht war es Vollmond. Genau zu diesem Zeitpunkt hätten die Reisenden ankommen müssen, hätte nicht der unglückselige Bolid ihre Richtung geändert. Das Gestirn langte unter den vom Observatorium zu Cambridge scharf bezeichneten Bedingungen an. Es befand sich mathematisch in seiner Erdnähe und im Zenith des achtundzwanzigsten Parallelgrades. Auf dem Boden der enormen, senkrecht auf den Horizont gerichteten Columbiade hätte ein Beobachter den Mond in der Mündung der Kanone eingerahmt gesehen. Die Achse derselben in gerader Linie fortgesetzt, hätte das Nachtgestirn in seinem Centrum getroffen.

Ich brauche nicht zu sagen, daß die Reisenden diese ganze Nacht vom 5. auf den 6. December schlaflos zubrachten. Hätten sie der neuen Welt so nahe die Augen schließen können? Alle ihre Gefühle concentrirten sich in dem einzigen Gedanken: Schauen. Sie waren Repräsentanten der Erde, des Menschengeschlechts der Vergangenheit und Gegenwart, welches mit ihren Augen die Mondregionen betrachtete, in die Geheimnisse seines Trabanten eindrang! Von spannender Gemüthsbewegung durchdrungen begaben sie sich schwankend von einem Fenster an das andere.

Ihre von Barbicane aufgezeichneten Beobachtungen waren sehr genau bestimmt. Sie wurden vermittelst Fernrohren gemacht, zur Controle dienten ihre Karten.

Der erste Beobachter des Mondes war *Galiläi*, dessen unzureichendes Fernrohr nur dreißigmal vergrößerte. Dennoch erkannte er in den Flecken, womit die Mondscheibe, „wie der Pfauenschweif mit Augen“ bedeckt ist, Gebirge, und maß einige Höhen, welche er in übertriebenem Maßstab einem Fünftheil des Durchmessers der Scheibe gleich setzte, nämlich achttausendachthundert Meter. Galiläi entwarf keine Karte von seinen Beobachtungen.

Einige Jahre später setzte der Danziger Astronom *Helvetius* – durch ein Verfahren, das nur zweimal im Monat, zur Zeit des ersten und zweiten Viertels, genau sein konnte – die Höhebestimmungen Galiläi's auf den sechsundzwanzigsten Theil des Monddurchmessers herab. Das war eine Uebertreibung in entgegengesetzter Richtung. Man verdankt aber diesem Gelehrten die erste Mondkarte. Die hellen runden Flecken bilden auf derselben ringförmige Gebirge, und die dunkeln sind als ausgedehnte Meere bezeichnet, die in Wirklichkeit nur Ebenen sind. Diesen Bergen und Gewässern gab er von der Erde entliehene Namen. Man sieht da den Sinai mitten in einem Arabien, einen Aetna im Centrum von einem Sicilien, die Alpen, Apenninen, Karpathen, dann das Mittelländische, das Marmora- und Schwarze Meer, das Kaspische. Diese Namen sind um so unpassender, als sie nicht an die Gestaltung der gleichnamigen Gebirge erinnern. Kaum könnte man in dem großen weißen Flecken, der südlich an ausgedehnte Continente grenzt und in eine Spitze ausläuft, das umgekehrte Bild der indischen Halbinsel, des bengalischen Golfs und Cochinchinas erkennen. Darum hat man auch diese Namen nicht beibehalten. Ein anderer Kartograph, der mit dem menschlichen Herzen besser bekannt war, schlug eine neue Benennung vor, welche von der menschlichen Eitelkeit eifrig angenommen wurde. Pater *Riccioli* nämlich, ein Zeitgenosse des Helvetius, verfaßte eine plumpe Karte, die zwar voller Irrthümer war, aber den Mondbergen Namen großer Männer des Alterthums und von Gelehrten jener Zeit gab, ein Gebrauch, dem man nachher gern folgte.

Eine dritte Mondkarte wurde im siebenzehnten Jahrhundert von *Dominico Cassini* entworfen; besser zwar ausgeführt als die Riccioli's, ist sie in Hinsicht der Messungen ungenau. Es wurden zwar einige Ausgaben derselben mit Abänderungen veröffentlicht, aber die lange aufbewahrte Platte wurde doch zuletzt als altes Kupfer nach dem Pfund verkauft.

Die vier Meter hohe Karte *La Hire's* wurde nie gestochen. Der deutsche Astronom *Tobias Mayer* begann um die Mitte des achtzehnten Jahrhunderts die Herausgabe einer prächtigen Mondkarte nach strenge berichtigten Messungen; aber durch seinen Tod 1762 blieb die schöne Arbeit unvollendet.

Hierauf kam *Schröter*, aus Lilienthal, der zahlreiche Mondkarten entwarf, hernach ein gewisser *Lohrmann* aus Dresden, welchem man eine Platte von fünfundzwanzig Abtheilungen verdankt, wovon vier gestochen wurden.

Im Jahre 1830 lieferten *Beer* und *Mädler* ihre berühmte Mappa selenographica nach orthographischer Projection. Diese Karte stellt die Mondscheibe genau so, wie sie scheint, dar; doch sind die Zeichnungen der Berge und Ebenen nur auf dem mittleren Theile richtig; überall sonst, nördlich und südlich, östlich und westlich, sind diese in Verkürzung gegebenen Zeichnungen nicht mit denen in der Mitte zu vergleichen. Diese fünfundneunzig Centimeter hohe, in vier Abtheilungen getheilte Karte ist das Hauptwerk der Mondkartenzeichnung.

Nach diesen Gelehrten sind noch die Reliefkarten des deutschen Astronomen *Julius Schmitt* anzuführen, die topographischen Arbeiten des *Pater Secchi*, die prächtigen Probedrucke des Engländers Waren de la Rue, und endlich eine Karte von *Lecoutourier* und *Chapuis* nach orthographischer Projection, deren Original im Jahre 1860 entworfen wurde, von sehr richtiger Zeichnung und sehr klarer Anordnung.

Dieses sind die verschiedenen Karten, welche man von der Mondwelt hat. Barbicane besaß die beiden von Beer und Mädler und von Chapuis und Lecoutourier. Sie konnten ihm seine Beobachtungen erleichtern.

Die optischen Instrumente, welche er zur Verfügung hatte, waren ausgezeichnete See-Fernrohre, welche besonders für diese Reise gefertigt worden waren. Sie vergrößerten hundertfach, konnten also auf der Erde den Mond bis zu einer Entfernung von nicht tausend Lieues nahe bringen. Aber bei der damaligen Nähe, welche um drei Uhr Morgens nicht mehr als hundertundzwanzig Kilometer betrug, und in der von keiner Atmosphäre getrübten Umgebung, mußte durch diese Instrumente die Mondfläche auf nicht ganz mehr als fünfzehnhundert Meter nahe kommen.

Elftes Capitel

Phantasie und Wirklichkeit

„Haben Sie jemals den Mond gesehen?“ fragte ein Professor ironisch einen seiner Schüler.

– Nein, mein Herr, erwiderte noch ironischer der Schüler, aber ich darf sagen, daß ich von demselben reden gehört habe.

Die scherzhafte Antwort könnte in gewissem Sinn von der immensen Majorität der Leute unter dem Mond gegeben werden. Wie viele Leute haben von dem Mond reden gehört, ohne ihn jemals zu sehen ... wenigstens durch ein Fernrohr oder Teleskop! Wie viele haben selbst nie eine Mondkarte genau angesehen!

Betrachtet man eine Mondkarte, so springt eine Eigenthümlichkeit sogleich in die Augen. Gerade umgekehrt wie bei der Erde und dem Mars nehmen die Continente vorzugsweise die südliche Hemisphäre ein. Diese zeigen nicht so deutliche und so regelmäßige Grenzlinien, wie Nordamerika, Afrika und die indische Halbinsel. Ihre eckigen, launenhaften, tief ausgezackten Küsten sind reich an Golfen und Halbinseln. Sie erinnern leicht an das ganze Durcheinander der Sunda-Inseln, wo das Land übermäßig zerstückelt ist. Wenn jemals auf der Mondoberfläche Schifffahrt stattfand, mußte sie ganz besonders schwierig und gefährlich sein; und es sind auf dem Mond die Seeleute und die Hydrographen zu beklagen; letztere, wenn sie die zerrissenen Küsten aufnehmen, erstere, wenn sie an den gefährlichen Stellen landen mußten.

Man wird ferner bemerken, daß auf der Mondkugel der Südpol weit mehr mit Festland besetzt ist wie der Nordpol. Der letztere ist nur wie von einem leichten Käppchen mit Land bedeckt, welches durch ungeheure Meere vom anderen Festland gesondert ist. Südlich bedecken die Continente fast die ganze Hemisphäre. Möglich also, daß die Seleniten bereits auf einem ihrer Pole die Fahne aufgesteckt haben, während die Franklin, Roß, Kane, Dumont d'Urville, Lambert an diesen unbekannten Punkt des Erdballs noch nicht gelangen konnten.

Inseln giebt's auf der Mondoberfläche sehr viele. Fast alle länglich oder kreisrund und wie mit dem Zirkel gemacht, scheinen sie einen ungeheuren Archipel zu bilden, der reizenden Gruppe zwischen Griechenland und Kleinasien vergleichbar, welche die Mythologie ehemals mit ihren schönsten Sagen geschmückt hat. Unwillkürlich fallen einem die Namen Naxos, Tenedos, Milo, Karpathos ein, und unsere Augen suchen das Schiff des Ulysses oder den „Klipper“ der Argonauten. Dies wenigstens wünschte Michel Ardan zu sehen, einen griechischen Archipel. Die wenig phantasiereichen Augen seiner Gefährten wurden durch den Anblick dieser Küsten vielmehr an die zerstückelten Lande Neu-Braunschweig und Neu-Schottland erinnert, und da, wo der Franzose die Helden der Fabel aufspürte, fanden diese Amerikaner die für Errichtung von Comptoiren günstigen Punkte im Interesse von Handel und Gewerben auf dem Mond.

Zum Schluß dieser Beschreibung des Festlandes auf dem Mond einige Worte über seine orographische Beschaffenheit. Man unterscheidet darauf sehr deutlich Gebirgsketten, einzelne Berge, Ringberge und Streifen. Unter diese Abtheilung läßt sich die ganze Bodenerhebung des Mondes begreifen, welche außerordentlich zerrissen ist. Es ist eine ungeheure Schweiz, ein ununterbrochenes Norwegen, wo sich alles auf plutonischem Wege gebildet hat. Diese so tief eingerissene Oberfläche ist das Ergebniß wiederholter Zusammenziehungen der Bodenrinde zur Zeit, als das Gestirn noch in seiner Bildung begriffen war. Die Mondscheibe ist daher geeignet zum Studium der großen geologischen Erscheinungen. Nach der Bemerkung einiger Astronomen ist die Oberfläche des Mondes, wenngleich älter als die Oberfläche der Erde, dennoch neuer. Es giebt da keine Gewässer, welche die ursprüngliche Bodengestaltung abändern, und deren zunehmendes Einwirken eine Art allgemeiner Abflachung erzeugt; keine Luft, deren zersetzender Einfluß die orographischen Profile entstellt. Da ist die plutonische Arbeit, durch neptunische Kräfte nicht gestört, in ihrer ganzen natürlichen Reinheit. Gerade so die Erde, bevor die Sümpfe und Ströme schichtenweis ihren Bodenniederschlag absetzten.

Nachdem sie einen Ueberblick dieser weiten Continente genommen, gewährten ihnen die noch ausgedehnteren Meere ein anziehenderes Bild. Nicht allein ihre Gestaltung, ihre Lage, ihr Aussehen erinnern an die Oceane der Erde, sondern auch, gleichwie auf der Erde, nehmen diese Meere den größeren Theil der Oberfläche ein. Und doch sind es nicht mit Flüssigkeiten bedeckte Räume, sondern Ebenen, deren Natur die Reisenden bald zu bestimmen hofften.

Die Astronomen haben diese angeblichen Meere mit wenigstens seltsamen Namen geschmückt, welche die Wissenschaft bisher in Achtung behalten hat. Michel Ardan sagte in Beziehung auf dieselben: Diese Karte ist gleich dem. Leben sehr deutlich in zwei Theile getheilt, eine weibliche und eine männliche, den Frauen gehört die Hemisphäre zur Rechten, den Männern die zur Linken. Barbicane und Nicholl zuckten dabei die Achseln; doch ihr phantastischer Freund fuhr fort. In dieser Hemisphäre zur Linken erstreckt sich „das Wolkenmeer", worin so oft die menschliche Vernunft ertrinkt. Nicht weit davon zeigt sich „das Regenmeer", welches durch die Wirren des Lebens genährt wird. Daneben das „Meer der Stürme", wo der Mensch unaufhörlich gegen seine Leidenschaften ankämpft, die ihn nur zu oft besiegen. Hernach, erschöpft durch Täuschungen, Verrath, Treulosigkeit sammt dem ganzen Gefolge irdischen Elends, was findet er am Ende seiner Laufbahn? Dieses ungeheure „Meer der Launen", welches kaum durch einige Tropfen aus dem „Thau-Golf" versüßt wird! Wolken, Regen, Stürme, Launen, enthält das Leben des Menschen etwas anderes, und läßt sich's nicht in diese vier Begriffe zusammenfassen?

Die den Frauen gewidmete Hemisphäre zur Rechten enthält kleinere Meere, deren bezeichnende Namen alle Eigenthümlichkeiten weiblichen Lebens an sich tragen. Da ist „das Meer der Heiterkeit", worüber das junge Mädchen sich neigt, und „der See der Träume", welche ihm eine lachende Zukunft entgegen strahlt! Da ist „das Nectarmeer" mit seinen Wellen der Zärtlichkeit und seinem Fächeln der Liebe! Hier „das Meer der Fruchtbarkeit", „das Meer der Krisen", sodann „das Meer der Mißlaunen", dessen Umfang vielleicht zu beschränkt ist, und endlich dieses ungeheure „Meer der Seelenruhe", worin alle täuschenden Leidenschaften, alle unnützen Träume, alle unerfüllten Wünsche untergehen, und dessen Fluthen friedlich in den „See des Todes" verlaufen.

Welche seltsame Reihe von Namen, und welche sonderbare Deutung von Seiten des Phantasten Michel!

Aber seine ernsten Genossen mit einer mehr geographischen Anschauung der Dinge maßen die Winkel und Diameter.

Barbicane und Nicholl sahen in dem „Wolkenmeer“ eine unermeßliche Niederung mit einigen zerstreuten ringförmigen Bergen, welche eine große Strecke des östlichen Theiles der Südhemisphäre bedeckte; sie umfaßte hundertvierundachtzigtausendachthundert Quadratlieues, und sein Centrum befand sich unterm 15° südlicher Breite und 20° westlicher Länge.

Der Ocean der Stürme, Oceanus Procellarum, die ausgedehnteste Ebene der Mondscheibe, umfaßte einen Flächenraum von dreihundertachtundzwanzigtausenddreihundert Quadratlieues, dessen Centrum unterm 10° nördlicher Breite und 45° östlicher Länge lag. Mitten aus demselben ragten die erstaunlichen strahlenförmigen Berge Keppler und Aristarch empor. Nördlicher und von dem Wolkenmeer durch hohe Gebirgsketten getrennt, erstreckte sich das „Regenmeer“, Mare Imbrium, mit seinem Mittelpunkt unter 35° nördlicher Breite und 20° östlicher Länge; es hatte fast kreisrunde Gestalt, und deckte einen Raum von hundertdreiundneunzigtausend Quadratlieues. Nicht fern davon das Meer des Humors, Mare Humorum, ein kleines Becken von nur vierundvierzigtausendzweihundert Quadratlieues, lag unterm 25° südlicher Breite und 40° östlicher Länge. Endlich sah man noch drei Golfe am Rande dieser Hemisphäre, benannt: der glühendheiße Golf, der Thau-Golf und der Regenbogen-Golf, kleine, schmale Ebenen zwischen hohen Gebirgsketten.

Die „weibliche“ Hemisphäre, natürlich launenhafter, unterschied sich durch kleinere und zahlreichere Gewässer. Es waren nördlich das Frostmeer, Mare Frigoris, unter 55° nördlicher Breite und 0° der Länge, mit einer Oberfläche von sechsundsiebenzigtausend Quadratlieues, welches an den See des Todes und den See der Träume grenzte; das Meer der Heiterkeit, Mare Serenitatis, unter 25° nördlicher Breite und 20° westlicher Länge, hatte einen Umfang von sechsundachtzigtausend Quadratlieues; das Meer der Krisen, Mare Crisium, wohl abgegrenzt, sehr rund, umfaßte unterm 17° nördlicher Breite und 55° westlicher Länge eine Fläche von vierzigtausend Lieues, ganz gleich dem Kaspischen von Gebirgen rings umgeben. Sodann beim Aequator unter 5° nördlicher Breite und 25° westlicher Länge zeigte sich das Meer der Ruhe, Mare Tranquillitatis, von hunderteinundzwanzigtausendfünfhundertundneun Quadratlieues; dieses Meer grenzte südlich an das Nectarmeer, mit einer Fläche von achtundzwanzigtausendachthundert Quadratlieues unter 15° südlicher Breite und 35° westlicher Länge, und östlich an das Meer der Fruchtbarkeit, Mare Fecunditatis, das größte dieser Hemisphäre, mit einem Flächeninhalt von zweihundertneunzehntausenddreihundert Quadratlieues unter 3° südlicher Breite und 50° westlicher Länge. Endlich, ganz im Norden und ganz im Süden, stachen noch zwei Meere hervor, das Humboldt-Meer, Mare Humboldtianum, sechstausendfünfhundert Quadratlieues groß, und das Südmeer, Mare Australe, mit einer Fläche von sechsundzwanzigtausend.

In der Mitte der Mondscheibe, auf beiden Seiten des Aequators und des Meridians 0, erstreckte sich der Golf des Centrums, Sinus Medii, eine Art Bindestrich zwischen den beiden Hemisphären.

Aus diesen Theilen bestand, wie Nicholl und Barbicane vor Augen sahen, die stets sichtbare Oberfläche des Erdtrabanten. Als sie diese verschiedenen Maße addirten, ergab sich für diese Hemisphäre ein Flächengehalt von vier Millionen siebenhundertachtunddreißigtausendhundertundsechzig Quadratlieues, von welchen drei Millionen dreihundertsiebenzehntausendsechshundert Lieues auf die Vulkane, die Gebirgsketten, Ringberge, Inseln, kurz Alles, was den festen Theil des Mondes zu bilden schien, zu rechnen; und vierzehnhundertzehntausendvierhundert Lieues auf die Meere, Seen, Sümpfe, Alles was scheinbar dem flüssigen Theil angehörte.

Diese Hemisphäre ist demnach dreizehn und ein halb Mal kleiner als die Erdhemisphäre. Doch haben die Selenographen bereits über fünfzigtausend Krater auf derselben gezählt. So ist also, aufgetrieben, voll Runzeln und Schrunnen, wie ein Schaumgebäck, das Angesicht der schönen Diana, der blonden Phöbe, der reizenden Astarte, der Königin der Nacht, der Tochter Jupiter's und der Latona.

Zwölftes Capitel

Orographische Details

Die vom Projectil eingeschlagene Richtung führte dasselbe, wie bereits bemerkt, der nördlichen Hemisphäre des Mondes zu. Die Reisenden waren weit ab von dem Punkt des Centrums, auf welchen sie stoßen mußten, wäre ihre Bahn nicht unabänderlich abgewichen.

Es war schon eine halbe Stunde nach Mitternacht. Barbicane schätzte damals seine Entfernung auf vierzehnhundert Kilometer, etwas mehr als die Länge des Mondradius, und dieser Abstand mußte in dem Verhältniß, als sie dem Nordpol sich näherten, geringer werden. Das Projectil befand sich damals nicht über dem Aequator, sondern quer über dem zehnten Breitegrad, und von dieser Breite aus, welche auf der Karte bis zum Pol hin sorgfältig aufgenommen war, konnte Barbicane mit seinen Genossen den Mond unter den vortheilhaftesten Bedingungen beobachten.

In der That wurde durch das Fernrohr dieser Abstand von vierzehnhundert Kilometer auf vierzehn, nämlich drei und eine halbe Lieue, herabgebracht. Das Teleskop des Felsengebirges brachte den Mond noch näher, aber die Erdatmosphäre schwächte bedeutend seine optische Kraft. Daher nahm auch Barbicane von seinem Projectil aus mit der Lorgnette schon manche Details wahr, welche von den Beobachtern auf der Erde fast nicht zu erkennen waren.

„Meine Freunde, sagte darauf der Präsident mit ernstem Ton, ich weiß nicht, wohin wir fahren, ich weiß nicht, ob wir jemals unsern Erdball wieder sehen. Dennoch wollen wir verfahren, als sollten diese Arbeiten einmal unseres Gleichen nützlich sein. Halten wir unseren Geist frei von jeder Befangenheit. Wir sind Astronomen. Diese Kugel ist ein in den Weltraum versetztes Cabinet des Observatoriums zu Cambridge. So wollen wir Beobachtungen anstellen."

Unverzüglich wurde die Arbeit mit äußerster Genauigkeit begonnen, und es wurden die verschiedenen Ansichten des Mondes von den wechselnden Standpunkten aus, welche das Projectil dem Gestirn gegenüber einnahm, getreu aufgenommen.

Zu derselben Zeit, als die Kugel sich über dem zehnten Grad nördlicher Breite befand, schien sie strenge dem zwanzigsten Grad östlicher Länge zu folgen.

Hierhin gehört eine wichtige Bemerkung hinsichtlich der Karte, welche bei den Beobachtungen gebraucht wurde. Bei den Mondkarten, wo, in Folge des verkehrten Bildes, welches die Fernröhre von Gegenständen werfen, der Süden oben ist, der Norden unten, sollte es natürlich scheinen, daß in Folge dieser Umkehrung der Osten links fallen müßte, der Westen rechts. Jedoch so ist's nicht der Fall. Würde die Karte umgekehrt, und stellte den Mond so dar, wie er sich den Blicken darbietet, so wäre Osten links und Westen rechts, umgekehrt wie bei den Landkarten. Der Grund dieser abweichenden Erscheinung ist folgender. Wer den Mond von der nördlichen Hemisphäre aus, in Europa, wenn man will, beobachtet, sieht ihn sich gegenüber im Süden, und kehrt dem Norden

den Rücken zu, umgekehrt wie bei Betrachtung einer Landkarte. Weil er dem Norden den Rücken zuwendet, hat er den Osten links, den Westen rechts. Ein Beobachter auf der südlichen Hemisphäre, in Patagonien z.B., hätte die Westseite des Mondes vollständig links, die östliche rechts, weil Süden hinter ihm ist.

Dieses ist der Grund der anscheinenden Umkehrung der beiden Cardinalpunkte, und man muß sich desselben bewußt sein, um die Beobachtungen des Präsidenten Barbicane zu begleiten.

Mit Hilfe der Mappa selenographica von Beer und Mädler konnten die Reisenden auf dem Theil der Mondscheibe, welche sich vor dem Feld ihres Fernrohres befand, sich leicht zurecht finden.

„Was erblicken wir in diesem Augenblick? fragte Michel.

– Den nördlichen Theil des Wolkenmeeres, erwiderte Barbicane. Wir sind noch nicht nahe genug, um seine Beschaffenheit zu erkennen. Sind diese Ebenen mit dürrem Sand bedeckt, wie die ersten Astronomen angenommen haben? Sind es nur unermeßliche Waldungen, wie Waren de la Rue meinte, welcher auf dem Mond eine sehr niedrige, aber sehr dichte Atmosphäre voraussetzt, das werden wir später erfahren. Behaupten wollen wir nicht eher etwas, als wir dazu befugt sind."

Dieses Wolkenmeer ist auf den Karten ziemlich unbestimmt abgegrenzt. Man nimmt an, jene ungeheure Ebene sei mit Lavablöcken bedeckt, welche von den rechtsbenachbarten Vulkanen Ptolemäus, Purbach, Arzachel ausgeworfen worden. Aber das Projectil kam merklich näher, und bald zeigten sich die Berghöhen, welche die nördliche Grenze dieses Meeres bilden. Vor demselben ragte ein in voller Schönheit strahlender Berg empor, dessen Gipfel Sonnenstrahlen auszusprühen schienen, gleich den Gluthstrahlen aus einem Krater.

„Das ist? ... fragte Michel.

– Kopernicus! erwiderte Barbicane.

– Betrachten wir Kopernicus."

Dieser Berg, unterm 9° nördl. Breite und 20° östl. Länge erhebt sich bis zu einer Höhe von dreitausendvierhundertachtunddreißig Meter über der Mondoberfläche. Er ist auf der Erde gut sichtbar, und die Astronomen können ihn genau studiren, besonders während der Phase zwischen dem letzten Viertel und Neumond, weil dann seine Schatten weithin von Osten nach Westen fallen und seine Höhen zu messen gestatten.

Dieser Kopernicus bildet nach dem auf der südlichen Hemisphäre gelegenen Tycho das bedeutendste strahlende System der Mondscheibe. Er steht einzeln, wie ein riesenhafter Pharus auf dem an das Meer der Stürme grenzenden Theile des Wolkenmeers, und beleuchtet mit seinem glänzenden Strahlenwurf zwei Oceane zugleich. Diese langen Lichtstreifen boten einen Anblick ohne Gleichen dar; beim Vollmond von blendendem Glanze reichen sie nördlich über die Grenzgebirgsketten, um im Regenmeere allmälig zu erlöschen. Um ein Uhr Morgens, nach dem Maßstab der Erde gerechnet, beherrschte das Projectil gleich einem in den Raum geschleuderten Ballon dieses prachtvolle Gebirge.

Barbicane konnte sehr genau die hauptsächlichen Eigenthümlichkeiten desselben erkennen. Kopernicus gehört zu den Ringgebirgen ersten Ranges in der Abtheilung des großen Circus. Gleich dem Keppler und Aristarch, welche den Ocean der Stürme beherrschen, zeigt er sich manchmal wie ein Punkt, der durch das aschfarbene Licht hindurch glänzt, und wurde für einen thätigen Vulkan gehalten. Aber es ist ein ausgebrannter Vulkan, wie alle auf dieser Seite der Mondfläche. Seine Ringwälle zeigten einen Durchmesser von ungefähr zweiundzwanzig Lieues. Das Fernrohr entdeckte auf demselben Spuren von Schichtungen, welche von aufeinander folgenden Ausbrüchen herrührten, und die Umgebung schien mit vulkanischen Trümmern bedeckt, wovon sich manche noch in den Kratern drinnen zeigten.

„Es giebt, sagte Barbicane, auf der Oberfläche des Mondes mehrere Arten von Ringgebirgen, und es ist leicht zu erkennen, daß Kopernicus zu der Sorte der strahlenden gehört. Wären wir näher, so würden wir die kegelförmigen Spitzen, welche in seinem Innern so zahlreich sind und ehemals feuerspeiende kleine Krater waren, erkennen. Eine merkwürdige Eigenthümlichkeit, die ohne Ausnahme auf der Mondscheibe vorkommt, besteht darin, daß, umgekehrt wie die Krater der Erde gebildet sind, der innere Boden dieses Circus auffallend niederer liegt, als die äußere Ebene. Es folgt daraus, daß die allgemeine Krümmung des Innern dieses Circus eine Kugel bildet von kleinerem Durchmesser, als der des Mondes ist.

– Und wozu diese Eigenthümlichkeit? fragte Nicholl.

– Das weiß man nicht, erwiderte Barbicane.

– Welch glänzende Strahlen! rief Michel wiederholt. Ich kann mir kaum denken, daß man einen schöneren Anblick haben könne!

– Was wirst Du erst sagen, erwiderte Barbicane, wenn uns der Zufall der südlichen Hemisphäre zuführte?

– Nun, da würde ich sagen, das ist noch schöner!“ versetzte Michel Ardan.

In diesem Augenblick konnte man vom Projectil aus den Ring senkrecht beschauen. Die Umwallung des Kopernicus bildete einen fast vollständigen Kreis, und seine sehr steilen Wälle waren deutlich zu erkennen. Man konnte sogar einen doppelten Wall innen erkennen. Um den Berg herum breitete sich eine etwas graue Ebene von wildem Aussehen, worauf die Erhöhungen in Gelb hervortraten. Im Innern des Rings funkelten wie in einem Schmuckkasten einen Augenblick zwei bis drei speiende Kegel, gleich enormen blendenden Gemmen. Nördlich senkte sich die Umwallung zu einer Vertiefung, wodurch man wahrscheinlich in das Innere des Kraters gelangen konnte.

Bei einem Ueberblick über die umgebende Ebene konnte Barbicane eine große Anzahl unbedeutender Gebirge wahrnehmen, unter anderen ein kleines Ringgebirge, Gay-Lussac benannt, das dreiundzwanzig Kilometer breit war. Nach Süden hin zeigte sich die Ebene sehr flach, ohne Anschwellung, ohne Erhabenheit des Bodens. Nach Norden dagegen, bis zu der Stelle, wo sie an den Ocean der Stürme grenzt, glich sie einer flüssigen, vom Sturm gepeitschten Oberfläche, deren spitze und runde Erhöhungen das Bild einer Reihe von Wellen, die plötzlich feste Gestalt annahmen, darstellte. Ueber dieses Ganze zogen sich in allen Richtungen die Lichtstreifen, welche im Gipfel des Kopernicus zusammen liefen. Einige derselben zeigten eine Breite von dreißig Kilometer bei einer nicht zu berechnenden Länge.

Die Reisenden sprachen über den Ursprung dieser seltsamen Strahlen und konnten so wenig wie die Beobachter auf der Erde über ihre Natur etwas Bestimmtes sagen.

„Aber warum, sagte Nicholl, sollten nicht diese Strahlen ganz einfach Strebemauern vom Gebirge sein, welche das Sonnenlicht lebhafter rückstrahlen?

– Nein, erwiderte Barbicane, wenn dem so wäre, würden unter gewissen Bedingungen diese Bergspitzen Schatten werfen. Aber sie werfen keinen.“

Wirklich kommen diese Strahlen nur dann vor, wenn das Tagesgestirn in Opposition mit dem Mond steht, und verschwinden, sobald seine Strahlen schief auffallen.

„Aber was hat man sich denn zur Erklärung dieser Lichtstreifen für Vorstellungen gemacht? fragte Michel, denn ich kann nicht glauben, daß die Gelehrten mit Erklärungen je zurückhalten.

– Ja, erwiderte Barbicane, Herschel hat zwar eine Erklärung ausgedacht, aber nicht zu behaupten gewagt.

– Gleichviel. Was ist seine Meinung?

– Er dachte sich, diese Strahlen möchten wohl kalt gewordene Lavaströme sein, welche, wann die Sonne sie senkrecht bestrahlt, einen Widerschein würfen. Das ist wohl möglich, aber durchaus nicht gewiß. Uebrigens, wenn wir etwas näher zu Tycho herantreten, werden wir einen besseren Standpunkt haben, um die Ursache dieses Strahlens zu erkennen.

– Wissen Sie, meine Freunde, womit, von unserem jetzigen Standpunkt herab gesehen, diese Ebene zu vergleichen ist? fragte Michel.

– Nein, erwiderte Nicholl.

– Nun, mit all diesen Lavastücken, lang wie Spindeln, gleicht sie einem ungeheuren Spiel mit durcheinandergeworfenen Stäbchen. Man braucht nur einen Haken, um sie nach einander heraus zu ziehen.

– Sei doch ernst! sagte Barbicane.

– Um ernst zu sein, versetzte Michel ruhig, wollen wir Knochen anstatt Stäbchen annehmen. Dann wäre diese Ebene nur ein ungeheures Knochenfeld, worauf die sterblichen Ueberreste von Tausenden hingestorbener Generationen ruhten. Würdest Du eine solche wirkungsvolle Erklärung vorziehen?

– Die eine taugt so wenig, wie die andere, entgegnete Barbicane.

– Teufel! Du bist peinlich! versetzte Michel.

– Mein würdiger Freund, fuhr der gesetzte Barbicane fort, es kommt wenig darauf an zu wissen, womit dies zu vergleichen, während man nicht weiß, was es ist.

– Gut geantwortet, rief Michel. Ich lerne daraus mit Gelehrten mich besprechen!“

Inzwischen fuhr das Projectil mit fast gleichförmiger Geschwindigkeit längs der Mondscheibe immer weiter. Die Reisenden dachten, wie man leicht denken kann, nicht einen Augenblick an Ruhe. Jede Minute änderte die vor ihren Blicken entschwindende Aussicht. Gegen halb zwei Uhr Morgens sahen sie die Gipfel eines anderen Gebirges. Barbicane befragte seine Karte und erkannte Eratosthenes.

Es war ein viertausendfünfhundert Meter hohes Ringgebirge, einer von den auf dem Trabanten so zahlreichen Circus. Und bei diesem Anlaß erzählte Barbicane seinen Freunden von der merkwürdigen Ansicht Keppler's über die Entstehung dieser Circus. Dem berühmten Mathematiker zufolge sollten diese kraterförmigen Vertiefungen von Menschenhand gegraben worden sein.

„In welcher Absicht? fragte Nicholl.

– In sehr natürlicher Absicht! erwiderte Barbicane. Die Seleniten wollten darin Zuflucht und Schutz gegen die Sonnenstrahlen suchen, welche sie vierzehn Tage hinter einander auszustehen haben.

– Die Seleniten sind doch keine Dummköpfe! sagte Michel.

– Sonderbare Idee! erwiderte Nicholl. Aber es ist wahrscheinlich, daß Keppler nicht mit den wirklichen Maßen dieser Circus bekannt war, denn es wäre eine für Seleniten unausführbare Riesenarbeit gewesen!

– Weshalb, wenn auf dem Mond die Schwere sechsfach geringer ist, wie auf der Erde? fragte Michel.

– Wenn aber die Seleniten sechsfach kleiner sind? entgegnete Nicholl.

– Und wenn es gar keine Seleniten giebt!“ fügte Barbicane bei. Damit schloß diese Unterhaltung.

Bald verschwand Eratosthenes unterm Horizont, ohne daß das Projectil nahe genug kam, um genaue Beobachtungen anzustellen.

Dieser Berg schied die Apenninen von den Karpathen.

In der Orographie des Mondes hat man einige Gebirgsketten unterschieden, welche hauptsächlich der nördlichen Hemisphäre angehören. Einige jedoch befinden sich auf der südlichen.

Es folge hier ein Verzeichniß dieser verschiedenen Ketten in der Richtung von Süden nach Norden, mit Angabe ihrer Breite und Höhe, nach den höchsten Gipfeln:

Dörfel	84° –S. Br.	7603 Meter
Leibnitz	65°–S. Br.	7600 Meter
Rook	20°–30°S. Br.	1600 Meter
Altai	17°–28°S. Br.	4047 Meter
Cordilleren	10°–20°S. Br.	3898 Meter
Pyrenäen	8°–18°S. Br.	3631 Meter
Ural	5°–13°S. Br.	838 Meter
Alembert	4°–10°S. Br.	5847 Meter
Hämus	8°–21°N. Br.	2021 Meter
Karpathen	15°–19°N. Br.	1939 Meter
Apenninen	14°–27°N. Br.	5501 Meter
Taurus	21°–28°N. Br.	2746 Meter

Schwarzwald	17°–29°N. Br.	1170 Meter
Kaukasus	32°–41°N. Br.	5567 Meter
Alpen	42°–49°N. Br.	3617 Meter

Von diesen ist die Apenninenkette die bedeutendste, die sich hundertundfünfzig Lieues weit erstreckt, eine Länge, welche jedoch den größeren Gebirgszügen der Erde nachsteht. Die Apenninen ziehen längs dem Nordrande des Regenmeeres, und ihre Fortsetzung nördlich bilden die Karpathen von ungefähr hundert Meilen Länge.

Die Reisenden konnten im Vorbeifahren nur den höchsten Theil derjenigen Apenninen sehen, welche vom 10° westlicher bis zum 16° östlicher Länge ziehen; aber die Karpathenkette erblickten sie in ihrer ganzen Ausdehnung von 18–30° östlicher Länge, und konnten ihre Vertheilung aufnehmen.

Eine Vermuthung schien ihnen sehr gerechtfertigt. Als sie diese Karpathenkette ansahen, wie sie hie und da kreisrunde Formen annimmt und von steilen Spitzen beherrscht wird, schlossen sie daraus, sie habe ehemals bedeutende Circus gebildet. Diese Gebirgsringe mußten wohl von der ungeheuren Ausströmung, wodurch das Regenmeer entstand, durchbrochen worden sein. Diese Karpathen waren damals, ihrem Aussehen nach, was die Circus Purbach, Arzachel und Ptolemäus wären, wenn eine Ueberschwemmung ihre Wälle auf der linken Seite niedergeworfen und sie in eine zusammenhängende Kette verwandelt hätte. Sie zeigen eine mittlere Höhe von dreitausendzweihundert Meter, welche einigen Punkten der Pyrenäen vergleichbar ist. Ihre Südseite fällt schroff zu dem unermeßlichen Regenmeere ab.

Gegen zwei Uhr Morgens befand sich Barbicane über dem zwanzigsten Mondbreitegrad, unweit des fünfzehnhundertneunundfünfzig Meter hohen Berges, welcher Pythias heißt. Das Projectil war nur noch zwölfhundert Kilometer von dem Mond entfernt, der durch das Fernrohr bis auf drei Lieues nahe gerückt wurde.

Das „Mare Imbrium“ lag vor den Augen der Reisenden wie eine unermeßliche Niederung, deren Einzelheiten noch wenig zu erkennen waren. Zu ihrer Linken ragte in der Nähe der Berg Lambert, dessen Höhe auf achtzehnhundertunddreizehn Meter geschätzt wird, und weiter hin auf der Grenze des Oceans der Stürme, unterm 23° nördlicher Breite und 29° östlicher Länge, erglänzte der strahlende Berg Euler. Ueber diesen, nur achtzehnhundertundfünfzehn Meter hohen Berg hat der Astronom Schröter eine interessante Arbeit geliefert. Dieser Gelehrte hatte bei seinen Forschungen über den Ursprung der Mondberge sich die Frage gestellt, ob der Kubikgehalt des Kraters sich stets dem der Umwallung, welche ihn bildet, merklich gleich zeige. Dieses Verhältniß bestand nur im Allgemeinen, und Schröter folgerte daraus, daß ein einziger Ausbruch vulkanischer Stoffe genügt habe, um diese Wälle zu bilden, denn wiederholt nach einander erfolgte Ausbrüche hätten dieses Verhältniß geändert. Nur der Berg Euler trat zu diesem allgemeinen Gesetz in Widerspruch, und man mußte annehmen, daß er durch mehrere auf einander folgende Ausbrüche gebildet worden, denn der Inhalt seiner Aushöhlung betrug das Doppelte seiner Umwallung.

Alle diese Vermuthungen durften die Beobachter auf der Erde sich erlauben, trotzdem ihre Instrumente ungenügend waren. Barbicane wollte sich nicht damit begnügen, und da er sah, wie sein Projectil regelmäßig der Mondscheibe näher kam, gab er die Hoffnung nicht auf, es werde ihm, wenn er dieselbe nicht erreichen könne, doch wenigstens möglich sein, durch die verringerte Entfernung in die Geheimnisse der Bildung des Mondes zu dringen.

Dreizehntes Capitel

Mondlandschaften

Um halb drei Uhr befand sich das Projectil gegenüber der dreißigsten Mondparallele in einer wirklichen Entfernung von tausend Kilometer, welche durch die optischen Instrumente auf zehn herabgesetzt wurden. Es hatte stets den Anschein, als könne es unmöglich irgend einen Punkt der Mondscheibe erreichen. Die Schnelligkeit seiner Fortbewegung, so mäßig sie war, konnte sich der Präsident Barbicane nicht erklären. In dieser Nähe bei dem Mond hätte sie bedeutend sein müssen, um der Anziehungskraft gegenüber fort zu bestehen. Es fand also eine Erscheinung statt, deren Grund ihm nicht erfindlich war. Zudem fehlte es an Zeit, denselben aufzusuchen. Das Bild des Mondes mit seinen Höhen und Tiefen schwebte vor den Augen der Reisenden, und sie wollten nicht das Geringste davon verlieren.

Die Scheibe zeigte sich also vor dem Fernrohr in einer Entfernung von zwei und einer halben Lieue. Was würde ein Luftschiffer, so nahe bei der Erde, auf ihrer Oberfläche erkennen? Das könnte man nicht sagen, weil die höchsten Fahrten noch nicht bis auf tausend Meter emporgestiegen sind.

Doch mag hier genau verzeichnet stehen, was Barbicane mit seinen Gefährten von dieser Höhe herab sah.

Es zeigten sich ziemlich bunte Färbungen in weiten Flächen. Ueber die Natur dieser Färbungen sind die Selenographen einstimmig. Dieselben sind eigenthümlich und grell abstechend. Julius Schmidt behauptet, wenn die Oceane der Erde ausgetrocknet wären, würde ein Mondbeobachter zwischen den Oceanen und continentalen Ebenen unseres Erdballs nicht so verschiedenartige Nuancen aufzählen können, wie sie sich dem Beobachter auf der Erde am Mond darstellen. Er hält die gemeinsame Farbe der unter dem Namen Meere bekannten großen Ebenen für dunkelgrau mit grün und braun gemischt. Auch zeigen einige große Krater diese Färbung.

Diese Ansicht des deutschen Selenographen, welche auch Beer und Mädler theilen, war Barbicane bekannt. Er überzeugte sich, daß sie Recht hatten gegenüber anderen Astronomen, welche auf der Mondoberfläche nur die graue Farbe gelten lassen wollen. An manchen Stellen schien die grüne Farbe sehr lebhaft vor, wie, nach Julius Schmidt, bei den Meeren der Heiterkeit und des Humors zu erkennen ist. Ebenso bemerkte Barbicane weite Krater ohne Kegelspitzen im Inneren, welche eine bläuliche Farbe zeigten, gleich den Reflexen einer frisch polirten Stahlplatte. Diese Färbungen gehörten also wirklich der Mondscheibe an und waren nicht, wie manche Astronomen angeben, der Unvollkommenheit des Objectivs unserer Fernröhre, oder der Mittelwirkung der Erdatmosphäre zuzuschreiben. Für Barbicane konnte in der Hinsicht kein Zweifel mehr statthaben, denn er beobachtete im luftleeren Raum, und eine optische Täuschung war hier auch nicht möglich. Er sah die Thatsache dieser verschiedenen Färbungen als eine Eroberung der Wissenschaft an. Rührte nun diese grüne Färbung von einer tropischen Vegetation her, welche durch eine dichte und niedrige Atmosphäre unterhalten wurde? Er konnte sich darüber noch nicht aussprechen.

Weiter entfernt bemerkt er hinreichend deutlich eine röthliche Färbung. Eine ähnliche Nuance war schon auf dem Inneren eines einzelstehenden Ringes, der unter der Benennung Circus Lichtenberg bekannt ist und nächst dem Schwarzwald am Rand des Mondes liegt, beobachtet worden, aber die Beschaffenheit desselben konnte er nicht erkennen.

Nicht glücklicher war er in Beziehung auf eine andere eigenthümliche Erscheinung des Mondes, denn er konnte ihre Ursache nicht genau angeben. Dieselbe bestand in Folgendem.

Michel Ardan war zunächst dem Präsidenten in die Beobachtung vertieft, als er lange weiße Streifen bemerkte, welche durch directe Bestrahlung von der Sonne lebhaft erleuchtet waren. Es war eine Reihenfolge leuchtender Furchen, die von dem Ausstrahlen, welches Kopernicus kürzlich zeigte, sehr verschieden waren. Sie zogen parallel der Länge nach neben einander her.

Ardan rief mit seiner gewohnten Sicherheit aus: „Sieh da! Bebaute Felder!

– Bebaute Felder! erwiderte Nicholl mit Achselzucken.

– Gepflügt wenigstens, entgegnete Michel Ardan. Aber was müssen die Seleniten für Ackersleute sein, und was für Riesenochsen an ihren Pflug spannen, um solche Furchen zu ziehen!

– Es sind nicht Furchen, sagte Barbicane, sondern Streifen (rainures).

– Meinetwegen Streifen, erwiderte Michel. Nun, was versteht man in der Wissenschaft unter dem Wort Streifen (rainures)?"

Barbicane theilte seinem Kameraden sogleich mit, was er über die Mondstreifen wußte. Er wußte, daß es Furchen waren, die man auf allen nicht gebirgigen Theilen der Mondscheibe beobachtet hatte; daß diese Furchen, am häufigsten einzeln, eine Länge von vier bis fünf Lieues hatten; ihre Breite verschieden zwischen tausend und fünfzehnhundert Meter schwankte, und daß ihre Ränder streng parallel laufen; sonst aber wußte er nichts, weder über ihre Bildung, noch ihre Natur.

Barbicane beobachtete diese Streifen mit seinem Instrument äußerst achtsam. Er bemerkte, daß ihre Ränder sehr steile Abhänge hatten. Es waren lange parallel laufende Wälle, und mit einiger Phantasie konnte man annehmen, es seien lange, von Seleniten-Ingenieuren errichtete Fortificationslinien.

Von diesen verschiedenen Streifen waren die einen durchaus gerade und wie nach der Meßschnur gezogen. Andere zeigten eine leichte Krümmung, doch mit stets parallelen Rändern. Diese durchkreuzten sich, jene durchschnitten Krater. Hier bildeten sie gewöhnliche Vertiefungen, wie Posidonius oder Petavius, dort bedeckten sie Meere, wie das der Heiterkeit, mit bunten Streifen.

Diese verschiedenartigen Natureigenthümlichkeiten mußten nothwendig die Einbildungskraft der Astronomen auf der Erde beschäftigen. Die ersten Beobachtungen hatten diese rainures nicht entdeckt. Weder Helvetius, noch Cassini, noch La Hire, noch Herschel scheinen sie gekannt zu haben. Zuerst richtete Schröter im Jahre 1789 die Aufmerksamkeit der Gelehrten auf dieselben. Andere nach ihnen studirten sie, wie Pastorf, Gruithusen, Beer und Mädler. Jetzt beläuft sich ihre Anzahl auf siebenzig. Mit dem Aufzählen hat man aber noch nicht ihre Natur bestimmt. Fortificationen sind es sicherlich nicht, ebensowenig ausgetrocknete vormalige Flußbeete; denn einerseits hätten die auf der Mondoberfläche so dünnen Gewässer nicht sich solche Dämme graben können, und anderseits ziehen diese Furchen oft quer durch sehr hoch liegende Krater.

Man muß doch zugeben, daß Michel Ardan eine Idee hatte, wobei er, ohne es zu wissen, in dieser Hinsicht mit Julius Schmidt übereinstimmte.

„Warum“, sagte er, „sollten diese unerklärlichen Wahrnehmungen nicht ganz einfach Erscheinungen der Vegetation sein?

– Wie meinst Du das? fragte Barbicane lebhaft.

– Ereifere Dich nicht, würdiger Präsident, erwiderte Ardan. Ist es nicht möglich, daß diese dunklen Linien, welche die Brustwehr bilden, regelmäßig geordnete Baumreihen wären?

– Du hältst wohl recht fest an Deiner Vegetation? sagte Barbicane.

– Ja wohl, versetzte lebhaft Michel Ardan, um das zu erklären, was Ihr Gelehrte nicht erklärt! Wenigstens böte meine Annahme den Vortheil, daß sie angiebt, weshalb diese Streifen zu regelmäßiger Zeit verschwinden oder zu verschwinden scheinen.

– Und aus welchem Grunde?

– Weil diese Bäume dann, wenn sie ihr Laub verlieren, nicht mehr sichtbar sind, und sichtbar, wenn sie wieder Blätter treiben.

– Deine Erklärung ist sinnreich, lieber Kamerad, erwiderte Barbicane, aber sie ist nicht zulässig.

– Weshalb?

– Weil es auf der Oberfläche des Mondes, so zu sagen, keinen Wechsel der Jahreszeiten giebt, und folglich solche Vorgänge der Vegetation, wovon Du sprichst, dort nicht statthaben können.“

Wirklich, da die Mondachse so wenig schief ist, so hält sich die Sonne fast gleichmäßig hoch unter jeder Breite. Ueber den Gegenden um den Aequator steht das strahlende Gestirn fast unveränderlich im Zenith, und in den Polarregionen verläßt es fast nicht die Grenze des Horizonts. Darum herrscht, in Gemäßheit jeder Region, beständiger Winter, Frühling, Sommer und Herbst, wie auf dem Planeten Jupiter, dessen Achse ebenfalls wenig zu seiner Bahn geneigt ist.

Auf welchen Ursprung sind nun die Streifen zurückzuführen? Die Frage ist schwer zu lösen. Sie sind offenbar später, als die Krater und Circus entstanden, denn mehrere sind in diese eingedrungen, indem sie ihre Ringwälle durchbrachen. Es ist also möglich, daß sie zur Zeit der letzten geologischen

Epochen nur durch die gewaltsam nach außen gerichtete Wirkung der Naturkräfte entstanden sind.

Inzwischen war das Projectil über den vierzigsten Grad der Mondbreite gekommen, bis zu einer Entfernung, welche achthundert Kilometer nicht übersteigen mochte. Die Gegenstände erschienen auf dem Sehfeld des Fernrohrs, als seien sie nur zwei Lieues entfernt. Auf diesem Punkt, zu ihren Füßen, ragte der Helikon fünfhundertfünf Meter hoch, und links reihten sich die mäßigen Höhen, welche einen kleinen Theil des Regenmeeres unter der Benennung Regenbogen-Golf umschließen.

Die Erdatmosphäre müßte hundertundsiebenzig Mal durchsichtiger sein, als sie ist, um den Astronomen vollständige Beobachtungen auf der Oberfläche des Mondes möglich zu machen. Aber in dem leeren Raum, wo das Projectil sich bewegte, befand sich kein Fluidum zwischen dem Auge des Beobachters und dem beobachteten Gegenstand. Zudem befand sich Barbicane in einer solchen Nähe, wie sie nie die stärksten Teleskope, weder das von John Roß, noch das des Felsengebirgs, je gewährt hatten. Er befand sich also in einer äußerst günstigen Lage, um die bedeutende Frage der Bewohnbarkeit des Mondes zu lösen. Doch gelang ihm diese Lösung noch nicht. Er konnte nur das öde Bette unermeßlicher Ebenen unterscheiden und nach Norden zu dürre Gebirge. Nirgends eine Spur eines Werkes von Menschenhand. Nicht *eine* Ruine zum Zeugniß, daß solche da gewesen. Nicht eine Versammlung thierischer Geschöpfe, welche eine Entwickelung des Lebens auf niederer Stufe kundgab. Nirgends Bewegung, nirgends nur ein Anschein von Vegetation. Von den drei Reichen, welche den Erdball gemeinsam inne haben, war nur eins auf dem Mond repräsentirt, das Mineralreich.

„Also!“ sagte Michel Ardan mit etwas bestürzter Miene, Menschen giebt's dort nicht?

– „Nein, erwiderte Nicholl, so viel man bis jetzt sieht. Kein Mensch, kein Thier, kein Baum. Bei alle dem, wenn die Atmosphäre sich in die Höhlungen, in's Innere der Circus, oder selbst auf die entgegengesetzte Seite des Mondes zurückgezogen hat, so können wir nicht mit unserem Urtheil vorgreifen.

– Uebrigens, fügte Barbicane hinzu, kann man in einer Entfernung von mehr als sieben Kilometer auch mit dem weitreichendsten Auge einen Menschen nicht erkennen. Giebt es also Seleniten, so können sie wohl unser Projectil sehen, wir aber nicht sie.“

Gegen vier Uhr Morgens, auf der Höhe des fünfzigsten Breitegrades, war die Entfernung nur noch sechshundert Kilometer. Links entwickelte sich eine Reihe von Bergen mit launenhaften Umrissen, die sich in vollem Licht zeichneten. Rechts dagegen sah man ein schwarzes Loch gleich einem ungeheuren Brunnen, der in den Boden des Monds gegraben und dunkel war, daß man nichts darin sehen konnte.

Dieses Loch war der Schwarze See, Plato, ein tiefer Circus, den man von der Erde aus gut studiren kann, wann zwischen dem letzten Viertel und dem Vollmond die Schatten von Westen nach Osten hin fallen.

Diese schwarze Färbung findet sich auf der Oberfläche des Trabanten selten. Man hat sie nur erst in den Tiefen des Circus Endymion, östlich vom Frostmeer (Mare Frigoris) in der Nordhälfte erkannt, und in der Tiefe des Circus Grimaldi, überm Aequator, am Ostrande des Gestirns.

Plato ist ein Ringgebirge unterm 51° nördlicher Breite und 9° östlicher Länge. Sein Circus ist zweiundneunzig Kilometer lang und einundsechzig Kilometer breit. Barbicane bedauerte, nicht senkrecht über seiner ungeheuren Mündung zu fahren. Es war da ein Abgrund zu untersuchen, vielleicht eine geheimnißvolle Erscheinung zu ergründen. Aber es ließ sich an dem Lauf des Projectils nichts ändern, man mußte sich ihn ruhig gefallen lassen. Man versteht noch nicht den Luftballon zu leiten, noch weniger die Kugeln, wenn man in ihnen eingeschlossen ist.

Um fünf Uhr Morgens war man endlich über die Nordgrenze des Regenmeers hinausgekommen. Es blieben noch die Berge La Condamine und Fontanelle, der eine links, der andere rechts. Dieser Theil der Scheibe, vom sechzigsten Grad an, wurde durchaus gebirgig. Durch das Fernrohr war sie auf eine Meile nahe gebracht, eine Entfernung, die nicht so groß ist, als der Gipfel des Montblanc vom Meeresspiegel. Diese ganze Gegend war mit Bergspitzen und Circus dicht besetzt. Die Gegend des siebenzigsten Grades beherrschte Philolaus, dreitausendsiebenhundert Meter hoch, mit einem elliptischen Krater, der sechzehn Lieues lang, vier Lieues breit war.

Von dieser Entfernung aus gesehen, hatte die Mondscheibe ein sehr sonderbares Aussehen. Die Landschaften stellten sich dem Blick unter Verhältnissen dar, welche von denen der Erde sehr verschieden waren, aber sehr zu ihrem Nachtheil.

Da der Mond keine Atmosphäre hat, so entstehen aus dem Mangel einer Dunstumgebung Folgen, die wir schon nachgewiesen haben. Da es keine Dämmerung da giebt, so folgen Nacht auf Tag und Tag auf Nacht so grell, wie wenn man mitten in dunkler Nacht eine Lampe anzündet oder auslöscht. So findet auch kein Uebergang von Kälte zu Wärme statt, und es fällt die

Temperatur in einem Augenblick von dem Grad der Siedhitze des Wassers zu dem der Kälte des Weltraums.

Eine andere Folge dieses Mangelns der Luft besteht darin, daß da, wohin die Sonnenstrahlen nicht dringen, absolute Finsterniß herrscht. Was man auf der Erde verbreitetes Licht nennt, dieser lichthaltige Stoff, welcher Morgen- und Abend-Dämmerung, Schatten, Halbschatten und den Zauber des Helldunkels erzeugt, existirt nicht auf dem Mond. Daher eine Schroffheit des Gegensatzes, welcher nur zwei Farben, schwarz und weiß, gestattet. Mag ein Selenite seine Augen gegen die Sonnenstrahlen schützen, der Himmel erscheint ihm völlig schwarz, und die Sterne glänzen ihm wie in der dunkelsten Nacht.

Man denke sich den Eindruck, welchen dieser seltsame Anblick auf Barbicane und seine beiden Freunde machte. Eine Mondlandschaft ohne die mildernde Vermittlung des Helldunkels hätte von einem Landschaftsmaler der Erde nicht dargestellt werden können. Tintenflecken auf einem weißen Blatt, das war Alles.

Dieses Aussehen änderte sich nicht, selbst als das Projectil auf der Höhe des achtzigsten Grades nur noch hundert Kilometer von dem Monde entfernt war. Selbst nicht, als es um fünf Uhr Morgens keine fünfzig Kilometer weit vom Berge Gioja vorüber kam, welche Entfernung durch das Fernrohr auf eine halbe Viertel Lieue beschränkt wurde. Es schien, als könne man den Mond mit der Hand greifen. Es schien unmöglich, daß das Projectil nicht in Kurzem, sei's auch nur an seinem Nordpol, dessen glänzende Spitze auf dem schwarzen Hintergrund des Himmels grell abstach, zusammenstoßen sollte. Michel Ardan wollte eins der Luckenfenster öffnen und sich auf den Mond hinabstürzen. Ein Sturz von zwölf Meilen! Das beachtete er nicht. Der Versuch wäre übrigens erfolglos gewesen, denn wenn das Projectil nicht an irgend einen Punkt des Trabanten gelangen sollte, so wäre Michel Ardan, der in seiner Bewegung mit fortgerissen wurde, ebensowenig dahin gekommen.

In diesem Augenblick, um sechs Uhr, wurde der Pol des Mondes sichtbar. Die Scheibe bot den Blicken der Reisenden nur noch eine sehr stark erleuchtete Hälfte dar, während die andere im Dunkel verschwand. Plötzlich kam das Projectil über die Scheidelinie zwischen starkem Licht und absolutem Schatten hinaus, und wurde mit einem Mal in tiefe Nacht versenkt.

Vierzehntes Capitel

Die dreihundertvierundfünfzigstündige Nacht

Im Augenblick, wo diese Erscheinung so plötzlich vorging, strich das Projectil in einer Nähe von nicht fünfzig Kilometer am Nordpol des Mondes vorbei. Binnen einigen Secunden versank es in das absolute Dunkel des Weltraums. Der Uebergang war so rasch eingetreten, ohne Nuancen, ohne Lichtabstufung, ohne Abschwächung der Lichtwellen, als wäre das Gestirn mit einem gewaltigen Hauch ausgeblasen worden.

„Verschwunden, zerstoben der Mond!“ rief Michel Ardan ganz bestürzt.

In der That, kein Widerschein, kein Schatten, keine Spur mehr von der eben noch so blendenden Scheibe. Vollständiges Dunkel, das beim Schimmern der Sterne noch tiefer war. Solche Stockfinsterniß durchdringt die Mondnächte, welche für jeden Punkt der Scheibe dreihundertvierundfünfzig und eine halbe Stunde währen. Diese Nachtlänge ist durch die Gleichheit der Bewegungen des Mondes um seine Achse und um die Erde verursacht. Das Projectil, in den Schattenkegel des Trabanten versenkt, empfand die Wirkung der Sonnenstrahlen eben so wenig, als irgend ein Punkt seines unsichtbaren Theiles.

Im Innern desselben herrschte ebenfalls vollständiges Dunkel. Man sah einander nicht mehr, und man mußte die Finsterniß verscheuchen. So sehr daher Barbicane das Gas, dessen Vorrath so gering war, zu sparen wünschte, man mußte das kostspielige Licht, welches die Sonne damals verweigerte, von ihm sich geben lassen.

„Den Teufel auch mit dem strahlenden Gestirn, rief Michel Ardan aus. Anstatt uns seine Strahlen umsonst zu spenden, verleitet es zur Gasverschwendung.

– Nicht die Sonne haben wir anzuklagen, fuhr Nicholl fort. Sie ist nicht schuld, sondern der Mond, welcher sich wie ein Schirm zwischen uns und sie geschoben hat.

– Nein, die Sonne! wiederholte Michel.

– Nein, der Mond!“ entgegnete Nicholl.

Ein müßiger Wortstreit, dem Barbicane ein Ende machte.

„Meine Freunde, sagte er, weder die Sonne noch der Mond trägt die Schuld, sondern das Projectil, welches von der strenge vorgeschriebenen Richtung so ungeschickt abgewichen ist. Will man jedoch gerecht sein, so ist dem unglückseligen Bolid, welcher uns so kläglich von der ersten Richtung abgeleitet hat, die Schuld zuzuschreiben.

– Gut! erwiderte Michel Ardan, weil dieser Punkt im Reinen ist, so wollen wir frühstücken. Nachdem wir eine ganze Nacht über Beobachtungen angestellt, müssen wir uns ein wenig restauriren."

Dieser Vorschlag stieß auf keinen Widerspruch. Michel hatte in einigen Minuten das Mahl fertig. Aber man aß, um zu essen, man trank ohne Toaste, ohne Hurrahs. Die kühnen Reisenden empfanden in diesem finsteren Raume, wohin sie gerathen waren, ohne die gewohnte Umgebung von Lichtstrahlen, die Regung einer unbestimmten Unbehaglichkeit. Das ungemüthliche Dunkel beengte sie doch auf allen Seiten.

Indessen plauderten sie von der Nacht, die kein Ende nehmen will, der dreihundertvierundfünfzigstündigen, also vierzehntägigen, welche das Naturgesetz den Mondbewohnern auferlegt hat. Barbicane gab seinen Freunden einige Erklärungen über die Ursachen und Folgen dieser merkwürdigen Erscheinung.

„Merkwürdig ganz gewiß, sagte er, denn wenn jede Hemisphäre des Mondes vierzehn Tage lang des Sonnenlichtes beraubt ist, so hat sich diejenige, über welcher wir jetzt schweben, während dieser langen Nacht nicht einmal des Anblicks der glänzend erleuchteten Erde zu erfreuen. Kurz, will man den Ausdruck „Mond" auf unsern Erdball anwenden, so existirt der Mond nur für *eine* Seite der Scheibe. Wenn es nun ebenso auf der Erde wäre, wenn z.B. der Mond niemals in Europa sichtbar wäre, sondern nur den Antipoden Europa's, so können Sie sich denken, wie ein Europäer, der nach Australien käme, erstaunen würde.

– Man würde blos deshalb nach Australien reisen, um den Mond zu sehen, erwiderte Michel.

– Nun, fuhr Barbicane fort, solch ein Erstaunen ist dem Seleniten, welcher die der Erde gegenüber befindliche Seite des Mondes bewohnt, vorbehalten, welche dem Erdbewohner niemals sichtbar wird.

– Und die wir gesehen haben würden, fügte Nicholl bei, wenn wir zur Zeit des Neumondes, das heißt vierzehn Tage später angekommen wären.

– Dagegen will ich beifügen, fuhr Barbicane fort, daß der Bewohner der sichtbaren Seite von der Natur zum Nachtheil seiner Brüder der unsichtbaren Seite ausnehmend begünstigt ist. Letztere hat, wie Sie sehen, dreihundertvierundfünfzigstündige Nächte tiefen Dunkels, welches durch keinen Lichtstrahl unterbrochen wird. Die andere dagegen sieht, wann nach vierzehntägigem Beleuchten die Sonne untergeht, am entgegengesetzten Horizont ein glänzendes Gestirn. Es ist die Erde, dreizehnmal größer als der Mond, wie wir ihn kennen; die Erde, welche mit einem Durchmesser von zwei Graden ein dreizehnmal stärkeres, durch keine Luftschichte gemildertes Licht ihm spendet; die Erde, welche erst dann wieder verschwindet, wann die Sonne wieder am Himmel erscheint!

– Schöne Phrase! sagte Michel Ardan, etwas akademisch vielleicht.

– Daraus folgt, fuhr Barbicane fort, ohne sich irre machen zu lassen, daß diese sichtbare Seite der Mondscheibe zum Wohnen sehr angenehm sein muß, weil sie stets entweder die Sonne, beim Vollmond, oder die Erde, beim Neumond, zu sehen hat.

– Aber, sagte Nicholl, dieser Vortheil muß wohl durch die unerträgliche Hitze, welche das Licht begleitet, aufgewogen werden.

– Das Unzuträgliche in dieser Hinsicht ist für die beiden Hälften gleich, denn das von der Erde reflectirte Licht ist offenbar ohne Wärme. Jedoch hat diese unsichtbare Seite noch mehr von der Hitze zu leiden, als die sichtbare. Ich sage das für Sie, Nicholl, weil Michel es vermuthlich nicht begreifen wird.

– Ich danke sehr für das Compliment, sagte Michel.

– In der That, fuhr Barbicane fort, wann diese unsichtbare Seite Licht und Wärme von der Sonne empfängt, ist's Neumond, d.h. der Mond ist in Conjunction, hat seinen Stand zwischen Sonne und Erde. Er befindet sich also – im Verhältniß zu seiner Stellung in Opposition, wann Vollmond ist – der Sonne um das Doppelte seines Abstandes von der Erde näher. Dieser Abstand nun läßt sich auf den zweihundertsten Theil der Entfernung der Sonne von der Erde schätzen, nämlich in runder Ziffer auf zweimalhunderttausend Lieues. Folglich ist die unsichtbare Seite, wann sie von der Sonne bestrahlt wird, um zweimalhunderttausend Lieues näher bei der Sonne.

– Ganz richtig, erwiderte Nicholl.
– Dagegen – fuhr Barbicane fort.
– Einen Augenblick, sagte Michel, seinen ernsten Gefährten unterbrechend.
– Was willst Du?
– Ich begehre die Fortsetzung der Erklärung zu geben.
– Weshalb?
– Um zu beweisen, daß ich begriffen habe.
– Meinetwegen, sagte Barbicane lächelnd.
– Dagegen, sagte Michel, den Präsidenten Barbicane in Ton und Handbewegungen nachahmend, dagegen, wenn die sichtbare Seite des Mondes von der Sonne beleuchtet wird, ist es Vollmond, d.h. der Mond steht in Opposition zur Sonne im Verhältniß zu der Erde. Die Entfernung des strahlenden Gestirns beträgt dann in runder Ziffer zweimalhunderttausend Lieues mehr, und die Wärme, welche der Mond von demselben empfängt, muß etwas geringer sein.
– Richtig! rief Barbicane. Weißt Du, Michel, für einen Künstler bist Du doch gescheit.
– Ja, erwiderte Michel gleichgiltig, wir sind alle so auf dem Boulevard des Italiens!“

Barbicane drückte seinem liebenswürdigen Kameraden tüchtig die Hand, und fuhr fort, aufzuzählen, was für Vortheile die Bewohner der sichtbaren Seite voraushaben.

Unter Anderem führte er die Beobachtung der Sonnenfinsternisse an, welche nur für diese Seite der Mondscheibe möglich sind, weil dann der Mond in Opposition stehen muß. Diese Finsternisse, welche durch die Stellung der Erde zwischen dem Mond und der Sonne entstehen, können zwei Stunden dauern, während dessen in Gemäßheit der Brechung der Strahlen durch seine Atmosphäre die Erdkugel nur als ein schwarzer Punkt vor der Sonne erscheinen kann.

„Demnach, sagte Nicholl, kommt die eine Hemisphäre, die unsichtbare, durch Ungunst der Natur sehr schlecht dabei weg!
– Ja, erwiderte Barbicane, aber doch nicht die ganze Hälfte. In der That, durch eine Art schwankender Bewegung, durch ein gewisses Schaukeln auf seinem Centrum zeigt der Mond der Erde etwas mehr als die Hälfte seiner Scheibe. Er gleicht einem Pendel, dessen Schwerpunkt nach dem Erdball zu rückwärts gelegt ist, mit regelmäßigen Schwingungen. Woher kommt es, daß er diese Schwingungen macht, – dieses Oscilliren? Es kommt daher, weil seine

Achsenbewegung gleichförmig eine und dieselbe ist, während bei seiner elliptischen Bewegung um die Erde dieses nicht stattfindet. Bei der Erdnähe des Mondes überwiegt die Schnelligkeit seiner Bahnbewegung, und er zeigt noch einen Theil seines westlichen Randes. Bei seiner Erdferne überwiegt dagegen die Schnelligkeit seiner Achsenbewegung, und es kommt dann ein Stück seines östlichen Randes zum Vorschein. Ein Segment von ungefähr acht Grad wird bald auf der westlichen, bald auf der östlichen Seite sichtbar. Das Ergebniß ist, daß der Mond von tausend Theilen fünfhundertneunundsechzig sichtbar werden läßt.

– Gleichviel, erwiderte Michel, werden wir je Seleniten, so wohnen wir auf der sichtbaren Seite. Ich für meinen Theil bin ein Lichtfreund!

– Sofern nicht etwa, versetzte Nicholl, die dichte Atmosphäre auf der andern Seite ist, wie manche Astronomen behaupten.

– Der Punkt verdient Erwägung“, erwiderte Michel einfach.

Inzwischen war das Frühstück beendigt und die Beobachter nahmen ihren Posten wieder ein. Sie bemühten sich, durch die dunkeln Fensterlucken zu sehen, und löschten alles Licht im Projectil aus. Aber kein Stäubchen Licht zeigte sich in der Finsterniß.

Eine unerklärliche Thatsache ging Barbicane im Kopf herum. Weshalb, da man so nahe bei dem Mond vorbei kam, – ungefähr fünfzig Kilometer – weshalb ist das Projectil nicht zum Fallen gekommen? Wäre seine Schnelligkeit sehr groß gewesen, so war es begreiflich, daß das Herabfallen nicht vor sich ging. Aber bei einer verhältnißmäßig geringen Schnelligkeit war dieser Widerstand gegen die Anziehungskraft des Mondes nicht mehr erklärlich. Machte sich hier eine fremdartige Einwirkung geltend? Wurde es durch irgend einen Körper im Aether schwebend gehalten? Nunmehr war es völlig klar, daß es an keinen Punkt des Mondes anlangen werde. Wohin trieb es? kam es der Scheibe näher oder ferner? Durchfuhr es in dieser tiefen Nacht den unendlichen Raum? Wie konnte man es wissen, wie inmitten dieser Finsterniß berechnen? Alle diese Fragen setzten Barbicane in Unruhe, aber er vermochte sie nicht zu lösen.

Zwar war das unsichtbare Gestirn da, vielleicht nur einige Meilen weit, aber weder er, noch seine Genossen konnten es erkennen. Wenn auf seiner Oberfläche ein Geräusch vorging, konnten sie es nicht hören: es mangelte die Luft, dieser Träger des Tons, um ihnen dasselbe zuzuführen.

Man wird zugeben, daß auch geduldigere Beobachter darüber unruhig werden konnten. Gerade die unbekannte Hemisphäre lag vor ihren Augen! Diejenige Seite, welche vierzehn Tage früher oder später von den

Sonnenstrahlen glänzend erleuchtet war oder sein würde, war damals in absolute Finsterniß gehüllt. Wo sollte in vierzehn Tagen das Projectil sein? Wohin würden zufällige Anziehungskräfte es fortgezogen haben? Wer konnte das sagen?

Im Allgemeinen nimmt man an, nach den Beobachtungen der Selenographen, daß die unsichtbare Hemisphäre des Mondes ihrer Naturbeschaffenheit nach seiner sichtbaren durchaus gleich sei. Man kann, in Folge der von Barbicane erwähnten Schwankungen, in der That ungefähr den siebenten Theil derselben erkennen. Und auf diesen Segmenten, die man gesehen, befanden sich nur Ebenen und Berge, Circus und Krater, den auf den Karten aufgenommenen gleichartig. Man konnte daraus auf die nämliche Natur, eine nämliche trockene und todte Welt, schließen. Und doch, ob die Atmosphäre sich auf diese Seite gezogen hat? Ob mit der Luft auch das Wasser diesen Landschaften erneuertes Leben gab? Ob da noch Vegetation besteht? Ob diese Landschaften und Meere von lebenden Geschöpfen bewohnt sind? Ob der Mensch unter diesen Bedingungen der Bewohnbarkeit dort noch lebt? Wie interessant wäre es gewesen, diese Fragen zu beantworten! Welche Lösungen hätte man aus der Anschauung dieser Hemisphäre geschöpft! Welches Entzücken, einen Blick auf diese Welt zu werfen, welche das menschliche Auge niemals gesehen hat!

Man begreift das Mißbehagen, welches daher die Reisenden mitten in dieser schwarzen Nacht empfanden. Jede Beobachtung der Mondscheibe war versagt, nur allein die Sternbilder beschäftigten ihre Blicke, und man muß gestehen, nie befanden sich Astronomen, wie Faye, Chacornac, Secchi, in einer für die Beobachtung so günstigen Lage.

In der That, unvergleichlich war der Glanz dieser Sternenwelt im klaren Aether; prachtvoll das Feuer, womit diese Diamanten am Himmelsgewölbe leuchteten. Der Blick umfaßte das Firmament vom Kreuz des Südens bis zum Nordstern, den beiden Sternbildern, welche in Folge des Vorrückens der Aequinoctien in zwölftausend Jahren ihre Rollen als Polarsterne abtreten werden, jener südliche an Canopus, der nördliche an Wega. Die Phantasie verlor sich in dem erhabenen unendlichen Raum, worin das Projectil seine Bahn hatte wie ein neues von Menschenhand geschaffenes Gestirn. Diese Sternbilder glänzten in sanftem Licht, aus natürlichem Grunde; sie flimmerten nicht, weil keine Atmosphäre vorhanden war, welche vermittelst ihrer Schichten von ungleicher Dichtheit und verschiedener Feuchtigkeit das Flimmern bewirkt.

Diese Sterne waren sanfte Augen, welche in diese tiefe Nacht, in das absolute Schweigen des Raumes herabblickten.

Lange betrachteten die Reisenden in stummem Schweigen das sternbesäete Firmament, auf welchem die große Scheibe des Mondes ein ungeheures schwarzes Loch bildete. Aber eine peinliche Empfindung störte sie endlich in ihrer Betrachtung. Es entstand eine arge Kälte, welche bald die Fenster mit einer dicken Lage Eis überzog. In der That, da die Sonne nicht mehr direct mit warmen Strahlen das Projectil traf, so verlor dieses allmälig die zwischen seinen Wänden eingeschlossene Wärme. Diese Wärme war durch Ausstrahlen rasch in den Raum hinaus verdunstet, und die Temperatur war bedeutend niederer geworden. Die innen befindliche Feuchtigkeit verwandelte sich bei Berührung der Fenster in Eis und hinderte damit jede Beobachtung.

Nicholl befragte das Thermometer und sah, daß es auf siebenzehn hunderttheilige Grad unter Null gesunken war. Daher sah sich Barbicane, trotz aller Gründe für Sparsamkeit, genöthigt, seine Zuflucht zum Gas zu nehmen, um, wie bisher Licht, nun auch Wärme von ihm zu begehren. Die niedere Temperatur im Projectil war nicht mehr zu ertragen.

„Wir wollen uns, bemerkte Michel Ardan, über die Einförmigkeit unserer Reise nicht beklagen! Welche Verschiedenheit, wenigstens der Temperatur! Bald sind wir vom Licht geblendet und mit Wärme so reichlich versehen, wie die Bewohner der Pampa's! Bald sind wir in tiefe Finsterniß versenkt, mitten in einer nordischen Kälte, wie die Eskimos des Pols! Wahrhaftig nein! Wir haben kein Recht uns zu beklagen, und die Natur macht's recht so zu unserer Ehre.

– Aber, fragte Nicholl, wie ist die Temperatur außen?

– Gerade so, wie im Planetenraum, erwiderte Barbicane.

– Dann, fuhr Michel Ardan fort, hätten wir wohl Gelegenheit, diese Untersuchung vorzunehmen, welche nicht möglich war, so lange wir von den Sonnenstrahlen umfluthet waren?

– Der Zeitpunkt ist jetzt da, oder nie, erwiderte Barbicane, denn wir sind in günstiger Lage, die Temperatur des Raumes zu untersuchen, und zu sehen, ob die Berechnungen Fourier's oder Pouillet's genau sind.

– Jedenfalls ist's kalt, erwiderte Michel. Sehen Sie nur, wie die Feuchtigkeit an den Fenstern gefriert. Wenn diese Kälte fortdauert, werden die von uns ausgeathmeten Dünste als Schnee um uns herumfallen!

– Machen wir einen Thermometer zurecht“, sagte Barbicane.

Man kann sich wohl denken, daß ein gewöhnliches Thermometer unter den Umständen, wo das Instrument zu gebrauchen war, kein Ergebniß geliefert haben würde. Das Quecksilber würde in dem Glasbehälter gefroren sein, weil es unterhalb zweiundvierzig Grad unter Null nicht mehr flüssig bleibt. Aber Barbicane hatte sich mit einem Thermometer nach Walferdin's System versehen, welches den niedrigsten Stand äußerst niedriger Temperatur angiebt.

Ehe man das Experiment machte, verglich man das Instrument mit einem gewöhnlichen Thermometer, und Barbicane machte es für die Anwendung zurecht.

„Wie werden wir das anfangen? fragte Nicholl.

– Nichts ist leichter, erwiderte Michel Ardan, den nichts in Verlegenheit setzte. Man öffnet rasch das Fenster, wirst das Instrument hinaus, welches exemplarisch folgsam das Projectil begleitet; eine Viertelstunde nachher zieht man's wieder herein ...

– Mit der Hand? fragte Barbicane.

– Ja wohl, erwiderte Michel.

– Das, mein Freund, probire ja nicht, erwiderte Barbicane, denn Du würdest Deine Hand nur noch als einen Stummel hereinziehen, so würde sie durch die fürchterliche Kälte zusammenfrieren und entstellt, werden.

– Wirklich!

– Du würdest das Gefühl eines fürchterlichen Verbrennens, wie mit einem weißglühenden Eisen, empfinden; denn es ist ganz dieselbe Sache, ob die Wärme in schroffster Weise aus dem Körper heraus, oder in denselben hinein dringt. Uebrigens bin ich doch nicht sicher, ob die Gegenstände, welche wir aus dem Projectil hinaus warfen, noch in unserem Gefolge sind.

– Weshalb? sagte Nicholl.

– Weil, wenn wir durch eine, wenn auch noch so wenig dichte Atmosphäre fahren, diese Gegenstände zurückbleiben werden. Die Dunkelheit aber hindert uns zu beobachten, ob sie noch um uns herum sich bewegen. Folglich, wollen wir uns nicht der Gefahr aussetzen unser Thermometer zu verlieren, wollen wir's anbinden, und werden es dann leichter wieder hereinziehen."

Man folgte Barbicane's Rath. Nicholl warf das an einer kurzen Schnur befestigte Instrument aus dem blitzschnell geöffneten Fenster, so daß es rasch wieder hereingezogen werden konnte. Das Fenster wurde dabei nur eine Secunde geöffnet, und doch drang in dieser kurzen Zeit eine heftige Kälte in's Projectil hinein.

„Tausend Teufel! schrie Michel Ardan, es ist ja so kalt, um zu Eisbären zu gefrieren!"

Barbicane ließ eine halbe Stunde verstreichen, eine mehr als genügende Zeit, um das Instrument in gleiche Temperatur mit dem Raum gelangen zu lassen. Nach Ablauf dieser Zeit wurde das Thermometer eilig hereingezogen.

Barbicane berechnete die Quantität Weingeist, welche in das kleine, unten an das Instrument gelöthete Fläschchen herabgeträufelt war, und sagte:

„Hundertundvierzig hunderttheilige Grad unter Null!"

Pouillet hat Recht gegen Fourier. So tief war der Stand der fürchterlichen Temperatur des Sternenraums! So niedrig ist vielleicht die der Mondcontinente, wann das Nachtgestirn alle Wärme, welche ihm vierzehn Tage lang die Sonne mitgetheilt hatte, durch Ausstrahlen wieder verloren hat!

Fünfzehntes Capitel

Hyperbel oder Parabel

Man staunt vielleicht, wie Barbicane und seine Gefährten so wenig in Sorgen waren um das Schicksal, welches ihnen in diesem metallenen Gefängniß inmitten des unendlichen Aetherraums bevorstand. Anstatt sich die Frage zu stellen, wohin sie fuhren, verbrachten sie ihre Zeit mit Experimenten, als befänden sie sich ruhig in ihrem Arbeitszimmer.

Man könnte erwidern, daß Männer von so starker Natur über solche Sorgen hinaus waren, daß eine solche Kleinigkeit sie nicht beunruhigte, und daß sie anderes zu thun hatten, als sich um ihr zukünftiges Schicksal Kummer zu machen.

Der wahre Grund aber war, daß sie ihres Projectils nicht Meister waren, daß sie weder seinen Lauf hemmen, noch seine Richtung ändern konnten. Ein Seemann ändert nach Belieben die Richtung seines Schiffes; ein Luftschiffer kann die senkrechte Bewegung seines Ballons ändern. Sie dagegen konnten gar nicht auf ihr Fahrzeug einwirken, und mußten es daher gewähren lassen.

Wo befanden sie sich in diesem Augenblick, um acht Uhr früh an dem Tage, der auf der Erde der sechste December heißt? Ganz gewiß in der Nähe des Mondes, und selbst so nahe, daß er ihnen wie ein ungeheurer schwarzer Schirm am Firmament vorkam. Ihre Entfernung von demselben konnte man nicht schätzen. Das Projectil war, von unerklärlichen Kräften bestimmt, keine fünfzig Kilometer weit am Nordpol des Trabanten vorbeigestreift. Aber hatte seit den zwei Stunden, da es in den Schattenkegel gekommen, diese Entfernung zu- oder abgenommen? Es fehlte an jedem Merkzeichen, um die Richtung und Geschwindigkeit des Projectils zu schätzen. Vielleicht entfernte es sich rasch von der Mondscheibe, so daß es bald aus dem tiefen Schatten heraus kam. Vielleicht dagegen näherte es sich derselben merklich, so daß es über kurz oder lang an einer hohen Bergspitze der unsichtbaren Hemisphäre anstieß; wodurch die Reise, allerdings zum Verderben der Reisenden, ihr Ende erreichte.

Es entstand darüber eine Erörterung, und Michel Ardan, dem es nie an Erklärungen mangelte, ließ die Meinung vernehmen, die Kugel werde, von der Anziehungskraft des Mondes bestimmt, endlich auf denselben fallen, wie ein Meteorstein auf die Erde.

„Erstlich, mein Freund, erwiderte Barbicane, fallen die Meteorsteine nicht alle zur Erde, sondern nur ein kleiner Theil derselben. Sollten wir uns also in der Lage eines solchen befinden, so würde das nicht zur Folge haben, daß wir nothwendig auf die Oberfläche des Mondes fallen müßten.

– Jedoch, erwiderte Michel, wenn wir nahe genug kommen ...

– Irrthum, entgegnete Barbicane. Hast Du nicht gesehen, wie zu Zeiten Tausende von Sternschnuppen am Himmel streifen?

– Ja.

– Nun diese Sterne, oder vielmehr Körperchen, schimmern nur, im Falle sie durch die Luftschichten gleitend sich erhitzen. Nun befinden sie sich, wenn sie durch die Atmosphäre streifen, keine sechzehn Lieues vom Erdball entfernt, und fallen doch selten auf denselben. Eben so ist's möglich, daß unser Projectil dem Mond sehr nahe kommt und doch nicht darauf fällt.

– Aber dann, fragte Michel, wäre ich sehr begierig zu wissen, wie es unserem herumschweifenden Fahrzeuge im Weltraume ergehen wird.

– Ich sehe nur zwei Fälle, erwiderte Barbicane nach kurzem Bedenken.

– Welche?

– Das Projectil hat die Wahl zwischen zwei mathematischen Curven, und wird, je nach der Schnelligkeit, welche ihm einwohnt und die ich eben nicht schätzen kann, eine von beiden einschlagen.

– Ja, sagte Nicholl, es wird entweder eine Parabel, oder eine Hyperbel beschreiben.

– So ist's, erwiderte Barbicane. Mit einer gewissen Geschwindigkeit wird's eine Parabel beschreiben, für eine Hyperbel braucht es eine weit größere.

– Solche stattliche Ausdrücke gefallen mir, rief Michel Ardan. Man weiß damit doch gleich, woran man ist. Und wollen Sie mir gefälligst sagen, was eine Parabel ist?

– Mein Freund, erwiderte der Kapitän, die Parabel ist eine krumme Linie zweiter Ordnung, welche sich ergiebt, wenn man einen Kegel parallel mit einer seiner Seiten durchschneidet.

– So! So! sagte Michel in einem Ton, als sei er befriedigt.

– Es ist das, fuhr Nicholl fort, ungefähr die Bahn, welche eine von einem Mörser geworfene Bombe beschreibt.

– Ganz recht. Und die Hyperbel? fragte Michel.

– Die Hyperbel, Michel, ist eine krumme Linie zweiter Ordnung, welche gebildet wird, wenn man eine konische Fläche parallel mit der Achse des Kegels durchschneidet, wodurch zwei von einander getrennt laufende Linien entstehen, die in beiden Richtungen ins Unendliche hinauslaufen.

– Ist's möglich! rief Michel Ardan im ernstesten Ton, als hätte er ein wichtiges Ereigniß erfahren. Dann merke Dir wohl, Kapitän, es gefällt mir an Deiner Definition der Hyperbel – Hyperblage hätte ich beinahe gesagt –, daß sie noch weniger verständlich ist, wie der Ausdruck, welchen Du zu erklären meinst!"

Nicholl und Barbicane beachteten die Scherze Michel Ardan's wenig. Sie waren in einem wissenschaftlichen Disput begriffen, und die Frage, welche Art von krummer Linie das Projectil verfolge, erhitzte sie, indem der Eine es mit der Hyperbel hielt, der Andere mit der Parabel. Ihre Gründe waren mit X gespickt. Ihre Beweise wurden in einer Sprache beigebracht, die für Michel widerlich war. Der Streit war lebhaft, indem keiner der Gegner dem anderen die von ihm bevorzugte Linie opfern wollte.

Da der Streit fortdauerte, verlor Michel die Geduld.

„Aber, meine Herren von Cosinus, hören Sie endlich auf, sich Parabeln und Hyperbeln an den Kopf zu werfen? Wir werden eine Ihrer Curven einschlagen. Gut. Aber, wohin werden sie zurückführen?

– Nirgends hin, erwiderte Nicholl.

– Wie? Nirgends!

– Offenbar, sagte Barbicane. Es sind nicht geschlossene Curven, die sich bis in's Unendliche verlängern!

– Ah! Ihr Gelehrten, ich hab' meine Freude an Euch! Doch was liegt mir daran, ob Parabel oder Hyperbel, wenn eine wie die andere mich in den unendlichen Raum führt!"

Barbicane und Nicholl konnten das Lachen nicht halten.

Es war doch eine recht müßige Frage zu einem ungelegenen Zeitpunkt. Das Traurige der Wahrheit bestand darin, daß das Projectil, parabolisch und hyperbolisch, niemals, weder auf der Erde, noch auf dem Mond anlangen sollte.

Was stand nun aber den kühnen Reisenden in aller Kürze bevor? Starben sie nicht aus Hunger oder Durst, so mußten sie in einigen Tagen aus Mangel an Luft umkommen, falls nicht zuvor aus Kälte!

Indessen, soviel darauf ankam Gas zu sparen, nöthigte doch der äußerst niedrige Grad der Temperatur um sie her einen Theil desselben zu verbrauchen. Im schlimmsten Fall konnten sie Licht entbehren, nicht aber Wärme. Zum Glück entwickelte auch der Apparat Reiset und Regnaut Wärmestoff, welcher die Temperatur im Projectil etwas erhöhte, und man konnte ohne großen Aufwand sie auf einem erträglichen Höhegrad erhalten.

Jedoch waren die Beobachtungen durch die Fenster sehr schwierig geworden. Die Feuchtigkeit gefror an dem Glas augenblicklich, und man mußte die Verdüsterung desselben durch beständiges Reiben beseitigen. Doch konnte man einige höchst wichtige Thatsachen constatiren.

In der That, wenn die unsichtbare Seite mit einer Atmosphäre versehen war, mußte man nicht Sternschnuppen sie durchstreifen sehen? Wenn das Projectil selbst durch ihre Schichten drang, sollte man da nicht einiges Geräusch vernehmen vom Widerhall des Echo, vom Heulen eines Sturmes, z.B. das Getöse einer Lavine, den Lärm eines thätigen Vulkans? Und wenn ein feuerspeiender Berg Blitze auswarf, sollte man dann nicht den lebhaften Glanz derselben wahrnehmen? Dergleichen Thatsachen, sorgfältig richtig gestellt, hätten die dunkle Frage der Beschaffenheit des Mondes ausnehmend beleuchtet. Daher stellten auch Barbicane und Nicholl gleich Astronomen an dem Fenster mit äußerster Geduld ihre Beobachtungen an.

Aber bis dahin blieb die Mondscheibe stumm und düster. Sie antwortete nicht auf die vielfachen Anfragen, welche diese eifrigen Geister an sie stellten.

Dies veranlaßte die anscheinend so gerechtfertigte Bemerkung Michel's:

„Machen wir je die Reise nochmals, so wird es gerathen sein, die Zeit des Neumonds dafür zu wählen.

– In der That, erwiderte Nicholl, würde dieser Umstand günstiger sein. Ich gebe zu, daß der Mond, von den Sonnenstrahlen überfluthet, während der Ueberfahrt nicht sichtbar sein würde, dagegen aber würde man die Erde in vollem Licht sehen. Ferner, wenn wir um den Mond herum führen, wie gegenwärtig, so hätten wir wenigstens den Vortheil, die unsichtbare Seite in prächtiger Erleuchtung zu sehen!

– Richtig, Nicholl, versetzte Michel Ardan. Was meinst Du, Barbicane?

– Meine Meinung ist folgende, erwiderte der ernste Präsident: Sollten wir je die Fahrt noch einmal machen, so werden wir zu der nämlichen Zeit und unter den nämlichen Bedingungen abreisen. Nehmen Sie an, wir hätten unser Ziel erreicht, wäre es nicht besser gewesen, Continente in voller Beleuchtung zu treffen, anstatt eine in finsterer Nacht versenkte Gegend? Würde dann nicht unsere erste Einrichtung unter günstigeren Verhältnissen getroffen worden sein? Ja, offenbar. Diese unsichtbare Seite würden wir während unserer Forschungsreisen auf dem Mond besucht haben. Es war also diese Zeit des Vollmonds glücklich gewählt. Aber wir mußten an's Ziel kommen, und dafür durften wir nicht von der Bahn abkommen.

– Darauf ist nichts zu erwidern, sagte Michel Ardan. Doch ist nun eine schöne Gelegenheit verfehlt, die andere Seite des Mondes zu beobachten! Wer weiß, ob nicht die Bewohner der anderen Planeten weiter fortgeschritten sind, als die Gelehrten der Erde bezüglich ihrer Trabanten."

Auf diese Bemerkung Michel Ardan's hätte man leicht folgende Antwort geben können: Ja, andere Trabanten sind wegen größerer Nähe leichter zu studiren. Die Bewohner des Saturn, Jupiter und Uranus, wenn es deren giebt, haben es leichter gehabt, Verbindung mit ihren Monden anzuknüpfen. Die vier Trabanten Jupiter's gravitiren in einer Entfernung von hundertachttausendzweihundertundsechzig Lieues, hundertzweiundsiebenzigtausendzweihundert Lieues, zweihundertvierundsiebenzigtausendsiebenhundert Lieues und vierhundertachtzigtausendhundertunddreißig Lieues. Aber diese Entfernungen sind vom Centrum des Planeten aus gerechnet, und bringt man den Betrag der Radiuslänge von siebenzehn bis achtzehntausend Lieues in Abzug, so sieht man, daß der erste Trabant nicht so weit von der Oberfläche des Jupiter entfernt ist, als der Mond von der Erdoberfläche. Von Saturn's acht Trabanten sind vier ebenfalls näher; Diana vierundachtzigtausendsechshundert Lieues, Thetys zweiundsechzigtausendneunhundertsechsundsechzig Lieues; Enceladus achtundvierzigtausendhunderteinundneunzig, und endlich Mimas nur vierunddreißigtausendfünfhundert Lieues entfernt. Von Uranus' acht Trabanten ist der erste, Ariel, nur einundfünfzigtausendfünfhundertundzwanzig Lieues von seinem Planeten.

Demnach hätte auf der Oberfläche dieser drei Gestirne ein Versuch wie der des Präsidenten Barbicane geringere Schwierigkeiten gehabt. Wenn also ihre Bewohner die Unternehmung versucht haben, so haben sie vielleicht die

Beschaffenheit der Hälfte der Scheibe, welche ihr Trabant ihren Blicken ewig entzieht, kennen gelernt. Aber wenn sie niemals ihren Planeten verlassen haben, so sind sie vor den Astronomen der Erde nicht voran.

Indessen beschrieb die Kugel im Dunkel die unberechenbare Bahn, welche durch kein Merkzeichen aufzunehmen möglich war. Hatte sich seine Richtung verändert, sei's durch die Anziehungskraft des Mondes oder die Einwirkung eines unbekannten Gestirns? Barbicane konnte es nicht sagen. Aber in der Lage des Projectils war eine Aenderung vorgegangen, worüber Barbicane gegen vier Uhr Morgens Gewißheit bekam.

Das Bodenstück desselben hatte sich nämlich der Oberfläche des Mondes zugekehrt, und hielt sich senkrecht gemäß seiner Achse. Diese Aenderung war eine Wirkung der Anziehung, d.h. der Schwere. Der schwere Theil neigte sich der unsichtbaren Mondscheibe zu, gerade als wenn es im Fallen begriffen sei.

Fiel es denn wirklich? Sollten die Reisenden endlich dies so ersehnte Ziel erreichen? Nein. Die Beobachtung eines übrigens ziemlich unerklärlichen Merkzeichens offenbarte Barbicane, daß sein Projectil sich dem Mond nicht näherte, und daß es in Gemäßheit einer fast concentrischen Curve seine Stelle veränderte.

Dieses Merkzeichen war ein Lichtglanz, welchen Nicholl plötzlich an der Grenze des von der schwarzen Scheibe gebildeten Horizonts gewahrte. Dieser Punkt konnte nicht mit einem Stern verwechselt werden. Es war ein röthlich weißglühender Gegenstand, der allmälig größer ward, ein deutlicher Beweis, daß das Projectil demselben näher kam, und nicht senkrecht auf die Oberfläche des Gestirns fiel.

„Ein Vulkan! ein thätiger Vulkan! rief Nicholl, eine Ergießung der Feuer im Inneren des Mondes! So ist also diese Welt noch nicht ganz erloschen.

– Ja! ein feuerauswerfender Gegenstand, erwiderte Barbicane, der die Erscheinung mit seinem Fernrohr sorgfältig beobachtete. Was sollt' es auch in der That sein, wenn nicht ein Vulkan?

– Aber dann, sagte Michel Ardan, ist Luft nöthig, um dies Verbrennen zu unterhalten. Folglich ist dieser Theil des Mondes von Atmosphäre umgeben.

– Vielleicht, erwiderte Barbicane, aber nothwendig ist es nicht der Fall. Der Vulkan kann sich durch Auflösung gewisser Stoffe selbst seinen Sauerstoff schaffen, und demnach Flammen in den leeren Raum ergießen. Es kommt mir sogar vor, als habe dieses Verbrennen die Stärke und den Glanz von Gegenständen, die im bloßen Sauerstoff verbrennen. Wir wollen also nicht übereilt das Vorhandensein einer Atmosphäre auf dem Mond behaupten.“

Der feuerspeiende Berg mußte ungefähr unterm fünfundvierzigsten Grad südlicher Breite der unsichtbaren Seite des Mondes liegen. Aber zu großem Leidwesen Barbicane's zog die Curve, welche das Projectil beschrieb, ihn ab von dem durch den Feuerausbruch hervorgehobenen Punkt. Er konnte daher nicht genauer seine Natur bestimmen. Eine halbe Stunde, nachdem man ihn gewahrt hatte, verschwand dieser leuchtende Punkt hinter dem dunkeln Horizont. Doch war die Feststellung dieses Punktes eine bedeutende Thatsache innerhalb der selenographischen Studien. Es lag darin der Beweis, daß noch nicht alle Wärme aus dem Inneren dieses Weltkörpers verschwunden war, und da, wo Wärme existirt, wer kann behaupten, daß das Pflanzenreich, das Thierreich selbst den zerstörenden Einflüssen bisher nicht Widerstand geleistet habe? Die Existenz dieses im Ausbruch begriffenen Vulkans, unbestreitbar von Gelehrten der Erde erkannt, hätte ohne Zweifel viele Theorien zu Gunsten dieser wichtigen Frage der Bewohnbarkeit des Mondes veranlaßt.

Barbicane ließ sich von seinen Gedanken fortreißen. Er vergaß sich in einem stummen Träumen, worin sich die geheimnißvollen Geschicke der Mondwelt bewegten. Er trachtete die bisher beobachteten Thatsachen mit einander zu verbinden, als ein neues Ereigniß ihn schroff an die Wirklichkeit erinnerte.

Dieses Ereigniß, mehr als ein kosmisches Phänomen, enthielt eine drohende Gefahr, welche von verderblichen Folgen sein konnte.

Plötzlich zeigte sich, mitten im Aether, im tiefen Dunkel eine enorme Masse. Sie glich einem Mond, aber in voller Gluth und von einem Glanz, der um so mehr unerträglich war, als er gegen das stockfinstere Dunkel des Raumes grell abstach. Diese kreisförmige Masse erhellte mit ihrem Lichtglanz das Projectil dergestalt, daß das Angesicht Barbicane's, Nicholl's, Michel Ardan's, von den weißen Strahlen übergossen, das bleiche, bleifarbige, gespensterhafte Aussehen bekam, wie es von Naturkundigen durch Alkohol mit aufgelöstem Salz künstlich hervorgebracht wird.

„Tausend Teufel! schrie Michel Ardan, aber wie häßlich sehen wir aus! Was ist's mit dem unglückseligen Mond?

– Ein Bolide, erwiderte Barbicane.

– Ein Bolide, brennend im leeren Raum?

– Ja.“

Diese Feuerkugel war wirklich ein Bolide. Barbicane irrte sich nicht. Aber wenn diese kosmischen Meteore von der Erde aus betrachtet im Allgemeinen ein etwas matteres Licht zeigen, als der Mond, so glänzen sie hell in dem Dunkel des Aethers. Diese umherschweifenden Körper enthalten in sich selbst die

Grundstoffe, um in Gluth zu gerathen, so daß eine Umgebung von Luft zu ihrem Verbrennen nicht nöthig ist. Wenn von diesen Boliden manche zwei bis drei Meilen weit in die Erdatmosphäre hinein gerathen, so beschreiben dagegen andere ihre Bahn in einer weiten Entfernung, wohin die Atmosphäre nicht mehr dringt. Ein solcher Bolid erschien am 27. October 1844 in einer Höhe von hundertachtundzwanzig Lieues, ein anderer verschwand am 15. August 1841 in einer Entfernung von hundertzweiundachtzig Lieues. Manche von diesen Meteoren sind drei bis vier Kilometer breit, und fahren so rasch, daß sie in einer Secunde bis zu fünfundsiebenzig Kilometer zurück legen, und zwar in einer der Erdbewegung entgegengesetzten Richtung.

Dieser schweifende Körper, welcher in einer Entfernung von mindestens hundert Lieues plötzlich erschien, mußte nach Barbicane's Schätzung einen Durchmesser von zweitausend Meter haben. Er bewegte sich mit einer Schnelligkeit von ungefähr zwei Kilometer in der Secunde, das ist dreißig Lieues in der Minute. Er durchschnitt die Bahn des Projectils und mußte in einigen Minuten mit ihm zusammentreffen. Wie er näher kam, nahm seine Größe erstaunlich zu.

Man versetze sich, wenn es möglich, in die Lage der Reisenden. Schildern läßt sie sich nicht. Trotz ihres Muthes, ihrer Kaltblütigkeit und Unerschrockenheit waren sie stumm, regungslos, die Glieder krampfhaft zusammengezogen, einer fürchterlichen Bestürzung hingegeben. Ihr Projectil, auf dessen Lauf sie nicht einwirken konnten, fuhr geraden Wegs auf diese feurige Masse los, deren Gluth stärker war, als die aus dem offenen Schlund eines Glühofens sprühende. Es schien jäh in einen feurigen Abgrund zu gerathen.

Barbicane faßte seine beiden Genossen bei der Hand, und alle Drei blickten mit halbgeöffneten Augen nach dem weißglühenden Asteroiden. War ihnen die Denkkraft nicht vernichtet, war inmitten des Schreckens ihr Gehirn noch thätig, so mußten sie sich für verloren halten!

Zwei Minuten nach der plötzlichen Erscheinung des Boliden, zwei Jahrhunderte der Angst! Das Projectil schien im Begriff mit ihm zusammen zu stoßen, als die Feuerkugel gleich einer Bombe zerplatzte, aber ohne alles Geräusch, weil in diesem leeren Raum ein Ton, der nur eine Erschütterung der Luftschichten ist, sich nicht bilden konnte.

Nicholl schrie laut auf, und stürzte mit seinen Gefährten an das Fenster. Welcher Anblick! Welche Feder wäre fähig, welche Palette mit Farben genug versehen, um die Pracht dieses Schauspiels darzustellen! Es glich einem feuerspeienden Krater, einem funkensprühenden ungeheuren Brand! Tausende lichtglänzende Trümmer erleuchteten und bestrahlten den Raum mit ihrem Feuer; sie fuhren in allen Größen und Farben durcheinander; Ausstrahlungen in gelblich gelb, roth, grün, grau, gleich einem Kranz bunten Kunstfeuerwerks. Von der enormen fürchterlichen Kugel blieb nichts übrig, als diese nach allen Richtungen hin zerstiebenden Stücke, welche wiederum Asteroiden wurden, die einen blitzend wie ein Schwert, die anderen von weißlichem Gewölk umgeben, andere mit glänzenden Streifen kosmischen Staubes hinter sich.

Diese glühenden Blöcke fuhren durcheinander, widereinander, zersplitterten in kleinere Stücke, von denen einige wider das Projectil fuhren, dessen linkes Fenster sogar durch ein heftiges Anprallen einen Sprung bekam. Es schien mitten durch einen Hagel von Granatsplittern zu fahren, von welchen der geringste es im Augenblick zerschmettern konnte.

Das Licht, womit der Aether satt durchdrungen wurde, entwickelte sich in unvergleichbarer Stärke, denn diese Asteroiden verbreiteten es in allen Richtungen. Einen Augenblick war es dermaßen lebhaft, daß Michel seine Genossen zum Fenster hinzog und rief:

„Die unsichtbare Luna, nun endlich sichtbar!“

Und alle Drei konnten durch eine Lichtausströmung, die einige Secunden dauerte, die geheimnißvolle Scheibe erblicken, welche das menschliche Auge zum ersten Male zu sehen bekam.

Was vermochten sie in dieser Entfernung, die nicht zu schätzen war, zu unterscheiden? Einige lange Streifen über die Scheibe, wirkliche Wolken, die in einer sehr beschränkten Atmosphäre sich bildeten, aus welcher nicht allein alle Berge, sondern auch Erhöhungen von mittlerer Bedeutung hervorragten, die Circus, die klaffenden Krater in launiger Ordnung, so wie auf der sichtbaren Oberfläche. Sodann unermeßliche Flächen, nicht mehr ausgetrocknete Ebenen, sondern wirkliche Meere, weit verbreitete Oceane, die auf ihrem klaren Spiegel den ganzen Zauber der Feuer im Weltraum widerstrahlten. Endlich, auf der Oberfläche der Continente ungeheure dunkle Massen, sowie ungeheure Waldungen in rascher Beleuchtung eines Blitzes erscheinen würden.

War's eine Täuschung, ein Irrthum der Augen, ein optisches Blendwerk? Konnten sie dieser so oberflächlich gewonnenen Anschauung wissenschaftliche Geltung beilegen? Konnten sie es wagen, über die Frage seiner Bewohnbarkeit nach einem so flüchtigen Blick auf die unsichtbare Scheibe sich auszusprechen?

Indessen wurden die Blitzerscheinungen im Weltraum allmälig schwächer; sein zufälliger Glanz nahm ab; die Asteroiden verschwanden in verschiedenen Richtungen und erloschen in der Entfernung. Der Aether ward wieder dunkel, wie gewöhnlich, und die kaum erblickte Mondscheibe tauchte wieder in undurchdringliche Nacht.

Sechzehntes Capitel

Südliche Hemisphäre

Das Projectil war einer unvorausgesehenen, fürchterlichen Gefahr entronnen. Wer hätte sich eines solchen Zusammentreffens mit Boliden versehen? Solche herumschweifende Körper konnten die Reisenden in ernstliche Gefahren bringen. Es waren für sie Klippen im Aethermeer, welche sie, minder glücklich wie die Seefahrer, nicht vermeiden konnten.

Aber beklagten sich die kühnen Abenteurer im Weltraum? Nein, weil die Natur ihnen den kostbaren Anblick eines kosmischen Meteors, das mit fürchterlicher Ausstrahlung glänzte, vergönnt, und weil dies unvergleichliche Kunstfeuerwerk, welches kein Ruggieri nachzuahmen verstand, einige Secunden lang die unsichtbare Mondscheibe erleuchtet hatte. In dieser raschen Erleuchtung waren ihnen Continente, Meere, Waldungen sichtbar geworden. Die Atmosphäre versah also diese unbekannte Seite mit ihren lebenden Elementartheilchen? Fragen, die noch ungelöst, der menschlichen Neugierde ewig gestellt bleiben!

Es war damals halb vier Uhr Abends. Das Projectil verfolgte seine Curvenbahn um den Mond. War dieselbe abermals durch das Meteor abgeändert worden? Man konnte es befürchten. Das Projectil mußte jedoch eine durch die Gesetze der rationellen Mechanik unabänderlich fest bestimmte Curve beschreiben. Barbicane war geneigt zu glauben, daß diese Curve vielmehr eine Parabel, als eine Hyperbel sein werde. Doch, die Parabel angenommen, hätte die Kugel aus dem Schattenkegel, welchen der Mond auf der der Sonne abgewendeten Seite warf, ziemlich rasch herauskommen müssen. Dieser Kegel ist in der That sehr schmal, da der angulare Durchmesser des Mondes klein ist im Verhältniß zum Durchmesser des Tagesgestirns. Bis jetzt nun bewegte sich das Projectil in diesem tiefen Schatten. Wie groß auch seine Schnelligkeit war – und gering konnte sie nicht sein – die Zeit seiner Beschattung dauerte fort. Dies war eine unbezweifelbare Thatsache, aber vielleicht hatte es, im Fall einer streng parabolischen Bahn, nicht so sein müssen. Eine neue Aufgabe zum

Kopfzerbrechen für Barbicane, der sich in einen Kreis unbekannter Dinge gebannt sah, aus dem er sich nicht los machen konnte.

Keiner der Reisenden dachte einen Augenblick an Ruhe. Jeder lauerte auf ein unerwartetes Ereigniß, das ihren Studien der Himmelskarte ein neues Licht zugeworfen hätte. Gegen fünf Uhr theilte Michel Ardan anstatt der Mahlzeit einige Stückchen Brod mit kaltem Fleisch aus, welche rasch verschlungen wurden, ohne daß Einer seinen Platz am Fenster verlassen hätte, dessen Glas beständig von Neuem sich mit Frostblumen bedeckte.

Um fünf Uhr fünfundvierzig Minuten Abends gewahrte Nicholl vermittelst seines Fernrohrs am südlichen Rand des Mondes in der Richtung, welche das Projectil nahm, einige glänzende Punkte, die am dunklen Himmel abstachen.

Man konnte sie für eine Reihe spitzer Berggipfel halten, die gleich einer Wellenlinie das Profil bildeten. Sie leuchteten ziemlich lebhaft. So zeigen sich die Randlinien des Mondes, wann man ihn in seinen Achteln sieht.

Ein Irrthum war hier nicht möglich. Es handelte sich nicht mehr um ein bloßes Meteor, denn diese leuchtende Gräte hatte weder die Farbe noch die Beweglichkeit eines solchen. Ebensowenig um einen im Ausbruch begriffenen Vulkan. Darum sprach sich auch Barbicane unbedenklich aus:

„Die Sonne! rief er.

– Wie? die Sonne! erwiderten Nicholl und Michel Ardan.

– Ja, meine Freunde! das leuchtende Gestirn selbst bestrahlt die Gipfel dieser am Südrande des Mondes befindlichen Berge. Wir nähern uns offenbar dem Südpol!

– Nachdem wir am Nordpol vorübergefahren, erwiderte Michel. Also sind wir rings um den Trabanten herum gefahren.

– Ja, mein wackerer Michel.

– Dann haben wir weder Parabeln, noch Hyperbeln, noch sonst offene Curven mehr zu fürchten!

– Nein, aber eine geschlossene Curve.

– Und das wäre?

– Eine Ellipse. Anstatt im weiten Weltraum sich zwischen den Planeten zu verlieren, wird das Projectil vermuthlich einen elliptischen Kreis um den Mond herum beschreiben.

– Wirklich!

– Und wird einen Trabanten desselben bilden.

– Einen Mond des Mondes! rief Michel Ardan.

– Nur muß ich Dir bemerken, mein würdiger Freund, erwiderte Barbicane, daß wir darum nicht minder verloren sind!

– Ja, aber auf andere und angenehmere Weise!“ versetzte der sorglose Franzose mit liebenswürdigstem Lächeln.

Der Präsident Barbicane hatte Recht. Es stand dem Projectil bevor, in dieser elliptischen Bahn als ein Untertrabant in alle Ewigkeit um den Mond herum zu kreisen. Es war ein neues Gestirn in der Sonnenwelt, eine kleine Welt für sich, von drei Menschen bewohnt – die aus Mangel an Luft in der Kürze dem Tode verfielen. Barbicane konnte also keine Freude daran haben, daß durch Zusammenwirken der centripetalen und centrifugalen Kraft dem Projectil dieses Loos definitiv bestimmt sein sollte. Die drei Gefährten besahen sich also von Neuem die beleuchtete Stelle der Mondscheibe. Vielleicht sollte sich doch ihr Dasein noch so lange verlängern, daß sie noch zum letzten Male die Erde in vollem Licht und prachtvoller Bestrahlung von der Sonne erblicken, ihr ein ewiges Lebewohl zurufen könnten! Hernach würde ihr Projectil nur eine erloschene, todte Masse sein, gleich den unthätigen Asteroiden, welche im Aether schliefen. Sie hatten nur noch die eine tröstliche Aussicht, endlich aus diesem stockfinsteren Dunkel heraus wieder an's Licht zu kommen, in Gegenden, die sich an der Bestrahlung von der Sonne erquickten!

Inzwischen waren die von Barbicane erkannten Berge immer mehr aus der dunkeln Masse hervorgetreten. Es waren der Leibnitz und Dörfel, welche in der Gegend um den Südpol des Mondes emporragen.

Alle Berge der sichtbaren Hemisphäre sind mit größter Genauigkeit gemessen worden. Man staunt vielleicht, daß dieses so vollkommen möglich ist, und doch sind die hypsometrischen Methoden sehr strenge. Man kann sogar behaupten, daß die Höhe der Mondberge ebenso genau bestimmt ist, als die Berghöhen der Erde.

Die am meisten angewendete Methode besteht darin, daß man den von den Bergen geworfenen Schatten mißt, wobei man den Höhestand der Sonne im Moment der Beobachtung in Anschlag bringt. Dieses Messen geschieht leicht vermittelst eines Fernrohrs, woran ein Netzchen mit zwei parallelen Fäden angebracht ist, indem man voraussetzt, daß der wirkliche Durchmesser der Mondscheibe genau bekannt sei. Mit dieser Methode läßt sich ebenso die Tiefe der Krater und Vertiefungen des Mondes messen. Galiläi hat sie angewendet, und seitdem mit dem größten Erfolg Beer und Mädler.

Es läßt sich noch eine andere Methode zur Messung der Höhen auf dem Monde verwenden. Dies geschieht in dem Moment, wo die Berge leuchtende

Punkte, gesondert von der Scheidungslinie zwischen Licht und Schatten bilden, welche auf dem dunkeln Theile der Scheibe hervorglänzen. Diese leuchtenden Punkte entstehen durch Sonnenstrahlen, die höher sind als die, welche die Grenze der Phase bestimmen. Daher giebt das Maß des Zwischenraums zwischen dem beleuchteten Punkt und der nächsten beleuchteten Stelle der Phase genau die Höhe dieses Punktes an. Aber es versteht sich, dieses Verfahren läßt sich nur bei Bergen anwenden, welche nahe bei der Scheidungslinie von Licht und Schatten liegen.

Eine dritte Methode bestände darin, daß man das Profil der Mondberge, welche von dem Hintergrund sich abheben, mit dem Mikrometer mißt; sie ist aber nur bei Höhen in der Nähe des Mondrandes anwendbar.

In allen diesen Fällen merke man sich, daß diese Messung der Schatten, der Zwischenräume oder Profile nur dann anzuwenden ist, wann die Sonnenstrahlen im Verhältniß zum Beobachter schief auf den Mond fallen. Fallen sie aber senkrecht, kurz, wenn es Vollmond ist, so ist jeder Schatten aufgehoben, und die Beobachtung ist nicht mehr möglich.

Galiläi hat, nachdem er zuerst die Existenz der Mondberge erkannt, die Methode der geworfenen Schatten angewendet. Er schrieb ihnen, wie oben gesagt, eine Durchschnittshöhe von viertausendfünfhundert Toisen zu. Helvetius setzte diese Ziffern bedeutend herab, und Riccioli erhöhte sie wieder auf's Doppelte. Diese Maße waren beiderseits übertrieben. Herschel kam mit Hilfe seiner vervollkommneten Instrumente der Wahrheit näher. Schließlich aber muß man diese bei den Berichten der neuesten Beobachter suchen.

Beer und Mädler, die vollendetsten Selenographen der ganzen Welt, haben tausendfünfundneunzig Mondberge gemessen. Aus ihren Berechnungen ergiebt sich, daß deren sechs über fünftausendachthundert Meter hoch sind, zweiundzwanzig über viertausendachthundert. Der höchste Gipfel des Mondes mißt siebentausendsechshundertunddrei Meter; er ist also niedriger als die Berge der Erde, von denen einige um fünf- bis sechshundert Toisen höher sind. Doch ist eine Bemerkung nicht überflüssig. Nimmt man die Gesammtmasse der beiden Gestirne in Vergleichung, so sind die Mondberge verhältnißmäßig weit höher zu nennen, als die Erdberge.

Die Höhe der ersteren beträgt den vierhundertsten Theil des Monddurchmessers, und die der letzteren nur den vierzehnhundertundvierzigsten Theil des Erddurchmessers. Sollte ein Erdberg verhältnißmäßig eben so hoch wie ein Mondberg sein, so müßte seine Höhe senkrecht gemessen sechs und eine halbe Lieue ausmachen. Der höchste aber ist nur neun Kilometer hoch.

Also, um die Vergleichung weiter zu führen, die Himalayakette zählt drei Gipfel, welche höher sind als die Mondberge: der Everest von achttausendachthundertsiebenunddreißig Meter; der Kunchinjuga achttausendfünfhundertachtundachtzig Meter hoch, und der Dwalagiri von achttausendeinhundertsiebenundachtzig Meter. Die Mondberge Dörfel und Leibnitz sind an Höhe dem Jewahir in derselben Kette gleich, nämlich siebentausendsechshundertdrei Meter. Newton, Casatus, Curtius, Short, Tycho, Clavius, Blancanus, Endymion, die hauptsächlichen Gipfel des Kaukasus und der Apenninen, sind höher als der Montblanc, der viertausendachthundertundzehn Meter mißt. Dem Montblanc an Höhe gleich sind Moret, Theophilus, Catharnia; dem Monte Rosa mit viertausendsechshundertsechsunddreißig Meter kommen gleich Piccolomini, Werner, Harpalus; dem Cervin mit viertausendfünfhundertzweiundzwanzig Meter, Macrobius, Eratosthenes, Albateque, Delambre; dem Teneriffa, der dreitausendsiebenhundertundzehn Meter mißt, Bacon, Cysatus, Phitolaus und die Spitzen der Alpen; dem Mont Perdu der Pyrenäen mit dreitausenddreihunderteinundfünfzig Meter Römer und Boguslawski; dem Aetna mit dreitausendsiebenhundertsiebenunddreißig Meter Herkules, Atlas, Furnerius.

Diese verglichenen Punkte geben einen Maßstab für die Schätzung der Mondberge. Nun führte gerade die Bahn des Projectils in die Gebirgsgegend der südlichen Hemisphäre, wo die schönsten Musterexemplare der Mondorographie empor ragen.

Siebenzehntes Capitel

Tycho

Um sechs Uhr Abends fuhr das Projectil um den Südpol, nicht ganz sechzig Kilometer davon entfernt. Also gleiche Entfernung wie bei der Annäherung an den Nordpol; die Curve war streng elliptisch gezogen.

In diesem Augenblick kamen die Reisenden wieder in die wohlthuende Bestrahlung der Sonne. Sie sahen wieder die langsam von Osten nach Westen sich bewegenden Sterne. Das strahlende Gestirn wurde mit dreifachem Hurrah begrüßt. Zugleich mit dem Licht genoß man auch wieder die Wohlthat der

Wärme, die bald durch die metallenen Wände drang. Die Fenster wurden wieder durchsichtig; wie durch Zauber verschwand ihre Eisdecke. Sogleich wurde aus Sparsamkeit das Gas gelöscht. Nur der Luftapparat brauchte, wie bisher, seinen gewohnten Bedarf.

„Ach! rief Nicholl, wie wohlthuend das, diese warmen Strahlen! Wie ungeduldig müssen die Seleniten nach so langer Nacht das Wiedererscheinen des Tagesgestirns erharren!

– Ja, erwiderte Michel Ardan, den trefflichen Aether einschlürfend, Licht und Wärme, darin besteht das Leben!"

In diesem Augenblick strebte das Bodenstück des Projectils sich etwas von der Mondoberfläche zu entfernen, so daß es eine ziemlich lange Ellipse beschrieb. Von diesem Punkt aus hätten Barbicane und seine Genossen die Erde, wäre sie in vollem Licht gewesen, wieder erblicken können. Aber ganz von der Sonne umstrahlt, war sie durchaus unsichtbar. Ein anderes Schauspiel dagegen mußte ihre Blicke auf sich ziehen, der Anblick der Südregion des Mondes, welche durch das Fernrohr bis auf eine halbe Viertel Lieue nahe gebracht war. Sie wichen nicht mehr vom Fenster und zeichneten Alles im kleinsten Detail auf, was sie auf dem seltsamen Continent sahen.

Dörfel und Leibnitz bilden zwei gesonderte Berggruppen, welche sich nahe am Südpol entwickeln. Die erste Gruppe erstreckt sich vom Pol bis zum vierundachtzigsten Breitegrad auf der Ostseite des Gestirns; die zweite, am Ostrand, reicht vom fünfundsechzigsten Grad bis zum Pol.

Auf ihrem launisch gezeichneten Grat zeigten sich blendende Streifen, wie sie vom Pater Secchi angezeigt wurden. Barbicane konnte ihre Natur mit noch mehr Gewißheit als der berühmte englische Astronom erkennen.

„Das ist Schnee! rief er aus.

– Schnee? wiederholte Nicholl.

– Ja, Nicholl, Schnee, dessen Oberfläche ganz mit Eis überzogen ist. Sehen Sie, wie sie die Lichtstrahlen reflectirt. Gefrorene Lava würde keinen so starken Reflex geben können. Es giebt also Wasser, es giebt Luft auf dem Mond. Sei's auch noch so wenig, aber die Thatsache ist unbestreitbar!"

Nein, sicherlich nicht! Und wenn jemals Barbicane wieder auf die Erde kommt, werden seine Notizen in den selenographischen Beobachtungen die wichtige Thatsache bezeugen.

Diese Dörfel und Leibnitz erheben sich mitten in Ebenen von mäßiger Ausdehnung, welche von einer unübersehbaren Reihe von Circus und Ringwällen begrenzt waren. Diese beiden Ketten sind die einzigen, welche in der

Region der Circus sich treffen. Verhältnißmäßig wenig uneben ragen hie und da einige schroffe Spitzen empor, von welchen der höchste siebentausendsechshundertunddrei Meter mißt.

Aber das Projectil gewährte von alle diesem nur den Gesammtüberblick, und das Einzelne der Bodengestaltung verschwand in diesem stark blendenden Glanz der Scheibe. Den Augen der Reisenden zeigten sich wieder die Mondlandschaften in dem uralterthümlichen Aussehen mit rohen Tönen ohne Abstufung der Farben, ohne Nuancen der Schatten, grell weiß und schwarz, weil das zerstreute Licht mangelte. Doch verfehlte der Anblick dieser öden Welt nicht, selbst durch seine Seltsamkeit sie zu fesseln. Aber nirgends sahen sie eine Spur von Vegetation, einen Anschein von Städten; nichts als Schichtungen, Rinnen von Lavaströmen, ausgeworfenen Massen, glatt wie ungeheure Spiegel, welche die Sonnenstrahlen mit unerträglichem Glanz reflectirten. Nichts von lebender Welt, nur eine erstorbene, wo die Lavinen, vom Gipfel der Berge herabrollend, geräuschlos in den Abgrund versanken. Sie hatten zwar die Bewegung, aber das Geräusch fehlte ihnen noch.

Barbicane stellte durch wiederholte Beobachtung fest, daß die Bodenerhöhungen am Rand der Mondscheibe, obwohl sie der Einwirkung anderer Kräfte unterworfen waren, als die der Region der Mitte, doch eine gleichförmige Bildungsform zu erkennen geben. Die gleiche, kreisförmige Gestaltung, dieselben Bodenerhebungen. Doch konnte man denken, es müßten damit nicht auch ihre Beschaffenheiten analog sein. Im Centrum war in der That die noch dehnbare Kruste des Mondes der doppelten Anziehung des Mondes und der Erde unterworfen, welche in entgegengesetzter Richtung gemäß eines von einem zum andern verlängerten Radius wirkte. Dagegen an den Rändern der Scheibe war die Anziehung des Mondes so zu sagen senkrecht zur Anziehung der Erde gewesen. Es scheint nun, als hätten die unter diesen beiden Bedingungen bewirkten Bodenerhebungen eine verschiedene Form bekommen müssen. Aber so war es nicht. Der Mond hatte nämlich in sich allein das Princip seiner Bildung und Grundbeschaffenheit gefunden. Er verdankte nichts äußeren Kräften. Dies rechtfertigte den merkwürdigen Satz Arago's: „Keine von außen einwirkende Kraft hat zur Bodengestaltung auf dem Monde beigetragen."

Wie dem auch sei, in ihrem gegenwärtigen Zustand war diese Welt das Bild des Todes, ohne daß man sagen konnte, es sei jemals vom Leben beseelt gewesen.

Michel Ardan glaubte jedoch einen Haufen Ruinen zu erkennen, welche er der Aufmerksamkeit Barbicane's empfahl. Es war dies etwa unterm achtzigsten

Breitegrad und dem dreißigsten der Länge. Diese Haufen von ziemlich regelmäßig daliegenden Steinen bildeten wohl die Figur einer ungeheuren Befestigung, welche einen der langen Streifen beherrschte, die vormals in vorhistorischer Zeit Flußbette waren. Nicht weit entfernt erhob sich zu einer Höhe von fünftausendsechshundertsechsundvierzig Meter das Ringgebirge Short, welches dem asiatischen Kaukasus gleicht. Michel Ardan behauptete in seiner gewohnten Hitze, das Festungswerk sei klar erwiesen. Darunter gewahrte er die niedergeworfenen Wälle einer Stadt; hier die noch unverletzte Wölbung eines Porticus; dort zwei bis drei Säulen unter ihrem Säulenstuhl; weiter hinaus eine Reihe von Bogengewölben, welche zur Stütze einer Wasserleitung bestimmt waren; anderswo die Pfeiler einer Riesenbrücke. Dieses alles erkannte er, aber mit so viel Phantasie im Anschauen durch ein phantastisches Fernrohr, daß man auf seine Beobachtung sich nicht verlassen kann. Und doch, wer möchte behaupten, wer wagte zu sagen, daß der liebenswürdige Kamerad nicht wirklich sah, was seine beiden Genossen nicht sehen wollten?

Die Augenblicke waren zu kostbar, um sie einer müßigen Erörterung zu opfern. Die Selenitenstadt, eingebildete oder wirkliche, war schon in der Ferne nicht mehr sichtbar. Die Entfernung des Projectils von der Mondscheibe war im Zunehmen begriffen, und die Einzelheiten singen an, in unklarer Verworrenheit zu verschwinden. Nur die Erhöhungen, die Circus, Krater, Ebenen blieben kenntlich, um ihre begrenzenden Linien zu sehen.

In diesem Augenblick zeigte sich links eine der schönsten Circus der Mondorographie, eine der Merkwürdigkeiten dieses Continents. Es war Newton, den Barbicane nach der Mappa selenographica leicht erkannte.

Newton liegt genau unterm 77° südl. Br: und 16° östl. Länge. Er bildet einen ringförmigen Krater, dessen siebentausendzweihundertvierundsechzig Meter hohen Wälle unübersteigbar schienen.

Barbicane machte seinen Genossen die Bemerkung, daß der Krater dieses Berges bei Weitem tiefer sei, als die umgebende Ebene. Diese enorme Höhlung ließ sich gar nicht messen, und bildete einen finsteren Abgrund, auf dessen Grund niemals die Sonnenstrahlen zu dringen vermochten. Da herrscht, nach Humboldt's Ausdruck, absolute Finsterniß, von keinem Lichtstrahl der Sonne oder der Erde gemildert. Die Mythologie würde da mit Recht den Eingang zur Unterwelt gefunden haben.

„Newton, sagte Barbicane, ist ein vollendetes Charakterbild der Ringberge, wovon man auf der Erde nicht eine Spur findet. Sie beweisen, daß die Formbildung des Mondes auf dem Wege des Erkaltens gewaltsamen Ursachen zuzuschreiben ist; denn während, von einem Feuer emporgetrieben, die Bodenerhebungen zu beträchtlicher Höhe gediehen, zog sich der Boden zurück und ward weit niedriger, als das Niveau des Mondes.

– Ich widerspreche dem nicht“, erwiderte Michel Ardan.

Einige Minuten, nachdem man an Newton vorüber war, beherrschte das Projectil direct das Ringgebirge Moret. Es fuhr ziemlich entfernt vor den Gipfeln des Blancanus vorüber, und erreichte gegen halb acht den Circus Clavius.

Dieser Circus, einer der merkwürdigsten der Scheibe, liegt unterm 58° südl. Br. und 15° östl. Länge. Seine Höhe wird auf siebentausendeinundneunzig Meter geschätzt. Die Reisenden, welche vierhundert Kilometer entfernt waren, die sich durch das Fernrohr auf vier beschränkten, konnten das Ganze dieses ungeheuren Kraters bewundern.

„Die Vulkane der Erde, sagte Barbicane, sind doch nur Maulwurfshügel in Vergleichung mit denen des Mondes. Mißt man die alten Krater des Aetna und Vesuv, welche durch ihre ersten Ausbrüche gebildet wurden, so findet man sie kaum sechstausend Meter breit. Der Circus des Cantal in Frankreich zählt zehn Kilometer; auf Ceylon mißt der Circus der Insel siebenzig Kilometer, und er wird als der größte des Erdballs angesehen. Was wollen diese Diameter gegen den des Clavius bedeuten, welchen wir in diesem Augenblick betrachten?

– Wie breit ist er denn? fragte Nicholl.

– Zweihundertsiebenundzwanzig Kilometer, erwiderte Barbicane. Dieser Circus ist allerdings der bedeutendste auf dem Mond; aber manche andere messen zweihundert, hundertundfünfzig, hundert Kilometer!

– Ach! meine Freunde, rief Michel aus, stellen Sie sich vor, was mußte dieses friedliche Nachtgestirn sein, als seine Krater voll Donner und Blitz alle auf einmal Lavaströme, Steinhagel, Rauchgewölke und Feuerstrahlen auswarfen! Was für ein wundervolles Schauspiel damals, und jetzt welcher Verfall! Dieser Mond ist nur noch das magere Gerippe eines Kunstfeuerwerks, dessen Petarden, Raketen, Serpentofen, Sonnen nach einem prachtvollen Glanz nur traurige Auszackungen von Karton hinterlassen haben. Wer vermöchte die Ursache, den Grund, die Berechtigung dieser gewaltsamen Umbildung anzugeben?“

Barbicane hörte nicht auf Michel Ardan. Er betrachtete diese Wälle des Clavius, die mehrere Lieues dick aus breiten Gebirgen gebildet waren. Auf dem Grunde der ungeheuren Vertiefung befanden sich hundert kleine erloschene Krater, welche den Boden wie einen Schaumlöffel durchlöcherten, und von einem fünftausend Meter hohen Spitzberg beherrscht waren.

Die Ebene umher bot einen wüsten Anblick. Es giebt nichts so Dürres, wie diese Bodenerhöhungen, nichts so Trauriges, als diese Bergtrümmer, und wenn man den Ausdruck gebrauchen kann, diese Stücke von Bergen und Gipfeln, welche den Boden bedeckten! Der Trabant schien an dieser Stelle geborsten und zertrümmert zu sein.

Das Projectil fuhr immer weiter, und das Chaos blieb unverändert sich gleich. Die Circus, die Krater, die eingestürzten Berge reiheten sich ununterbrochen aneinander an. Keine Ebenen, keine Meere. Eine Schweiz, ein Norwegen ohne Ende. Endlich, im Centrum dieser zerklüfteten Gegend, ein Höhepunkt, der glänzendste Berg der Mondscheibe, der blendende Tycho, welchem die Nachwelt den berühmten Namen des dänischen Astronomen bewahren wird.

Wenn man bei wolkenlosem Himmel den Vollmond betrachtet, bemerkt Jeder diesen glänzenden Punkt der südlichen Hemisphäre. Er enthält ein so concentrirtes Licht, daß die Bewohner der Erde trotz ihrer Entfernung von hunderttausend Lieues ihn ohne Fernrohr wahrnehmen können. Man denke sich nun, wie stark dieses Licht in den Augen der nur hundertundfünfzig Lieues entfernten Beobachter sein mußte! Durch den reinen Aether war sein Funkeln derart unerträglich, daß Barbicane und seine Freunde das Augenglas ihrer Lorgnetten mit Rauch schwärzen mußten, um seinen Glanz auszuhalten. Darauf schauten, betrachteten sie stumm, ließen kaum nur einige Töne der Bewunderung vernehmen. Alle ihre Gefühle, alle ihre Eindrücke concentrirten sich in ihrem Anschauen.

Tycho gehört dem System der strahlenden Berge an, wie Aristarch und Kopernicus. Aber von allen der vollständigste, am stärksten ausgesprochene, giebt er ein entschiedenes Zeugniß von der erschrecklichen vulkanischen Wirkung, durch welche die Bildung des Mondes zu Stande kam.

Tycho liegt unterm 43° südl. Breite und 12° östl. Länge. In seinem Centrum befindet sich ein Krater von siebenundachtzig Kilometer Breite. Er neigt etwas zur elliptischen Form, und ist von Ringwellen umgeben, die östlich und westlich fünftausend Meter hoch die äußere Ebene beherrschen. Es ist ein Haufen Montblancs um ein gemeinsames Centrum herum und mit einer Strahlenkrone um's Haupt.

Das wahre Bild des unvergleichlichen Gebirges, die Gesammtgruppe der Höhen, welche zusammenlaufen, die inneren Anschwellungen seines Kraters hat die Photographie nie darzustellen vermocht. In der That erscheint Tycho beim Vollmond in seinem ganzen Glanz. Dann fehlen aber die Schatten, die

Verkürzungen der Perspective sind verschwunden, und die Bilder werden weiß. Ein leidiger Umstand, denn es wäre sehr interessant, diese seltsame Gegend mit photographischer Genauigkeit darzustellen. Es ist nur ein Haufen von Löchern, Kratern, Circus, ein Durchkreuzen von Firsten zum Schwindeln; dann unabsehbar ein Netz von Vulkanen über einem warzigen Boden. Man begreift dann, daß das Aufbrodeln des centralen Ausbruchs seine ursprüngliche Form behielt. Durch Erkalten fest geworden, haben sie das Bild stereotypirt, welches den Mond einst unterm Einwirken plutonischer Kräfte darstellte.

Die Reisenden waren von den ringförmigen Gipfeln des Tycho nicht so sehr weit entfernt, um nicht die hauptsächlichsten Details wahrnehmen zu können. Ueber dem aufgeworfenen Schuttdamm, welcher die Umwallung des Tycho bildet, erhoben sich die Berge auf den Seiten der inneren und äußeren Böschung stufenweise, wie riesenhafte Terrassen. Sie schienen westlich drei- bis vierhundert Fuß höher, als östlich. Kein Befestigungssystem auf der Erde war mit diesem natürlichen zu vergleichen. Eine auf dem Grund dieser kreisförmigen Aushöhlung erbaute Stadt wäre durchaus unzugänglich gewesen.

Unzugänglich und wunderbar weit ausgedehnt auf diesem mit malerischen Vorsprüngen bunt besetzten Boden! die Natur hatte in der That den Grund dieses Kraters nicht flach und leer gelassen. Er besaß seine besondere Orographie, ein Gebirgssystem, welches gleichsam eine besondere Welt aus ihm machte. Die Reisenden unterschieden deutlich kegelförmige Spitzen, Hügel in der Mitte, merkwürdige Abwechselungen des Terrains, die von Natur geeignet waren, die Meisterwerke der selenitischen Architektur aufzunehmen. Hier war der Platz für einen Tempel abgesteckt, dort der Raum für ein Forum, an dieser Stelle sah man den Grundbau für einen Palast, an jener die Hochfläche für eine Citadelle. Alles von einem fünfzehnhundert Fuß hohen Centralgebirge beherrscht. Ein weiter Umfang, wo das alte Rom zehnmal Platz gehabt hätte!

„Ah! rief Michel Ardan voll Enthusiasmus bei diesem Anblick, was für eine großartige Stadt ließe sich in diesem Ring von Gebirgen erbauen! Welch ruhiger, friedlicher Zufluchtsort außerhalb alles menschlichen Elends! Wie könnten da alle Misanthropen ruhig für sich allein leben, alle, denen das gesellige Leben verleidet ist!

– Alle! Dafür würde es doch hier an Raum fehlen!“ erwiderte Barbicane.

Achtzehntes Capitel

Bedeutsame Fragen

Unterdessen war das Projectil an dem Bereiche Tycho's vorüber gekommen. Barbicane und seine beiden Freunde beobachteten dann noch mit sorgfältigster Achtsamkeit die glänzenden Lichtstreifen, welche der berühmte Berg so merkwürdig nach allen Seiten hin verbreitet.

Was hat es mit dieser strahlenden Lichtkrone für eine Bewandtniß? Welches geologische Phänomen hatte diesem gluthsprühenden Hauptschmuck den Ursprung gegeben? Diese Frage nahm mit Recht Barbicane's Gedanken in Anspruch.

Unter ihren Augen sahen sie wirklich nach allen Richtungen hin lange Lichtstreifen ziehen mit aufgebogenem Rand und vertiefter Mitte, zwanzig bis fünfzig Kilometer breit. Diese glänzenden Streifen liefen vom Tycho aus an manchen Stellen bis zu dreihundert Lieues weit hinaus und schienen, vornehmlich nach Osten, Nordosten und Norden hin, die Hälfte der südlichen Hemisphäre zu bedecken. Einer dieser Ausläufer reichte bis zum Circus Neander unter dem vierzigsten Meridian. Ein anderer durchfurchte das Nectarmeer und brach sich nach einem Laufe von vierhundert Lieues an der Pyrenäenkette. Andere bedeckten in westlicher Richtung das Wolkenmeer und das Meer des Humors.

Wie entstanden diese funkelnden Strahlen, die auf den Ebenen wie auf den Höhen, so hoch es auch sein mochte, zu sehen waren? Alle gingen von einem gemeinschaftlichen Centrum, dem Krater Tycho's, aus; sie waren ein Ausfluß desselben. Herschel hielt sie ihres glänzenden Aussehens wegen für ehemalige, im Kalten fest gewordene Lava-Ausströmungen, seine Ansicht fand aber keinen Beifall. Andere Astronomen wollten in diesen unerklärlichen Strahlen eine Art Schuttanhäufung sehen, unregelmäßige Trümmer und Blöcke durcheinander, welche zur Zeit der Bildung des Tycho dahin geworfen wurden.

„Und warum nicht? fragte Nicholl Barbicane, der diese verschiedenen Meinungen vortrug und verwarf.

– Weil die Regelmäßigkeit dieser lichtstrahlenden Linien und die Gewalt, welche nöthig war, um die vulkanischen Stoffe in solche Entfernung zu schleudern, damit nicht zu erklären sind.

– Ja, wahrhaftig! erwiderte Michel Ardan, es scheint mir so schwer nicht, den Ursprung dieser Strahlen zu erklären.

– Wirklich? sagte Barbicane.

– Wirklich, erwiderte Michel. Ich brauche nur zu sagen, es geschah durch ein ungeheures sternförmiges Zerspringen, wie wenn man mit einem Ball oder Stein wider ein Glasscheibe wirft!

– Gut! versetzte Barbicane lächelnd. Und welche Hand wäre kräftig genug, um den Stein zu schleudern, der so weit gesprungen ist.

– Die Hand ist dabei nicht nöthig, entgegnete Michel, der sich nicht von seinem Gedanken abbringen ließ; und was den Stein betrifft, nehmen wir an, es sei ein Komet.

– Ah! Die Kometen! rief Barbicane, die müssen aushelfen. Mein wackerer Michel, Deine Erklärung ist nicht übel, aber Deinen Kometen braucht man nicht. Der Stoß, welcher diesen Bruch veranlaßt hat, kann aus dem Inneren des Gestirns gekommen sein. Eine heftige Zusammenziehung der Mondkruste, unter Einwirken der Erkältung, konnte hinreichend sein, um das riesenhafte Zerspringen hervorzubringen.

– Meinetwegen eine Zusammenziehung, so etwas wie eine Kolik des Mondes, erwiderte Michel Ardan.

– Uebrigens, fügte Barbicane hinzu, ist auch ein englischer Gelehrter dieser Ansicht, Nasmyth, und sie scheint mir auch hinreichend das Ausstrahlen dieses Gebirgs zu erklären.

– Dieser Nasmyth ist kein Narr!“ erwiderte Michel.

Lange waren unsere Reisenden, die sich an solchem Schauspiel nicht satt sehen konnten, in Bewunderung dieses Glanzes vertieft. Ihr Projectil, von der Lichtausströmung durchdrungen, in doppelter Bestrahlung, von Seiten der Sonne und des Mondes, mußte wie eine glühende Kugel aussehen. Sie waren auch aus bedeutender Kälte plötzlich in starke Hitze übergegangen. Die Natur wollte sie vorbereiten, Seleniten zu werden.

Seleniten werden! Dieser Gedanke führte nochmals auf die Frage der Bewohnbarkeit des Mondes. Waren die Reisenden nach dem, was sie gesehen hatten, im Stande, sie zu lösen? Konnten sie ein Urtheil für oder wider aussprechen. Michel Ardan forderte seine beiden Freunde auf, ihre Ansicht zu bilden, und fragte entschieden, ob sie glaubten, daß Thier- und Menschenwelt auf dem Mond repräsentirt seien.

„Ich glaube, daß wir im Stande sind, eine Antwort zu geben, sagte Barbicane; aber meiner Ansicht nach darf die Frage nicht in dieser Form auftreten. Ich bitte sie anders zu stellen.

– Du magst sie stellen, erwiderte Michel.

– Nun denn, versetzte Barbicane. Die Aufgabe ist eine doppelte und verlangt eine zweifache Lösung. Ist der Mond bewohnbar? Ist er bewohnt gewesen?

– Gut, erwiderte Nicholl. Fragen wir zuerst, ob der Mond bewohnbar ist.

– Offen gestanden, ich weiß es nicht zu sagen, entgegnete Michel.

– Und ich, versetzte Barbicane, antworte mit Nein. In dem gegenwärtigen Zustand des Mondes – mit der gewiß sehr beschränkten Umgebung von Atmosphäre, den meist ausgetrockneten Meeren und nicht hinreichenden Gewässern, der geringen Vegetation, dem schroffen Wechsel von Kälte und Wärme, den dreihundertvierundfünfzigstündigen Tagen und Nächten – scheint mir der Mond nicht bewohnbar, und auch nicht geeignet zur Entwickelung thierischen Lebens, noch hinreichend für die Bedürfnisse einer Existenz, wie wir sie verstehen.

– Einverstanden, erwiderte Michel. Aber ist der Mond nicht bewohnbar für anders organisirte Wesen?

– Auf diese Frage zu antworten, versetzte Barbicane, ist noch schwieriger.

Doch will ich den Versuch machen, aber ich frage Nicholl, ob er der Meinung ist, daß *Bewegung* das nothwendige Resultat des Lebens sei, wie es auch organisirt sein möge?.

– Ohne allen Zweifel, erwiderte Nicholl.

– Nun denn, mein würdiger Freund, so antworte ich: Wir haben die Continente des Mondes aus einer Entfernung von höchstens fünfhundert Meter betrachtet und nichts gesehen, was eine Bewegung auf der Oberfläche desselben verrieth. Das Vorhandensein irgend eines Menschengeschlechts würde sich durch dem Entsprechendes, durch errichtete Werke, selbst durch Ruinen zu erkennen gegeben haben. Was haben wir aber gesehen? Ueberall und stets die geologische Arbeit der Natur, niemals Menschenarbeit. Sollten also Repräsentanten des Thierreichs auf dem Mond vorhanden sein, so müßten sie in den unergründlichen Aushöhlungen, wohin der Blick nicht dringen kann, versteckt sein. Dies kann ich aber nicht gelten lassen, denn sie hätten Spuren vorübergehender Anwesenheit auf den Ebenen lassen müssen, welche die Schichte Atmosphäre, so niedrig sie auch sein mag, überziehen muß. Solche Spuren sind aber nirgends sichtbar. So bliebe dann nur übrig anzunehmen, es gebe eine Race lebender Wesen, welchen die Bewegung, worin doch Leben besteht, abgehe!

– Das wären also lebende Wesen, die kein Leben hätten, versetzte Michel.

– Getroffen! erwiderte Barbicane. Für uns aber hat dies keinen Sinn.

– Wir können also unsere Ansicht formuliren, sagte Michel.

– Ja, erwiderte Nicholl.

– Nun denn, fuhr Michel Ardan fort: Die wissenschaftliche Commission, welche im Projectil des Gun-Clubs versammelt ist, in ihrer Beweisführung auf die jüngst beobachteten Thatsachen gestützt, giebt mit Stimmeneinhelligkeit über die gegenwärtige Bewohnbarkeit des Mondes ihr Urtheil dahin ab: Nein, der Mond ist nicht bewohnbar!"

Diese Entscheidung wurde vom Präsidenten Barbicane in sein Notizbuch eingetragen, wo sich das Protokoll der Sitzung vom 6. December befindet.

„Jetzt, sagte Nicholl, machen wir uns an die zweite Frage, welche eine nothwendige Ergänzung der ersten enthält. Ich frage also die verehrliche Commission: Wenn der Mond nicht bewohnbar ist, ist er früher bewohnt gewesen?

– Bürger Barbicane hat das Wort, sagte Michel Ardan.

– Meine Freunde, erwiderte Barbicane, um eine Ansicht über die vormalige Bewohnbarkeit unseres Trabanten zu bilden, habe ich diese Reise nicht abgewartet, und habe nur hinzuzufügen, daß unsere persönlichen Beobachtungen mich in derselben nur bestärken können. Ich glaube, ich behaupte sogar, daß der Mond von einer Menschenrace bewohnt gewesen ist, die gleich der unserigen organisirt war; daß sie Thiere hervorgebracht hat, welche anatomisch gleichförmig unseren Thieren auf der Erde waren; aber ich setze hinzu, daß die Zeit dieser Menschen- oder Thierracen vorüber ist, daß sie für immer erloschen sind.

– So wäre also, fragte Michel, der Mond eine ältere Welt als die Erde?

– Nein, erwiderte Barbicane mit Ueberzeugung, aber eine Welt, die früher gealtert ist, die rascher ihre Gestaltung sowohl gewonnen, als verloren hat. Die organisirenden Kräfte des Stoffs sind verhältnißmäßig weit gewaltsamer im Inneren des Mondes thätig gewesen, als im Inneren des Erdballs. Der gegenwärtige Zustand dieser zerklüfteten, zerrissenen, aufgeschwollenen Scheibe beweist es zum Ueberfluß. Mond und Erde waren ursprünglich nur gasartige Massen. Dieses Gas wurde unter verschiedenen Einwirkungen zu Flüssigkeiten und die feste Masse bildete sich erst später heraus. Aber ganz sicher ist unser Erdball noch in gasartigem oder flüssigem Zustand gewesen, als der Mond durch Erkalten bereits Festigkeit gewonnen hatte und dadurch bewohnbar wurde.

– Das glaub' ich, sagte Nicholl.

– Damals, fuhr Barbicane fort, war er von einer Atmosphäre umgeben. Die durch diese dunstreiche Umhüllung festgehaltenen Gewässer konnten nicht verdampfen. Unterm Einwirken von Luft, Licht, Wärme der Sonne und des Inneren waren die für eine Vegetation vorbereiteten Continente von einer solchen bedeckt, und sicherlich offenbarte sich in dieser Epoche das Leben, denn die Natur vergeudet sich nicht unnütz, und eine in so wunderbarem Grad bewohnbare Welt ist nothwendig auch bewohnt gewesen.

– Doch, erwiderte Nicholl, mußten viele den Bewegungen unseres Trabanten eigenthümliche Erscheinungen einer Verbreitung des Thier- und Pflanzenreichs hinderlich sein. Diese dreihundertvierundfünfzigstündigen Tage und Nächte zum Beispiel?

– An den Polen der Erde, sagte Michel, dauern sie sechs Monate!

– Dies Argument hat wenig Gewicht, da unsere Pole nicht bewohnt sind.

– Bemerken wir auch, meine Freunde, fuhr Barbicane fort, daß, wenn bei dem gegenwärtigen Zustand des Mondes die langen Tage und Nächte Verschiedenheiten der Temperatur verursachen, welche der Organismus nicht verträgt, dieses zu jener Epoche nicht der Fall war. Das Fluidum der Atmosphäre umhüllte ihn wie ein Mantel. Die Dünste gestalteten sich zu Wolken, welche als natürlicher Schirm die Hitze der Sonnenstrahlen milderten und das nächtliche Ausstrahlen hemmten. Licht wie Wärme konnten sich in der Luft zerstreuen, woraus ein Gleichgewicht zwischen diesen Einflüssen entstand, welches jetzt, da diese Atmosphäre fast gänzlich verschwunden ist, nicht mehr existirt. Uebrigens will ich Sie gleich in Staunen versetzen ...

– Thun Sie's nur, sagte Michel Ardan.

– Aber ich bin geneigt zu glauben, daß zu der Epoche, als der Mond bewohnt war, Tag und Nacht nicht die Dauer von dreihundertvierundfünfzig Stunden hatte?

– Und weshalb? fragte Nicholl lebhaft.

– Weil sehr wahrscheinlich damals die Achsenbewegung des Mondes und seine Umdrehung um die Erde nicht gleich waren, durch welche Gleichheit jeder Punkt der Scheibe vierzehn Tage lang dem Einwirken der Sonnenstrahlen ausgesetzt ist.

– Einverstanden, erwiderte Nicholl, aber warum sollten diese beiden Bewegungen nicht gleich gewesen sein, da sie's doch gegenwärtig sind?

– Weil diese Gleichheit nur durch die Anziehung von Seiten der Erde bewirkt worden ist. Wer sagt uns aber, daß diese Anziehungskraft zur Zeit, als die Erde noch in flüssigem Zustand war, hinreichte, um die Bewegungen des Mondes abzuändern?

– In der That, erwiderte Nicholl, und wer sagt uns, daß der Mond immer Trabant der Erde gewesen ist?

– Und wer sagt uns, rief Michel Ardan, daß der Mond nicht weit früher, als die Erde, existirt hat?"

Die Phantasie verlor sich auf dem unbegrenzten Feld der Hypothesen. Barbicane wollte sie zügeln.

„Damit gerathen wir, sagte er, in zu hohe Speculationen, wahrhaft unlösbare Probleme. Darauf wollen wir uns nicht einlassen. Nehmen wir nur an, die ursprüngliche Anziehungskraft sei unzureichend gewesen, und dann konnten, wegen Ungleichheit der beiden Bewegungen, um die Achse und um die Erde, die Tage und Nächte in der Weise, wie auf der Erde sich ablösen. Uebrigens ist es selbst ohne diese Bedingungen dort möglich gewesen zu leben.

– Also, fragte Michel Ardan, wäre das Menschengeschlecht auf dem Mond verschwunden?

– Ja, erwiderte Barbicane, nachdem es ohne Zweifel einige Tausend Jahrhunderte dort bestanden hatte. Indem die Atmosphäre allmälig dünner wurde, wird der Mond unbewohnbar geworden sein, wie es der Erdball einmal durch Erkalten werden wird.

– Durch Erkalten?

– Ohne Zweifel, erwiderte Barbicane. Die Rinde des Mondes ist in dem Verhältniß erkaltet, wie die inneren Feuer erloschen, der glühende Stoff sich zusammenzog. Allmälig traten die Folgen dieser Erscheinung ein: Verschwinden der organisirten Geschöpfe, Verschwinden der Vegetation. Bald wurde die Atmosphäre dünner, wahrscheinlich durch Anziehung von Seiten der Erde entzogen; es verschwand die athmungsfähige Luft, das Wasser durch Verdunsten. Von der Zeit an, wie der Mond unbewohnbar wurde, ist er nicht bewohnt gewesen. Es war eine erstorbene Welt, und so erscheint sie uns jetzt.

– Und Du sagst, solch ein Loos stehe der Erde bevor?

– Sehr wahrscheinlich.

– Aber wann?

– Wenn sie durch Erkaltung ihrer Rinde unbewohnbar sein wird.

– Und hat man die Zeit berechnet, wann unser unglücklicher Erdball erkalten wird?

– Ja wohl.

– Und Du kennst die Berechnung.

– Ganz genau.

– Aber so rede doch, widerlicher Gelehrter, rief Michel Ardan, ich sitze auf Kohlen vor Ungeduld.

– Nun, mein wackerer Michel, erwiderte Barbicane ruhig, da man die Abnahme der Temperatur während eines Jahrhunderts kennt, so hat man daraus abgenommen, daß diese mittlere Temperatur auf Null herabsinken wird nach Verlauf von vierhundert Jahrtausenden!

– Vierhundert Jahrtausende! rief Michel. Ach! Jetzt athme ich wieder frei! Wahrhaftig, wie war ich erschrocken! Meinte gar, wir hätten nur noch fünfzigtausend Jahre zu leben!“

Barbicane und Nicholl konnten sich über die Unruhe ihres Genossen des Lachens nicht enthalten. Darauf stellte Nicholl, um abzuschließen, nochmals die zweite Frage:

„Ist der Mond bewohnt gewesen?“

Dieselbe wurde einstimmig bejaht.

Aber während dieser Unterhaltung, reich an Theorien, die etwas gewagt waren – obwohl sie die über diesen Punkt von der Wissenschaft errungenen allgemeinen Ideen zusammenfaßt – war das Projectil rasch dem Mondäquator näher gekommen, wobei es sich regelmäßig von der Scheibe entfernte. Es war in einer Entfernung von achthundert Kilometer beim Circus Willem vorbei über den vierzigsten Breitegrad hinausgekommen. Darauf, den Pilatus unterm dreißigsten Grad rechts lassend, fuhr es längs der Südseite des Wolkenmeers, dem es im Norden nahe gewesen war. Einige Circus waren im Glanz des Vollmondes unklar zu sehen: Bouillaud, Purbach, fast viereckig mit einem Krater im Mittelpunkt, dann Arzachel, der im Inneren unendlich glänzend leuchtet.

Endlich, bei zunehmender Entfernung des Projectils, verschwanden die Umrisse vor den Blicken der Reisenden, die Berge wurden in der Entfernung unkenntlich, und von dem wundervollen, bizarren, seltsamen Gesammtbild des Erdtrabanten blieb ihnen bald nur die unvertilgbare Erinnerung.

Neunzehntes Capitel

Kampf mit dem Unmöglichen

Geraume Zeit lang blickten Barbicane und seine Gefährten stumm und nachdenklich auf diese Welt, welche sie, wie Moses das Land Kanaan, nur aus der Ferne gesehen hatten, und von welcher sie sich wieder ohne Umkehr entfernten. Das Projectil hatte in Beziehung zum Mond seine Lage geändert und kehrte jetzt sein Bodenstück der Erde zu.

Diese Aenderung konnte Barbicane nur beunruhigen. Wenn die Kugel in elliptischer Bahn um den Trabanten kreisen sollte, warum kehrte sie ihm nicht ihren schwereren Theil zu, wie es bei dem Mond in Beziehung zur Erde der Fall ist. Hierin lag etwas Unerklärliches.

Bei Beobachtung der Bahn des Projectils konnte man wahrnehmen, daß es bei seiner Entfernung vom Mond eine krumme Linie verfolgte, welche der bei seiner Annäherung gleich war. Es beschrieb also eine sehr lange Ellipse, die sich wahrscheinlich bis zu dem Punkt gleicher Anziehung, wo die Einwirkung von Seiten der Erde und seines Trabanten sich das Gleichgewicht hielten, erstrecken würde.

Dieses eben folgerte Barbicane aus den beobachteten Thatsachen, und seine Freunde theilten seine Ansicht.

„Und wenn wir an diesem Punkt angelangt sind, was wird aus uns werden? fragte Michel Ardan.

– Das ist's eben, was wir nicht wissen! erwiderte Barbicane.

– Aber man kann doch muthmaßlich Fälle annehmen, denk' ich.

– Ich nehme deren zwei an, versetzte Barbicane. Entweder die Geschwindigkeit des Projectils wird nicht ausreichen, und dann wird es ewig unbeweglich auf dieser Linie doppelter Anziehung bleiben ...

– Da würde ich doch den anderen Fall vorziehen, wie er auch sein mag, entgegnete Michel.

– Oder sie wird ausreichen, fuhr Barbicane fort, und es wird seine elliptische Bahn verfolgen, um ewig um das Nachtgestirn zu kreisen.

– Eine wenig tröstliche Aenderung, sagte Michel. Wir würden dann gehorsame Diener des Mondes, den wir als Diener anzusehen gewohnt sind! Und das wäre die Zukunft, welche uns bevorsteht?“

Weder Barbicane, noch Nicholl wußten eine Antwort.

„Sie schweigen? fuhr Michel ungeduldig fort.

– Es giebt darauf keine Antwort, sagte Nicholl.

– Läßt sich denn nichts versuchen?

– Nein, erwiderte Barbicane. Würdest Du gegen das Unmögliche ankämpfen wollen?

– Warum nicht? Sollten ein Franzose und zwei Amerikaner davor zurückschrecken?

– Aber was willst Du machen?

– Der Bewegung, welche uns fortreißt, Meister werden!

– Meister werden?

– Ja, versetzte Michel lebhaft, entweder sie hemmen oder abändern, zur Erreichung unserer Zwecke verwenden.

– Und wie?

– Das ist Eure Sache. Wenn die Artilleristen ihrer Kugeln nicht Meister sind, so sind sie keine Artilleristen mehr. Wenn die Kugel den Kanonier beherrscht, so muß man diesen statt ihrer in die Kanone laden! Treffliche Gelehrten, wahrhaftig! Da wissen sie nun nicht, was werden soll, nachdem sie mich verleitet …

– Verleitet! schrieen Barbicane und Nicholl. Verleitet! Was meinst Du damit?

– Keine Beschuldigungen! sagte Michel. Ich beklage mich nicht! Die Fahrt gefällt mir! Das Geschoß befriedigt! Aber thuen wir doch alles Menschenmögliche, um, wo nicht auf den Mond, doch wieder auf die Erde zu fallen.

– Nichts anderes begehren wir, wackerer Michel, erwiderte Barbicane, aber an den Mitteln fehlt's.

– Können wir nicht die Bewegung des Projectils abändern?

– Nein.

– Noch seine Geschwindigkeit vermindern?

– Nein.

– Nicht einmal durch Ballastauswerfen?

– Was willst Du hinaus werfen? versetzte Nicholl. Wir haben nichts von Ballast. Und übrigens dünkt mir, ein leichteres Fahrzeug wird noch schneller fahren.

– Nicht so schnell, sagte Michel.

– Schneller, entgegnete Nicholl.

– Weder mehr, noch minder schnell, erwiderte Barbicane, um seine Freunde in Einklang zu bringen, denn im leeren Raum, worin wir uns bewegen, kommt das specifische Gewicht nicht mehr in Anschlag.

– Dann, rief Michel Ardan mit entschiedenem Ton, bleibt uns nur etwas zu thun übrig.

– Und was? fragte Nicholl.

– Frühstücken!“ erwiderte, ohne sich irre machen zu lassen, der verwegene Franzose, der in den schwierigsten Fällen stets diese selbe Lösung bei der Hand hatte.

In der That, hatte diese Verrichtung auch keinen Einfluß auf die Richtung des Projectils, so konnte man sie doch ohne Nachtheil vornehmen, und in Beziehung auf den Magen mit Erfolg. Wahrhaftig, Michel hatte doch gute Ideen.

Man frühstückte also um zwei Uhr morgens; aber auf die Stunde kam's ja nicht an. Michel tischte auf, wie gewöhnlich, und dazu eine liebliche Flasche aus seinem geheimen Keller. Wenn ihnen dabei nicht Ideen in den Kopf kamen, so mußte man am Chambertin von 1863 verzweifeln.

Nach Beendigung des Mahls singen sie wieder an zu beobachten.

Die aus dem Projectil hinaus geworfenen Gegenstände hielten sich unveränderlich in einer gewissen Entfernung. Es ging daraus klar hervor, daß dasselbe bei seiner Bewegung um den Mond keine Atmosphäre durchschnitt, weil dann das specifische Gewicht dieser Gegenstände ihre Bewegung verhältnißmäßig geändert hätte.

Von der Erde war nichts zu sehen. Es war erst ein Tag verflossen, seit sie Neulicht hatte, und erst nach zwei Tagen konnte ihre Sichel, aus den Sonnenstrahlen heraustretend, den Seleniten als Uhr dienen, weil bei ihrer Achsenbewegung jeder ihrer Punkte nach vierundzwanzig Stunden wieder an demselben Meridian des Mondes erscheint.

Der Mond dagegen bot einen ganz anderen Anblick. Er strahlte in vollem Glanze inmitten unzähliger Sternbilder, deren reines Licht das seinige nicht schwächen konnte. Auf der Scheibe nahmen die Ebenen bereits wieder den düsteren Schein an, wie er von der Erde aus zu sehen ist. Der übrige Theil des Luftkreises schimmerte fortwährend, und mitten in dem allgemeinen Glanz leuchtete Tycho noch wie eine Sonne vor.

Es war Barbicane durchaus nicht möglich, die Schnelligkeit des Projectils zu schätzen; aber er urtheilte nach den Gesetzen der rationellen Mechanik, daß diese Schnelligkeit sich gleichmäßig mindern müsse.

In der That, nahm man an, die Kugel sei im Begriff eine Kreisbahn um den Mond zu beschreiben, so mußte diese nothwendig eine Ellipse sein. Die Wissenschaft enthält den Beweis. Jeder Körper, der in seiner Bewegung um einen andern ihn anziehenden Körper kreist, ist diesem Gesetz unterworfen. Alle Kreisbahnen im Weltraum sind elliptisch, die der Trabanten um die Planeten, der Planeten um die Sonne, die der Sonne um das unbekannte Gestirn, um welches im Mittelpunkt Alles sich dreht. Warum sollte das Projectil des Gun-Clubs von diesem Naturgesetz ausgenommen sein?

In den elliptischen Bahnen nun befindet sich der anziehende Körper stets an einem der Brennpunkte der Ellipse. Der Trabant ist daher dem Gestirn, um welches er kreist, bald näher, bald ferner. Kommt die Erde auf ihrer Bahn der Sonne näher, so steht sie in ihrer Perihelie (Sonnennähe), dagegen in der Aphelie (Sonnenferne), wann sie am weitesten von ihr absteht. Ebenso befindet sich der Mond in seiner Erdnähe und Erdferne. Wenden wir zur Bereicherung der Sprache diese Astronomen-Begriffe auf das Projectil als Trabanten des Mondes an, so befindet es sich in einer Mondnähe (Periselene) und Mondferne (Aposelene).

Im ersten Falle mußte es seine größte Geschwindigkeit erreichen, im zweiten seine geringste. Nun bewegte es sich offenbar dem Punkt seiner Mondferne zu, und Barbicane schloß richtig, seine Geschwindigkeit werde bis zu diesem Punkt abnehmen, um dann allmälig in dem Verhältniß, wie es sich dem Monde näherte, wieder zuzunehmen. Diese Geschwindigkeit werde gänzlich aufhören, wenn dieser Punkt mit dem der gleichen Anziehung zusammen fiele.

Barbicane studirte die Folgen dieser verschiedenen Fälle, um sicher zu sein, wie man sich dabei zu verhalten habe, als ihn plötzlich Michel Ardan mit dem lauten Ausbruch unterbrach:

„Herrgott! Wir sind doch rechte Dummköpfe!

– Ich sage nicht Nein dazu, erwiderte Barbicane, aber weshalb?

– Weil wir ein sehr einfaches Mittel besitzen, die Schnelligkeit zu hemmen, und wenden's nicht an!

– Und welches?

– Haben wir nicht die Hemmkraft unserer Raketen?

– Wirklich, sagte Nicholl.

– Wir haben allerdings von dieser Kraft noch keinen Gebrauch gemacht, aber wir werden's noch thun.

– Wann? fragte Michel.

– Wann die rechte Zeit dafür kommt. Bemerken Sie, meine Freunde, daß bei der gegenwärtigen Lage des Projectils, welche im Verhältniß zur Mondscheibe noch schief ist, die Wirkung unserer Raketen auf Aenderung seiner Richtung den Erfolg haben könnte, dasselbe vom Mond zu entfernen, anstatt es ihm zu nähern, was doch wohl unser Zweck ist.

– Hauptsächlich, erwiderte Michel.

– Merken Sie weiter. Durch einen unerklärlichen Einfluß zeigt das Projectil das Bestreben, seinen Boden der Erde zuzukehren. Wahrscheinlich wird es auf dem Punkt gleicher Anziehung seine konische Spitze gerade auf den Mond richten. In diesem Moment läßt sich erwarten, daß seine Geschwindigkeit aufgehoben sein wird. Dies wird der rechte Moment sein, um durch die Wirkung unserer Raketen vielleicht einen directen Fall auf die Mondoberfläche hervorzurufen.

– So recht! sprach Michel.

– Wir haben das nicht gethan, als wir uns zum ersten Mal auf dem Punkt des Stillstandes befanden, und konnten's auch nicht thun, weil die bewegende Kraft im Projectil noch zu beträchtlich war.

– Richtig geurtheilt, sagte Nicholl.

– Warten wir in Geduld ab, fuhr Barbicane fort. Versichern wir uns für jeden Fall des Vortheils, dann fasse ich, nachdem wir so lange verzweifelten, wieder Hoffnung, daß wir unser Ziel erreichen werden."

Michel Ardan begrüßte diese Aeußerung mit Hip und Hurrah! und keiner dieser Tollkühnen erinnerte sich, daß sie zu der Resolution gekommen waren: Nein, der Mond ist nicht bewohnt, der Mond ist wahrscheinlich nicht bewohnbar! Und dennoch waren sie im Begriff, Alles zu versuchen, um auf demselben anzukommen!

Es blieb nur noch die Frage zu beantworten: in welchem Moment würde das Projectil genau den Punkt gleicher Anziehung erreichen, wo sodann die Reisenden Alles auf's Spiel setzen wollten?

Um diesen Moment bis auf einige Secunden genau zu berechnen, brauchte Barbicane nur seine Reisenotizen zu Rathe zu ziehen und herauszuheben, wann er über den verschiedenen Parallelgraden des Mondes sich befand. Es mußte demnach die Zeit, welche erforderlich war, um die Linie zwischen dem Punkt des Stillstandes und dem Südpol zu durchlaufen, derjenigen gleich sein, welche vom Nordpol bis zu dem Stillstandspunkt zu durchlaufen war. Die Zeitpunkte der zurückgelegten Linie waren genau notirt, und dadurch die Berechnung leicht.

Barbicane fand nun, daß das Projectil um ein Uhr frühe in der Nacht vom 7. zum 8. December diesen Punkt erreichen werde. In diesem Moment war es drei Uhr frühe in der Nacht vom 6. zum 7. December. Folglich mußte, wenn keine Störung eintrat, das Projectil binnen zweiundzwanzig Stunden an dem gedachten Punkt anlangen.

Die Raketen hatten ursprünglich die Bestimmung, das Fallen auf den Mond langsamer zu machen, und jetzt waren die Wagehälse im Begriff, sie für den gerade entgegengesetzten Zweck zu verwenden. Wie dem auch sein mochte, sie waren bereit, im Augenblick angezündet zu werden.

„Weil wir jetzt nichts zu thun haben, sagte Nicholl, so mache ich einen Vorschlag.

– Welchen? fragte Barbicane.

– Zu schlafen.

– Das wäre köstlich! rief Michel Ardan.

– Seit vierzig Stunden haben wir die Augen nicht geschlossen, sagte Nicholl. In einigen Stunden werden wir uns völlig erholen.

– Niemals, entgegnete Michel.

– Gut, versetzte Nicholl, thue jeder nach Belieben! Ich für meinen Theil schlafe!"

Und Nicholl streckte sich auf einen Divan und bald schnarchte er gleich einem Achtundvierzig-Pfünder.

„Der Nicholl ist gescheit, sagte Barbicane. Ich mach's ihm nach."

Und nach einigen Augenblicken secundirte er mit seiner Baßbegleitung den Bariton des Kapitäns.

„Gewiß, sagte Michel Ardan, als er sich allein sah, diese praktischen Leute haben Ideen, die so übel nicht sind."

Und seine langen Beine ausgestreckt, seine Arme unterm Kopf, schlief auch Michel ein.

Aber dieser Schlaf konnte weder ruhig noch dauernd sein. Die drei Männer hatten doch allzuviel beunruhigende Gedanken im Kopf, und nach einigen Stunden, gegen sieben Uhr frühe, waren sie alle drei wieder auf den Füßen.

Das Projectil entfernte sich immer mehr von dem Mond und kehrte ihm immer mehr seine Spitze zu. Die Erscheinung war bis jetzt unerklärlich, aber zum Glück den Absichten Barbicane's förderlich.

Noch siebenzehn Stunden bis zum Moment des Handelns.

Dieser Tag wurde ihnen lang. So kühn die Reisenden auch waren, so lebhaft waren sie doch beunruhigt beim Herannahen des Augenblicks, der die Entscheidung bringen sollte, ob sie nach dem Mond fallen, oder ewig in einer unabänderlichen Bahn festgehalten werden sollten. Sie zählten die Stunden, welche ihnen allzulang wurden, Barbicane und Nicholl unablässig in ihre Berechnungen vertieft, Michel zwischen den engen Wänden hin und her gehend mit sehnsüchtigen Blicken nach dem Mond.

Bisweilen durchkreuzten flüchtige Erinnerungen an die Erde ihren Kopf. Sollten sie ihre Freunde des Gun-Clubs, und vor Allen den theuren J.T. Maston wieder sehen? In dem Augenblick mußte der ehrenwerthe Secretär an seinem Posten im Felsengebirge sein. Wenn er das Projectil vor dem Spiegel seines Riesenteleskopf sah, was dachte er wohl? Nachdem er's hinter dem Südpol des Mondes verschwinden gesehen, sah er's am Nordpol wieder zum Vorschein kommen! Es war also Trabant eines Trabanten! Hatte J.T. Maston diese unerwartete Neuigkeit in der Welt verbreitet? Das also war die Lösung des großen Unternehmens? ...

Inzwischen verlief der Tag ohne Zwischenfall. Es kam Mitternacht auf der Erde heran. Der 8. December sollte anbrechen. Noch eine Stunde, und der Moment gleicher Anziehung war gekommen. Welche Schnelligkeit hatte damals das Projectil noch? Man konnte es nicht schätzen. Aber die Berechnungen Barbicane's konnten nicht irrig sein. Um ein Uhr frühe sollte diese Schnelligkeit gleich Null sein.

Eine andere Erscheinung mußte übrigens den Punkt kenntlich machen, wo das Projectil bei der neutralen Linie ankam. Die beiden Anziehungskräfte, von der Erde und dem Mond her, sollten sich aufheben. Die Gegenstände verloren dann ihr Gewicht. Diese auffallende Thatsache, welche bei der ersten Ankunft Barbicane und seine Gefährten so merkwürdig überrascht hatte, mußte bei der Rückkehr unter den gleichen Bedingungen sich wiederholen. In dem Moment eben galt's zu handeln.

Bereits hatte sich die konische Spitze des Projectils merklich der Mondscheibe zugekehrt. Es nahm eine Lage an, daß man die ganze Kraft des durch Abbrennen der Raketen erzeugten Rückstoßes benützen konnte. Das war also eine günstige Aussicht für die Reisenden. Wenn die Geschwindigkeit des Projectils auf dem neutralen Punkt völlig aufgehoben war, konnte ein entschiedener Stoß nach dem Monde hin, wenn auch nicht bedeutend, doch das Fallen zu Stande bringen.

„Noch fünf Minuten bis ein Uhr, sagte Nicholl.

– Alles ist fertig, erwiderte Michel Ardan, und hielt schon eine angezündete Lunte nach der Gasflamme hin.

– Warte," sagte Barbicane, sein Chronometer in der Hand.

In diesem Augenblick gewahrte man keine Wirkung der Schwere mehr. Die Reisenden empfanden in sich selbst den völligen Mangel derselben. Sie waren dem neutralen Punkt sehr nahe, wo nicht auf demselben ...

„Ein Uhr!" sagte Barbicane.

Michel Ardan hielt die brennende Lunte an eine Vorrichtung, welche die Raketen augenblicklich zu gemeinsamer Wirkung brachte. Man hörte aus Mangel an Luft innen keinen Knall. Aber durch die Luken gewahrte Barbicane ein fortdauerndes Ausströmen eines alsbald erlöschenden Feuers.

Das Projectil hatte eine Erschütterung zu erleiden, die im Innern sehr merklich verspürt wurde.

Die drei Freunde schauten, horchten stumm, kaum athmend. Man hätte bei der absoluten Stille ihr Herz können klopfen hören.

„Fallen wir? fragte endlich Michel Ardan.

– Nein, erwiderte Nicholl, denn der Boden des Projectils kehrt sich nicht dem Mond zu!"

In diesem Augenblick trat Barbicane vom Fenster zurück und wendete sich zu seinen Gefährten, entsetzlich bleich, die Stirne gerunzelt, die Lippen zusammengepreßt.

„Wir fallen! sprach er.

– Ach! rief Michel Ardan, auf den Mond?

– Der Erde zu! erwiderte Barbicane.

– Teufel! schrie Michel Ardan, und fügte philosophisch hinzu: Richtig, als wir uns in die Kugel begaben, konnten wir wohl ahnen, daß es nicht leicht sein werde, wieder heraus zu kommen!"

Wirklich begann der fürchterliche Herabsturz. Die im Projectil noch enthaltene Geschwindigkeit hatte es über den neutralen Punkt hinaus gebracht. Das Abbrennen der Raketen konnte es nicht hemmen. Dieselbe Geschwindigkeit, welche bei der Ankunft das Projectil über die neutrale Linie hinausgetrieben hatte, trieb's ebenso bei der Rückkehr. Nach den Gesetzen der Physik mußte es auf seiner elliptischen Bahn wieder auf dieselben Punkte kommen, worauf es bereits gewesen war.

Es war ein erschrecklicher Sturz aus einer Höhe von achtundsiebenzigtausend Lieues herab, ohne daß irgend eine Vorrichtung ihn schwächen konnte. Nach den Gesetzen der Ballistik mußte das Projectil mit gleicher Geschwindigkeit auf der Erde anlangen, wie die war, welche es beim Herausfahren aus der Columbiade hatte, also von „sechzehntausend Meter in der letzten Secunde!"

Und um zur Vergleichung eine andere Zahl daneben zu stellen, hat man berechnet, daß ein von der Spitze des Thurmes Notre-Dame, der nur zweihundert Fuß hoch ist, herabfallender Gegenstand mit einer Geschwindigkeit von hundertundzwanzig Lieues in der Stunde auf dem Pflaster anlangt. Im jetzigen Fall mußte das Projectil mit einer Geschwindigkeit von *siebenundfünfzigtausendsechshundert Lieues in der Stunde* auf die Erde schmettern.

„Wir sind verloren, sagte Nicholl kaltblütig.

– Nun dann, werden wir um's Leben kommen, erwiderte Barbicane mit einer Art frommer Begeisterung, so wird das Ergebniß unserer Reise sich prachtvoll erweitern! Gott wird uns sein Geheimniß selbst mittheilen! Im jenseitigen Leben wird die Seele zum Wissen nicht mehr der Maschinen und Instrumente bedürfen! Sie wird mit der ewigen Weisheit eins werden!

– Wahrhaftig, versetzte Michel Ardan, die ganze jenseitige Welt kann uns wohl tröstlichen Ersatz geben für das unbedeutende Gestirn, welches Mond heißt!"

Barbicane kreuzte die Arme vor der Brust mit dem Gefühl erhabener Ergebung.

„Wie der Himmel will!" sprach er.

Zwanzigstes Capitel

Sondiren der Susquehanna

„Nun, Lieutenant, und dies Sondiren?

– Ich glaube, mein Herr, wir werden bald damit zu Ende sein, erwiderte der Lieutenant Bronsfield. Aber wer hätte auch vermuthen können, daß sich hier so nahe beim Land eine solche Tiefe fände, nur hundert Lieues von der amerikanischen Küste?

– Es ist in der That, Bronsfield, eine starke Vertiefung, sagte der Kapitän Blomsberry, ein Thal auf dem Meeresgrund, von der Humboldtströmung gebildet, welche sich längs der amerikanischen Küste bis zur Magellan'schen Enge hinzieht.

– Solche große Tiefen, fuhr der Lieutenant fort, sind dem Legen telegraphischer Kabel ungünstig. Besser ein gleichmäßig ebener Grund, wie unter dem amerikanischen Kabel zwischen Valentia und Neufundland.

– Ich glaub's wohl, Bronsfield. Und, erlauben Sie, Lieutenant, wie weit sind wir jetzt damit?

– Mein Herr, erwiderte Bronsfield, wir haben in diesem Augenblick einundzwanzigtausendfünfhundert Fuß Schnur draußen, und die Kugel, welche die Sonde hinabzieht, ist noch nicht auf dem Grund, denn die Sonde würde von selbst wieder herauskommen.

– Der Brook'sche Apparat ist doch recht sinnreich, sagte der Kapitän Blomsberry. Man kann damit äußerst genau sondiren.

– Grund!" schrie in diesem Augenblick einer der Bootsleute, der die Arbeit überwachte.

Der Kapitän und der Lieutenant begaben sich auf's Vordercastell.

„Welche Tiefe haben wir jetzt? fragte der Kapitän.

– Einundzwanzigtausendsiebenhundertzweiundsechzig Fuß, erwiderte der Lieutenant, und notirte diese Ziffer in sein Büchlein.

– Gut, Bronsfield, sagte der Kapitän, ich will dies Ergebniß eintragen. Jetzt lassen Sie die Sonde herausziehen; das wird einige Stunden dauern. Mittlerweile wird der Ingenieur heizen lassen, und wir wollen abfahren, sobald Sie fertig sind. Es ist jetzt zehn Uhr Abends und mit Ihrer Erlaubniß, Lieutenant, will ich mich schlafen legen.

– Thun Sie's nur, mein Herr, thun Sie's!“ erwiderte verbindlich der Lieutenant Bronsfield.

Der Kapitän der Susquehanna, ein wackerer Mann, wie je einer, und seinen Officieren freundlich ergeben, begab sich in seine Cabine, nahm ein Gläschen Grog mit schmeichelhafter Begrüßung seines Küchenmeisters, legte sich schlafen, nachdem er seinen Diener über sein Bettmachen belobt, und schlief ruhig ein.

Es war zehn Uhr Abends. Der 11. December endigte mit einer prachtvollen Nacht.

Die Corvette Susquehanna von fünfhundert Pferdekraft, zur Nationalmarine der Vereinigten Staaten gehörig, war im Stillen Ocean mit Sondiren beschäftigt, etwa hundert Meilen vor der amerikanischen Küste, gegenüber der langen Halbinsel, die sich vor Neu-Mexico hinzieht.

Der Wind hatte sich allmälig gelegt, die Luft war unbewegt, schlaff hing vom Mast der Wimpel.

Der Kapitän Jonathan Blomsberry, Vetter des Obristen Blomsberry, den wir als ein so eifriges Mitglied des Gun-Clubs kennen – hätte sich für seine Sondirungen kein besseres Wetter wünschen können. Seine Corvette hatte nichts von dem ungeheuren Sturm zu leiden, welcher das Gewölk vom Felsengebirge wegfegend dem Teleskop seine Beobachtung des Projectils möglich machte. Alles ging nach Wunsch, und er versäumte nicht, mit der inbrünstigen Andacht eines Presbyterianers dem Himmel dafür zu danken.

Die von der Susquehanna vorgenommenen Sondirungen hatten zum Zweck, den geeignetsten Boden für Legung eines unterseeischen Kabels zwischen den Hawaï-Inseln und der amerikanischen Küste zu erforschen.

Das große Project wurde von einer vielvermögenden Gesellschaft in die Hand genommen. Ihr Director, der einsichtige Cyrus Field, beabsichtiget sogar, alle Inseln des Oceans mit einem elektrischen Netz zu verbinden, eine ungeheure, des amerikanischen Geistes würdige Unternehmung.

Die ersten Vorrichtungen dafür waren der Corvette Susquehanna anvertraut. Während der Nacht des 11. zum 12. December befand sie sich genau unterm 27°7' nördl. Breite und 41°37' westl. Länge vom Meridian Washingtons ab.

Der Mond, damals in seinem letzten Viertel, stieg am Horizont heraus.

Nachdem der Kapitän Blomsberry sich entfernt hatte, stand der Lieutenant Bronsfield mit einigen Officieren auf dem Verdeck beisammen. Als der Mond aufging, richteten sich ihre Blicke nach dem Gestirn, das eben von den Augen einer ganzen Hemisphäre betrachtet wurde. Die besten Seefernrohre hätten das um seine Halbkugel kreisende Projectil nicht auffinden können, und doch wurden alle nach der leuchtenden Scheibe gerichtet, die zu gleicher Zeit-Millionen Blicke mit Lorgnetten betrachteten.

„Sie sind seit zehn Tagen fort, sagte der Lieutenant Bronsfield. Was ist aus ihnen geworden?

– Sie sind angekommen, mein Lieutenant, rief ein junger See-Cadet, und sie machen's wie jeder Reisende, der in ein neues Land kommt, sie gehen spazieren!

– Das bin ich überzeugt, weil Sie mir's sagen, mein junger Freund, erwiderte lächelnd der Lieutenant Bronsfield.

– Indessen, versetzte ein anderer Officier, läßt sich ihre Ankunft nicht in Zweifel ziehen. Das Projectil mußte den Mond im Moment, da er voll war, am 5. zu Mitternacht, erreichen. Nun haben wir 11. December, das macht sechs Tage. In sechsmal vierundzwanzig Stunden hat man, das ist klar, Zeit genug, sich bequem einzurichten. Es dünkt mir, als sähe ich unsere braven Landsleute, in einem Thalgrund am Ufer eines selenitischen Baches gelagert, neben dem in Folge des Herabsturzes halb im Boden steckenden Projectil mitten unter vulkanischen Trümmern, wie der Kapitän Nicholl seine Nivellirarbeiten beginnt, der Präsident Barbicane seine Reisenotizen ordnet, Michel Ardan die Einöden des Mondes mit dem Duft seiner Cigarre parfümirt.

– Ja, so muß es wohl sein, so! rief der junge See-Cadet, von der idealen Schilderung seines Vorgesetzten begeistert.

– Ich will's wohl glauben, erwiderte der Lieutenant Bronsfield, der sich nicht ereiferte. Leider fehlen uns immer noch directe Nachrichten aus der Mondwelt.

– Verzeihen Sie, mein Lieutenant, sagte der See-Cadet, aber kann der Präsident Barbicane nicht schreiben?“

Lautes Lachen war die Antwort.

„Nicht Briefe, fuhr der junge Mann lebhaft fort. Die Postadministration geht das nichts an.

– Aber doch wohl die Administration des Telegraphenverkehrs? fragte ironisch einer der Officiere.

– Ebensowenig, erwiderte der Cadet, der auf seinem Gedanken beharrte. Aber es ist doch nicht schwer, einen schriftlichen Verkehr mit der Erde einzurichten.

– Und wie?

– Vermittelst des Teleskops zu Long's Peak. Sie wissen, daß es den Mond bis auf zwei Lieues dem Felsengebirge nahe bringt, und daß man vermittelst desselben auf dessen Oberfläche Gegenstände von neun Fuß Durchmesser sehen kann. Nun! Wenn unsere sinnreichen Freunde ein riesenmäßiges Alphabet verfassen, damit hundert Toisen lange Worte und eine Lieue lange Sätze schreiben, so können sie uns Nachricht von sich zukommen lassen."

Dem jungen Cadetten, dem es sicherlich nicht an Phantasie fehlte, ward rauschender Beifall zu Theil. Der Lieutenant Bronsfield gab selbst zu, die Idee sei ausführbar. Er fügte ferner bei, man könne auch vermittelst parabolischer Spiegel durch bündelweise gruppirte Lichtstrahlen einen directen Verkehr herstellen; doch müsse er bemerken, könne man auch auf diese Weise Mittheilungen aus der Mondwelt erhalten, so könne man nicht umgekehrt von der Erde aus sie zusenden, weil sie dort nicht mit den dazu erforderlichen Instrumenten versehen wären.

„Das ist klar, erwiderte einer der Officiere; aber was aus den Reisenden geworden ist, was sie ausgerichtet, gesehen haben, das interessirt uns doch höchlich. Uebrigens, wenn, woran ich nicht zweifle, das Unternehmen glückte, wird man's wiederholen. Die Columbiade ist im Boden Florida's wohl aufbewahrt. Es handelt sich also nur um das Geschoß und Pulver, und jedesmal, wann der Mond im Zenith steht, kann man ihm eine Ladung Besucher zusenden.

– Offenbar, erwiderte der Lieutenant Bronsfield, wird J.T. Maston nächster Tage seinen Freunden nachreisen.

– Wenn er mich mitnehmen will, rief der Cadet, bin ich gerne dabei.

– O! An Reiselustigen wird's nicht fehlen, versetzte Bronsfield, und läßt man sie gewähren, so wird die Hälfte der Erdbewohner bald nach dem Mond auswandern!"

Diese Unterhaltung unter den Officieren der Susquehanna dauerte bis ungefähr ein Uhr Morgens. Was für schwindelhafte Systeme, was für Umsturztheorien von diesen Verwegenen aufgestellt wurden, läßt sich nicht sagen. Seit Barbicane's Unternehmen schien den Amerikanern nichts unmöglich zu sein. Sie machten schon das Project, nicht blos eine Commission von Gelehrten, sondern eine ganze Colonie zu den Selenitengestaden zu entsenden, und ein ganzes Heer mit Infanterie, Artillerie und Cavallerie, um die Mondwelt zu erobern.

Um ein Uhr Morgens war das Herauswinden der Sonde noch nicht fertig; es waren achtzehntausend Fuß draußen, was noch einige Stunden Arbeit erforderte. Gemäß dem Befehl des Commandanten waren die Feuer angezündet, und der Dampfdruck begann. Die Susquehanna war zum Auslaufen bereit.

In diesem Moment – ein Uhr siebenzehn Minuten – war der Lieutenant Bronsfield im Begriff, von seinem Posten abgelöst, sich in seine Cabine zu begeben, als ganz unerwartet ein fernes Pfeifen seine Aufmerksamkeit erregte.

Er glaubte nebst seinen Kameraden Anfangs, das Pfeifen rühre von einem Entweichen des Dampfes her; aber als sie die Köpfe emporrichteten, konnten sie sich überzeugen, daß der Ton aus den entferntesten Luftschichten her kam.

Sie hatten nicht Zeit, sich gegenseitig zu fragen, als das Pfeifen unendlich stark wurde, und plötzlich vor ihren bestürzten Blicken ein enormer Bolid zum Vorschein kam, der bei der reißenden Schnelligkeit seines Falles durch seine Reibung der atmosphärischen Luftschichten in vollen Flammen war.

Diese feurige Masse nahm vor ihren Augen an Größe zu, schlug mit donnergleichem Getöse wider das Bugspriet der Corvette, zerschmetterte es dicht am Vordersteven und versank mit betäubendem Tosen in die Tiefe der Fluthen!

Einige Fuß näher hätte es die Susquehanna mit Mann und Maus zertrümmert.

In diesem Augenblick erschien halb angekleidet der Kapitän Blomsberry auf dem Vordercastell, wohin seine Officiere vorangeeilt waren.

„Mit Erlaubniß, meine Herren, was ist vorgegangen?“ fragte er. Und der Cadet, der für alle das Wort ergriff, rief:

„Commandant, „sie“ sind zurückgekehrt!“

Einundzwanzigstes Capitel
Ein Mißgeschick Maston's

An Bord der Susquehanna herrschte große Aufregung. Officiere und Matrosen vergaßen die fürchterliche Gefahr, worin sie soeben geschwebt hatten, die Möglichkeit zerschmettert und versenkt zu werden. Sie dachten nur an das beklagenswerthe Ende dieser Reise. So kostete also die kühnste Unternehmung alter und neuer Zeit den verwegenen Abenteuerern, welche sie gewagt hatten, das Leben.

„Sie kommen zurück", hatte der junge Cadet gesagt, und alle hatten ihn verstanden. Niemand war in Zweifel, daß dieser Bolid das Projectil des Gun-Clubs sei. In Betreff des Schicksals der in demselben enthaltenen Reisenden waren die Meinungen getheilt.

„Sie sind todt! sagte der Eine.

– Sie sind noch bei Leben, sagte der Andere. Die tiefe Wassermasse hat den Fall abgeschwächt.

– Aber die Luft ist ihnen ausgegangen, fuhr dieser fort, und sie mußten ersticken!

– Verbrennen! entgegnete Jener. Das Projectil war, als es durch die Luft fuhr, nur eine glühende Masse.

– Gleichviel, ob lebend oder todt, wir müssen sie herauf holen", äußerten sie einstimmig.

Inzwischen hatte der Kapitän Blomsberry seine Officiere versammelt und hielt, mit ihrer Erlaubniß, eine Berathung. Es handelte sich darum, augenblicklich Maßregeln zu ergreifen. Am Dringendsten war, das Projectil herauszuholen; ein schwieriges, doch nicht unmögliches Werk. Aber es fehlte der Corvette an den nöthigen Maschinen, die kräftig und genau sein mußten. Man beschloß, im nächsten Hafen zu landen und dem Gun-Club das Herabfallen des Projectils zu melden.

Dieser Beschluß wurde einstimmig gefaßt, und man berieth über die Wahl des Hafens. Die nahe Küste bot keinen Landungsplatz unterm 27° der Breite. Weiter hinauf, oberhalb der Halbinsel Monterey, fand sich die bedeutende Stadt, wonach dieselbe benannt; aber da sie in einer öden Gegend lag, war sie ohne telegraphische Verbindung mit dem Inneren, und doch konnte nur durch den elektrischen Draht die wichtige Mittheilung schnell genug befördert werden.

Einige Grade oberhalb fand sich die Bai S. Francisco. Ueber die Hauptstadt des Goldlandes schien der Verkehr mit dem Centrum der Union leicht. Binnen zwei Tagen konnte die Susquehanna mit höchster Dampfkraft im Hafen von S. Francisco anlangen; sie mußte demnach unverzüglich abgehen.

Die Heizung wurde verstärkt. Man konnte unverzüglich segelfertig sein.

Zweitausend Klafter waren von der Sonde noch unter Wasser. Um keine Zeit zu verlieren, entschloß sich der Kapitän Blomsberry, die Schnur abzuschneiden.

„Wir befestigen das Ende an eine Boje, sagte er, die uns dann genau die Stelle, wo das Projectil versank, angeben wird.

Zudem, erwiderte der Lieutenant Bronsfield, ist ja unser Standort genau bestimmt 27°7' nördlicher Breite und 41°37' westlicher Länge.

– Gut, Herr Bronsfield, versetzte der Kapitän, und, mit Erlaubniß, lassen Sie die Schnur zerhauen."

Man brachte eine starke, mit einem Bündel Binsen noch verstärkte Boje auf die Meeresoberfläche, und befestigte das Ende der Schnur daran, so daß sie, nur dem Hin- und Herwogen der hohen See ausgesetzt, nicht merklich den Platz ändern konnte.

In diesem Augenblick meldete der Ingenieur, man könne absegeln. Der Kapitän dankte ihm und gab die Richtung nach Nord-Nord-Ost; die Corvette machte eine Schwenkung und steuerte mit voller Dampfkraft geradezu auf die Bai S. Francisco los. Es war drei Uhr frühe.

Zweihundertundzwanzig Meilen zurückzulegen, war für eine gute Seglerin, wie die Susquehanna, eine Kleinigkeit. In sechsunddreißig Stunden hatte sie diese Strecke hinter sich, und am 14. December um ein Uhr siebenundzwanzig Minuten Nachmittags legten sie in der Bai Francisco an.

Als man dies Fahrzeug der Nationalmarine mit zertrümmertem Bugspriet und gestütztem Fockmast so eilend herankommen sah, erregte es die Neugierde des Publicums im höchsten Grad. Dicht gedrängte Massen sammelten sich alsbald auf den Quais und warteten die Ausschiffung ab.

Nachdem es vor Anker gegangen, stiegen der Kapitän Blomsberry und der Lieutenant Bronsfield in ein achtruderiges Boot, welches sie rasch an's Land setzte.

Sie sprangen auf den Quai.

„Das Telegraphenamt?" fragten sie, ohne auf tausend an sie gerichtete Fragen Antwort zu geben.

Der Hafenofficier führte sie selbst auf's Telegraphenbureau inmitten eines ungeheuren Gedränges Neugieriger.

Blomsberry und Bronsfield traten in das Bureau, während die Menge sich an der Thüre drängte.

Nach einigen Minuten ward eine Depesche in vierfacher Ausfertigung abgesendet:

1. An den Secretär der Marine, Washington.
2. An den Vicepräsidenten des Gun-Clubs, Baltimore.
3. An den ehrenwerthen J.T. Maston, Long's Peak, Felsengebirge.
4. An den Unterdirector des Observatoriums zu Cambridge, Massachusets.

Folgendes ist der Wortlaut derselben:

„Unter 27°7' nördlicher Breite und 41°37' westlicher Länge, ist am 12. December ein Uhr siebenzehn Minuten Vormittags das Projectil der Columbiade in's Stille Meer gefallen. Schicken Sie Instruction. Blomsberry, Commandant der Susquehanna."

Fünf Minuten darauf wußte die ganze Stadt S. Francisco die Neuigkeit. Vor sechs Uhr Abends vernahmen die sämmtlichen Staaten der Union die Katastrophe. Nach Mitternacht wußte ganz Europa durch den Kabel das Resultat des großen amerikanischen Unternehmens.

Den Eindruck zu schildern, welchen diese unerwartete Lösung machte, wird man mir erlassen.

Beim Empfang der Depesche telegraphirte der Marinesecretär an die Susquehanna den Befehl, in der Bai von S. Francisco zu warten, ohne die Heizung zu unterlassen. Er sollte Tag und Nacht bereit sein in die See zu stechen.

Das Observatorium zu Cambridge hielt eine außerordentliche Sitzung und besprach mit der Heiterkeit, wodurch diese gelehrte Gesellschaft sich auszeichnet, ruhig den wissenschaftlichen Punkt der Frage.

Im Gun-Club gab's eine Explosion. Alle Artilleristen kamen zusammen. Eben las der Vicepräsident, der ehrenwerthe Wilcome, die voreilige Depesche, wodurch Maston und Belfast meldeten, das Projectil sei durch den Riesen-Reflector zu Long's Peak wahrgenommen worden. Diese Mittheilung meldete weiter, das Geschoß, durch die Anziehungskraft des Mondes festgehalten, spiele die Rolle eines Untertrabanten in der Sonnenwelt.

Wir kennen bereits den wahren Sachverhalt. Als jedoch die Depesche Blomsberry's kam, die so förmlich dem Telegramm J.T. Maston's widersprach, bildeten sich im Schooße des Gun-Clubs zwei Parteien. Einerseits die Leute, welche an das Herabfallen des Projectils, und folglich die Rückkehr der Reisenden glaubten; andererseits die, welche an den Beobachtungen zu Long's Peak festhielten, und einen Irrthum des Commandanten der Susquehanna annahmen. Diese letzteren hielten das Projectil nur für einen Boliden, nichts weiter, für einen schweifenden Körper, der bei seinem Herabsturz das Vordertheil der Corvette zertrümmert hatte. Man wußte auf ihre Schlußfolgerung nicht viel zu erwidern, denn der großen Geschwindigkeit wegen konnte man nicht viel beobachten, und der Commandant der Susquehanna sammt seinen Officieren hatten wohl ganz ehrlich sich täuschen können. Ein Grund sprach jedoch für ihre Angabe; wenn das Projectil auf die Erde gefallen war, so hatte sein Zusammenstoß mit derselben nur auf dem 27° nördlicher Breite vorgehen können, und, – wenn man die abgelaufene Zeit und die Achsenbewegung der Erde in Berechnung zog – zwischen dem 41° und 42° westlicher Länge.

Wie dem auch sein mochte, es wurde einstimmig im Gun-Club beschlossen, daß des Commandanten Bruder Blomsberry, Bilsby und der Major Elphiston unverzüglich nach S. Francisco reisen und Maßregeln ergreifen sollten, das Projectil vom Meeresgrund herauf zu holen.

Die Männer voll Hingebung reisten ab, ohne einen Augenblick zu verlieren; die Eisenbahn, welche demnächst durch ganz Centralamerika ziehen wird, führte sie nach St. Louis, wo rasche Postkutschen auf sie warteten.

Fast in demselben Augenblick, als der Marinesecretär, der Vicepräsident des Gun-Clubs und der Unterdirector des Observatoriums die Depesche aus S. Francisco empfingen, hatte der ehrenwerthe J.T. Maston die heftigste Gemüthsbewegung seines ganzen Lebens zu bestehen, eine Bewegung, wie sie ihm nicht einmal das Zerspringen seiner berühmten Kanone verursachte, und die ihn abermals fast das Leben gekostet hätte.

Wir erinnern uns, daß der Secretär des Gun-Clubs einige Augenblicke nach dem Projectil – und fast ebenso schnell wie dieses – auf die Station Long's Peak auf dem Felsengebirge abgereist war. Der Director des Observatoriums zu Cambridge, der gelehrte J. Belfast, begleitete ihn.

Als die beiden Freunde ankamen, hatten sie sich summarisch eingerichtet, und waren von der Höhe ihres Rieseninstruments noch nicht wieder herabgekommen.

Wir wissen, daß dieses Instrument ein Reflecteur von der Einrichtung war, die man in England „ Front view“ nennt. Nach der Einrichtung desselben hatte das Bild der erblickten Gegenstände nur eine einmalige Lichtbrechung zu erleiden, wodurch dasselbe klarer wurde.

In Folge dessen hatten Maston und Belfast ihre Beobachtungen am oberen Ende des Instruments, nicht unten, anzustellen. Eine meisterhaft leichte

Wendeltreppe führte hinauf, wo die Mündung der metallenen, zweihundertundachtzig Fuß tiefen Röhre sich befand, an dessen unterem Ende der Metallspiegel war.

Auf der schmalen Plateform nun, die sich oben am Teleskop befand, brachten die beiden Gelehrten ihr Dasein hin, den Tag verwünschend, welcher den Mond ihren Blicken entzog, und die Wolken, welche ihn bei Nacht hartnäckig verdeckten.

Wie groß war daher ihre Freude, als sie nach einigen Tagen in der Nacht des 5. December das Fahrzeug gewahrten, welches ihre Freunde in den Weltraum trug! Darauf folgte eine arge Täuschung, als sie auf unvollständige Beobachtungen gestützt, mit ihrem ersten Telegramm die irrige Angabe in die Welt hinaussprengten, das Projectil sei ein Trabant des Mondes, den er auf unabänderlicher Bahn umkreiste.

Seit diesem Augenblick hatten sie das Geschoß nicht wieder vor Augen gehabt, was um so leichter zu begreifen, als es damals hinter der unsichtbaren Seite des Mondes fuhr. Aber als es wieder vor der sichtbaren erscheinen sollte, war die Ungeduld des aufbrausenden J.T. Maston und seines eben so ungeduldigen Genossen erstaunlich. In jeder Minute der Nacht glaubten sie das Projectil wieder zu erblicken, und sahen's doch nicht! Daraus entstand zwischen ihnen unaufhörlicher Streit, der ärgste Disput. Wenn Belfast behauptete, das Projectil sei nicht zu sehen, versicherte J.T. Maston, „es schwebe ihm klar vor Augen!“

„Das ist unser Geschoß! rief Maston wiederholt.

– Nein! erwiderte Belfast. Es ist eine Lawine, die von einem Mondberg herabrollt!

– Nun, morgen werden wir's sehen.

– Nein! man wird's nicht mehr sehen! Es schweift im weiten Weltraum.

– Ja doch!

– Nein!“

Und in solchen Momenten, wo es Ausrufungen hagelte, lag in der bekannten Reizbarkeit des Secretärs des Gun-Clubs eine beständige Gefahr für den ehrenwerthen Belfast.

Diese gemeinsame Existenz wäre bald unmöglich geworden; aber ein unerwartetes Ereigniß durchschnitt die ewigen Dispute.

Während der Nacht des 14. auf den 15. December waren die beiden unversöhnlichen Freunde in die Beobachtung der Mondscheibe vertieft. J.T. Maston beleidigte wie gewöhnlich den gelehrten Belfast, der seinerseits auch heftig ward. Zum tausendsten Male behauptete der Secretär des Gun-Clubs, er habe soeben das Projectil erblickt, mit dem Beifügen sogar, er habe Michel Ardan's Gesicht durch ein Fenster hindurch gesehen. Seine Beweisführung begleitete er dazu mit einer Reihe von Gesticulationen, welche durch seinen bedrohlichen Haken beunruhigend wurden.

In diesem Augenblick – zehn Uhr Abends – erschien Belfast's Diener auf der Plateform, und überreichte ihm eine Depesche. Es war das Telegramm des Commandanten der Susquehanna.

Belfast öffnete, las und stieß einen Schrei aus:

„Hm! fragte J.T. Maston.

– Das Projectil!

– Nun?

– Auf die Erde gefallen!"

Ein abermaliger Schrei, ein Heulen war die Antwort. Er blickte hin nach Maston. Der Unglückselige, unvorsichtig über den Rand der metallenen Röhre gebeugt, war in dem unermeßlichen Teleskop verschwunden, zweihundertachtzig Fuß tief hinabgestürzt. Belfast eilte hastig zur Mündung.

J.T. Maston war mit seinem metallenen Haken hängen geblieben und hielt sich an einer Spreize im Inneren des Teleskops. Er schrie entsetzlich.

Belfast rief um Hilfe. Es sprangen Diener herbei, man reichte Taue hinab und hißte den unvorsichtigen Secretär des Gun-Clubs wieder hinaus. Er kam unverletzt oben an.

„Hm! sagte er, beinahe hätte ich den Spiegel zerbrochen!

– Dann hätten Sie ihn bezahlen müssen, war die strenge Antwort.

– Und das verdammte Geschoß ist herabgefallen, fragte J.T. Maston.

– In's Stille Meer!

– Reisen wir hin."

Eine Viertelstunde darauf waren die beiden Gelehrten auf dem Wege das Felsengebirge hinab, und nach zwei Tagen, zugleich mit ihren Freunden vom Gun-Club, langten sie zu S. Francisco an, nachdem sie fünf Pferde todt gefahren.

Elphiston, Blomsberry, Bilsby kamen ihnen schon entgegen gestürzt.

„Was fangen wir an? riefen sie.

– Holen wir sie heraus, erwiderte Maston, und so bald wie möglich!"

Zweiundzwanzigstes Capitel

Rettung

Die Stelle, wo das Projectil versunken, war genau bekannt. Es fehlte noch an Instrumenten, um es zu fassen und an die Meeresoberfläche herauszuholen. Die mußte man erst ausdenken, dann verfertigen. Das war für amerikanische Ingenieure nur eine Kleinigkeit. Waren einmal Haken fertig und Dampfkraft zu Hilfe, so konnten sie sicher sein, das Projectil wieder herauf zu heben, trotz seiner Schwere, die übrigens durch die Dichtheit der umgebenden Flüssigkeit gemindert war.

Aber das Herausholen genügte nicht, man mußte rasch verfahren. Dann konnte man hoffen, sie noch bei Leben zu finden.

„Ja! wiederholte Maston unablässig mit einem Vertrauen, das sich Jedem mittheilte; unsere Freunde sind Leute von Geschick; unmöglich sind sie als Dummköpfe gefallen. Sie sind wohl noch am Leben, aber Eile thut noth, um sie noch so zu finden. Um Lebensmittel und Wasser bin ich nicht besorgt! Sie sind für lange Zeit damit versehen! Aber die Luft! Die Luft wird ihnen bald ausgehen. Darum rasch! rasch!“

Und man verfuhr rasch. Die Susquehanna wurde für die neue Bestimmung zurecht gemacht, und ihre Maschinen für den vorliegenden Zweck zur Verwendung gerichtet. Das Projectil wog nur neunzehntausendzweihundertundfünfzig Pfund, ein Gewicht, das geringer war, als das des transatlantischen Kabels, welches unter ähnlichen Verhältnissen herausgeschafft wurde. Die einzige Schwierigkeit bestand darin, daß die glatten Wände desselben es schwierig machten, um es mit Haken zu fassen.

Zu diesem Zweck ließ der Ingenieur Murchison, der eilends nach S. Francisco kam, ungeheure Haken nach einem automatischen System fertigen, welche das Projectil, wenn sie's einmal mit ihren starken Zangen faßten, nicht mehr los lassen würden. Er ließ auch Korkkleider fertigen, welche den Tauchern gestatten sollten, den Meeresgrund zu durchforschen. Desgleichen ließ er an Bord der Susquehanna einen Apparat mit zusammengepreßter Luft bringen, der sehr sinnreich ausgedacht war. Es waren Behälter mit Luken, welche man vermittelst Wasser in gewissen Gefächern bis in große Tiefen hinabbringen konnte. Solche Apparate befanden sich gerade zu S. Francisco, wo man sie zur Anlegung eines unterseeischen Dammes gebraucht hatte. Und dies war ein Glück, denn sie zu fertigen hätte es an Zeit gemangelt.

Doch war, trotz dieses vortrefflichen Apparats, trotz des Genies der damit beauftragten Gelehrten der Erfolg der Operation keineswegs gesichert. Wie viele unsichere Zufälle gab's bei dem Bemühen, das Projectil zwanzigtausend Fuß tief aus dem Wasser emporzuheben! Sodann, selbst auch wenn es an die Oberfläche herausgeschafft wurde, wie würden wohl seine Passagiere den fürchterlichen Stoß überstanden haben, der durch die Gewässer von zwanzigtausend Fuß Tiefe vielleicht nicht hinreichend abgeschwächt wurde?

Endlich, es war so rasch wie möglich zu verfahren. J.T. Maston drängte Tag und Nacht. Er hatte Luft, selbst das Taucherkleid anzulegen, und den Luftapparat zu probiren, um die Lage seiner muthigen Freunde zu erforschen.

Doch verliefen, trotz allem Eifer bei Fertigung der Maschinen, trotz den bedeutenden Summen, welche die Regierung dem Gun-Club zur Verfügung stellte, fünf lange Tage, fünf Jahrhunderte! ehe diese Vorrichtungen fertig wurden. Während dieser Zeit war die öffentliche Theilnahme auf's Höchste gespannt, Telegramme drängten sich beständig in der ganzen Welt. Die Rettung Barbicane's, Nicholl's und Michel Ardan's war eine internationale Angelegenheit. Alle Völker, die sich an den Subscriptionen für das Darlehen des Gun-Clubs betheiligt hatten, nahmen directen Antheil an dem Heil der Reisenden.

Endlich wurden die Ketten, die Luftbehälter, die automatischen Haken an Bord der Susquehanna gebracht. Maston, Murchison und die Abgeordneten des Gun-Clubs befanden sich in ihrer Cabine. Alles war zur Abfahrt fertig.

Am 21. December um acht Uhr Abends, bei stiller See, lebhafter Kälte und Nordostwind stach die Corvette in See. Die ganze Bevölkerung von S. Francisco drängte sich auf den Quais, voll Rührung, doch stumm, die Hurrahs auf die Rückkehr versparend.

Die Dampfkraft wurde auf den höchsten Punkt gespannt, die Schraube brachte das Fahrzeug mit reißender Schnelligkeit aus der Bai hinaus.

Von den Gesprächen an Bord unter Officieren, Matrosen, Passagieren brauch' ich nicht zu reden: nur ein Gedanke belebte Alle, alle Herzen schlugen mit gleicher Theilnahme. Während man so zu Hilfe eilte, was trieben Barbicane und Genossen? wie war es ihnen ergangen? Waren sie im Stande, einen kühnen Versuch zu ihrer Befreiung zu machen? Niemand konnte das sagen. In Wahrheit war ihnen jedes Mittel versagt. Zwei Lieues tief im Ocean versenkt trotzte der metallene Kerker allen Bemühungen von Seiten der Gefangenen.

Am 23. December um acht Uhr früh, nach rascher Fahrt, mußte die Susquehanna an der Unglücksstelle ankommen. Man mußte noch bis zwölf Uhr warten, um eine genaue Aufnahme machen zu können. Man hatte die Boje, woran die Schnur der Sonde befestigt war, noch nicht aufgefunden.

Um zwölf Uhr machte der Kapitän Blomsberry mit Hilfe seiner Officiere seine Berechnung in Gegenwart der Abgeordneten des Gun-Clubs. Einen Augenblick war man in ängstlicher Spannung. Nach genauer Bestimmung befand sich die Susquehanna westlich einige Minuten von der Stelle entfernt, wo das Projectil unter den Wogen verschwunden war.

Die Fahrt der Corvette wurde also genau auf diesen Punkt gerichtet.

Siebenundvierzig Minuten nach zwölf gewahrte man die Boje. Sie war unversehrt und mochte wenig ihren Platz geändert haben.

„Endlich! rief J.T. Maston.

– Fangen wir jetzt an? fragte der Kapitän Blomsberry.

– Ohne eine Secunde zu verlieren", erwiderte Maston.

Es wurden alle Vorkehrungen getroffen, daß die Corvette sich möglichst unbeweglich hielt.

Bevor man das Projectil zu fassen trachtete, wollte der Ingenieur Murchison erst seine Lage auf dem Meeresgrund recognosciren. Die unterseeischen Apparate, welche für diesen Zweck bestimmt waren, wurden mit Luft versehen. Das Verfahren mit diesen Maschinen ist nicht gefahrlos. Denn in einer Tiefe von zwanzigtausend Fuß unter der Oberfläche und bei einem so enormen Druck kann ein Zerreißen, ein Zerspringen eintreten, welches erschreckliche Folgen haben würde.

J.T. Maston, Blomsberry, der Ingenieur Murchison begaben sich, ohne jene Gefahren zu beachten, in die Luftkammern. Der Commandant auf dem Steg leitete die Arbeit, bereit auf das erste Signal die Ketten inne zu halten oder herauf zu ziehen. Die Schraube war außer Wirkung gesetzt, und die volle Kraft der Maschinen auf das Winden verwendet, war im Stande, rasch den Apparat wieder herauf zu ziehen.

Um ein Uhr fünfundzwanzig Minuten Nachmittags begann das Hinabsteigen, und die Luftkammer, durch ihre Wasserbehälter hinabgezogen, verschwand unter der Meeresoberfläche.

Die Officiere und Matrosen an Bord waren nun doppelt in Besorgniß, um die im Projectil und in dem unterseeischen Apparat Eingeschlossenen. Die Letzteren vergaßen sich selbst, und beobachteten, an die Fenster der Luken gebannt, achtsam die Gewässer.

Es ging sehr rasch hinab. Um zwei Uhr siebzehn Minuten befand sich Maston mit seinen Genossen auf dem Meeresgrunde. Aber sie sahen nichts, als die

Wüste, die weder von der Fauna noch der Flora des Meeres belebt war. Beim Schein ihrer mit starken Reflectoren versehenen Lampen waren sie im Stande, in ziemlich weitem Umfang die Wasserschichten zu beobachten. Aber das Projectil war nicht zu finden und zu sehen.

Unbeschreiblich war die Ungeduld der kühnen Taucher. Da ihr Apparat in elektrischer Verbindung mit der Corvette stand, so gaben sie ein verabredetes Zeichen, und die Susquehanna fuhr um eine Meile weiter, mit der Luftkammer einige Meter über dem Boden.

So durchforschten sie die ganze Ebene des Meeresgrundes, häufig durch optische Täuschungen irre geführt, die ihnen das Herz brachen. Hier ein Felsen, dort eine Bodenerhöhung kamen ihnen vor wie das mit Sehnsucht gesuchte Projectil. Dann, als sie ihren Irrthum gewahrten, sank ihnen der Muth.

„Aber wo sind sie? wo sind sie?“ rief Maston.

Und der arme Mensch rief laut: Nicholl, Barbicane, Michel Ardan, als wenn seine unglücklichen Freunde ihn durch die undurchdringliche Umgebung hätten hören können!

Die Untersuchung dauerte unter diesen Umständen so lange, bis die verdorbene Luft die Taucher nöthigte, wieder empor zu steigen.

Gegen sechs Uhr Abends begann das Hinaufwinden und dauerte bis zu Mitternacht.

„Morgen fahren wir fort, sagte J.T. Maston, als er das Verdeck der Corvette betrat.

– Ja, erwiderte der Kapitän Blomsberry.

– An einer anderen Stelle.

– Ja.“

J.T. Maston zweifelte noch nicht am Erfolg, aber seine Genossen, die nicht mehr von der Belebung der ersten Stunden beseelt waren, begriffen bereits die ganze Schwierigkeit des Unternehmens. Was zu S. Francisco leicht schien, zeigte sich auf der Höhe des Oceans als unausführbar. Die Aussicht auf Gelingen verminderte sich in steigendem Maße, und man konnte nur noch von einem glücklichen Zufall ein Zusammentreffen mit dem Projectil erwarten.

Am folgenden Tag, 24. December, wurde trotz der Beschwerden des vorigen Tages die Operation von Neuem vorgenommen.

Der ganze Tag verstrich mit erfolglosem Suchen. Das Bett des Meeres war leer. Auch der 25. December brachte kein Resultat. Ebensowenig der 26.

Das war zum Verzweifeln, wenn man an die unglücklichen, nun seit sechsundzwanzig Tagen Eingeschlossenen dachte! Vielleicht empfanden sie eben bereits die ersten Zufälle des Erstickens, wenn sie über die Gefahren des Herabsturzes glücklich hinausgekommen waren! Die Luft war ausgegangen, und damit zugleich ohne Zweifel Muth und Hoffnung.

„Die Luft, wohl möglich, erwiderte J.T. Maston stets, aber niemals der Muth."

Nach zwei weiteren Tagen, am 28., war alle Hoffnung verloren. In dem unermeßlichen Meer war das Projectil ein Atom! Man mußte darauf verzichten, es aufzufinden.

Doch wollte J.T. Maston nichts davon hören. Er wollte nicht die Stelle verlassen, ohne wenigstens das Grab seiner Freunde zu sehen. Aber der Commandant Blomsberry konnte nicht länger dabei beharren, und mußte trotz aller Einreden des würdigen Secretärs den Befehl zur Abfahrt geben.

Am. 29. December, um neun Uhr Vormittags, fuhr die Susquehanna in nordöstlicher Richtung nach der Bai S. Francisco zurück.

Um zehn Uhr, als die Corvette mit wenig Dampf und gleichsam wider Willen von der Unglücksstätte sich entfernte, hörte man den Matrosen, der, um das Meer zu beobachten, auf die Flaggenstangen gestiegen war, plötzlich ausrufen:

„Eine Boje quer vor uns unterm Wind."

Die Officiere schauten in der angegebenen Richtung. Sie erkannten mit ihren Fernrohren, daß der signalisirte Gegenstand wirklich den Bojen glich, womit man das Fahrwasser der Baien oder Flüsse kenntlich macht. Aber, seltsamer Umstand, auf der fünf bis sechs Fuß hervorragenden Spitze flatterte eine Flagge. Diese Boje glänzte in den Sonnenstrahlen, als sei sie aus Silberplatten gefertigt.

Der Commandant Blomsberry, J.T. Maston, die Abgeordneten des Gun-Clubs stiegen auf den Steg, und untersuchten den auf den Wellen treibenden Gegenstand.

Alle schauten mit fieberhafter Angst, aber schweigend. Keiner wagte den Gedanken auszusprechen, der Allen in den Sinn kam.

Die Corvette näherte sich dem Gegenstand auf zwei Kabel.

Die ganze Mannschaft ergriff ein Schauer.

Es war die amerikanische Flagge!

In diesem Augenblick vernahm man ein wahres Löwengebrüll. Der wackere J.T. Maston war wie ein Klumpen zu Boden gefallen. Gänzlich vergessend, daß er statt eines Armes nur einen eisernen Haken hatte, statt eines Hirnschädels nur eine Plattmütze von Guttapercha sein Haupt deckte – hatte er sich einen entsetzlichen Schlag vor die Stirne gegeben.

Man eilte hin, hob ihn auf, brachte ihn wieder zu Besinnung. Seine ersten Worte waren:

„Aber, dreifaches Rindvieh! vierfache Dummköpfe! fünffache Tölpel sind wir doch!

– Was giebt's? schrie man auf allen Seiten.

– Was es giebt? ...

– So reden Sie doch!

– Dummköpfe, brüllte der fürchterliche Secretär, daß das Projectil *nur neunzehntausendzweihundertundfünfzig Pfund wiegt*, das giebt's!

– Nun!

– Und daß es den Raum von *sechsundfünfzigtausend Pfund Wasser* einnimmt, daß es also nothwendig „ *obenauf schwimmt*“!“

Und wie betonte der würdige Mann den Ausdruck „ *obenauf schwimmt*“! Und er hatte Recht. Alle, ja! alle diese gelehrten Leute hatten nicht an dieses Grundgesetz gedacht; daß nämlich in Folge seines geringen specifischen Gewichts das Projectil, nachdem es durch seinen Fall in die größte Tiefe des Oceans geschleudert worden, naturgesetzlich wieder auf die Oberfläche kommen mußte! Und nun schwamm es ruhig oben, wohin die Wogen es trieben ...

Man hatte die Boote hinabgelassen. J.T. Maston und seine Freunde stürzten hinein. Die Spannung war auf ihrem Höhepunkt. Alle Herzen klopften, während die Boote dem Projectil zu fuhren. Enthielt es Lebende oder Todte? Lebende ja! sofern nicht Barbicane und seine Freunde seit Aufpflanzen der Flagge gestorben waren!

Tiefes Schweigen herrschte auf den Booten. Alle Herzen waren beklommen. Die Augen hatten die Sehkraft verloren. Eine der Fensterluken des Projectils stand offen. Einige in dem Rahmen steckende Scheibenstücke zeigten, daß das Fenster entzwei geschlagen worden war. Diese Luke war gegenwärtig fünf Fuß über dem Wasser.

Ein Boot legte an. J.T. Maston stürzte eilig auf das zerbrochene Fenster ...

In dem Augenblick hörte man eine lustige, laute Stimme. Michel Ardan rief triumphirend:

„Auf beiden Seiten weiß, Barbicane!“

Barbicane, Michel Ardan und Nicholl – spielten Domino!

Dreiundzwanzigstes Capitel
Schluß

Erinnern wir uns an die unermeßliche Sympathie, welche den drei Reisenden bei ihrer Abfahrt zu Theil ward. Hatten sie beim Beginnen der Unternehmung solche Aufregung in der alten und neuen Welt verursacht, mit welchem Enthusiasmus mußte man sie bei der Rückkehr empfangen? Sollten nicht die Millionen Zuschauer, welche die Halbinsel Florida überschwemmt hatten, den hochherzigen Abenteurern entgegen eilen? Diese Legionen Fremder, welche aus allen Theilen der Welt an die amerikanischen Gestade geströmt waren, sollten sie das Gebiet der Vereinigten Staaten verlassen, ohne Barbicane, Nicholl und Michel Ardan wieder gesehen zu haben? Nein, und die Leidenschaft des Publicums sollte der Größe der Unternehmung entsprechen. Menschlichen Wesen, welche den Erdball verlassen hatten, und von der außerordentlichen Reise in die Himmelsräume zurückkamen, mußte unfehlbar ein Empfang zu Theil werden, wie dereinst dem Propheten Elias bei seiner Wiederkunft auf die Erde. Zuerst sie zu sehen, dann sie zu hören war der allgemeine Wunsch.

Dieser Wunsch sollte sehr rasch für die gesammten Bewohner der Union verwirklicht werden.

Barbicane, Michel Ardan, Nicholl, die Abgeordneten des Gun-Clubs wurden bei ihrer Rückkehr nach Baltimore mit unbeschreiblichem Jubel empfangen. Der Reisebericht des Präsidenten Barbicane war druckfertig. Der *New-York-Herald*kaufte dies Manuscript um einen Preis, den man noch nicht kennt, der aber ausnehmend hoch gewesen sein muß. In der That, zur Zeit, als die *Reise zum Mond* in diesem Blatt veröffentlicht wurde, erschien dasselbe in einer Auflage von fünf Millionen Exemplaren. Drei Tage nach der Rückkehr der Reisenden waren die geringsten Details ihres Ausflugs allgemein bekannt. Es blieb nun noch übrig, daß man die Heroen der übermenschlichen Unternehmung zu sehen bekam.

Die Beobachtungen Barbicane's und seiner Freunde um den Mond herum hatten in den Stand gesetzt, die verschiedenen über den Erdtrabanten angenommenen Theorien vergleichend zu kritisiren. Diese Gelehrten hatten mit eigner Anschauung und unter ganz besonderen Umständen beobachtet. Man wußte jetzt, welche Systeme über die Bildung, den Ursprung, die Bewohnbarkeit dieses Weltkörpers man verwerfen, welche man gelten lassen sollte. Sie hatten ja in die tiefsten Geheimnisse seiner Vergangenheit, seiner Gegenwart, seiner

Zukunft geblickt. Was konnte man gewissenhaften Beobachtern für Einwände machen, welche in einer Nähe von nicht einmal vierzig Kilometer den merkwürdigen Berg Tycho, das seltsamste System der Orographie des Mondes, in Augenschein nahmen? Was konnte man diesen Gelehrten entgegnen, deren Blicke in die Tiefen des Circus Plato gedrungen waren? Konnte man den kühnen Männern widersprechen, welche durch die Wechselfälle ihres Unternehmens bis zu der unsichtbaren Seite des Mondkörpers, welche bisher noch kein menschliches Auge geschaut hatte, geführt wurden? Sie waren jetzt berechtigt, der Selenographie ihre Grenzen zu stecken, welche die Welt des Mondes von Neuem gestaltete, wie Cuvier das Skelet eines Thieres der Urwelt; sie durften behaupten: Dies ist der Mond gewesen, eine bewohnbare Welt, die noch früher als die Erde bewohnt war! Dies ist der Mond, eine unbewohnbare und jetzt unbewohnte Welt!

Zur Feier der Rückkehr des berühmtesten seiner Mitglieder und seiner beiden Genossen dachte der Gun-Club darauf, ihnen ein Banket zu geben, aber es sollte ein würdiger Triumphzug sein, würdig des amerikanischen Volkes, und in solchen Verhältnissen, daß alle Bewohner der Union sich direct dabei betheiligen konnten.

Alle Hauptstationen der Staatseisenbahnen wurden durch Schienen mit einander in Verbindung gesetzt. Sodann wurden auf allen Bahnhöfen, die mit gleichen Fahnen beflaggt, mit den nämlichen Verzierungen decorirt waren, Tafeln mit gleichförmigen Gedecken aufgestellt. Zu bestimmten Stunden, welche der Reihe nach berechnet, mit Hilfe elektrischer auf die Secunde gleich gerichteter Uhren angegeben wurden, lud man das Volk ein, an den Tafeln des Bankets Platz zu nehmen.

Vier Tage lang, vom 5. bis 9. Januar, wurden die Bahnzüge auf den Staatseisenbahnen eingestellt, wie des Sonntags zu geschehen pflegt, und alle Wege blieben frei.

Nur eine einzige Locomotive, größter Geschwindigkeit mit einem Ehrenwaggon, war berechtigt, während dieser vier Tage die Staatsbahnen zu befahren.

Auf der Locomotive, die von einem Heizer und Maschinisten besorgt wurde, hatte der ehrenwerthe Secretär des Gun-Clubs aus besonderer Gunst einen Platz.

Der Waggon war speciell für den Präsidenten Barbicane, den Kapitän Nicholl und Michel Ardan bestimmt.

Auf den Pfiff des Maschinisten, nach den Hurrahs, Hips und allen naturkantigen Bewunderungsausdrücken der amerikanischen Sprache, verließ der Zug den Bahnhof zu Baltimore. Er fuhr achtzig Lieues in der Stunde. Doch was wollte dies bedeuten im Vergleich zu der Geschwindigkeit, womit die drei Heroen aus der Columbiade gefahren waren?

Also fuhren sie von einer Stadt zur anderen, fanden das Volk im Vorbeirasen bei den Tafeln, und wurden von demselben mit gleichem Zuruf begrüßt, mit denselben Bravos bewillkommnet. Dergestalt durcheilten sie den Osten der Union, Pensylvanien, Connecticut, Massachusets, Vermont, Maine und Neu-Braunschweig; den Norden und Westen, New-York, Ohio, Michigan und Wisconsin; dann wieder abwärts den Süden mit Illinois, Missuri, Arkansas, Texas und Luisiana; den Südosten mit Alabama und Florida; dann fuhren sie wieder aufwärts durch Georgien und die beiden Virginia, Indiana; endlich, nach der Station Washington kehrten sie nach Baltimore zurück, und konnten vier Tage lang glauben, sie würden von den Vereinigten Staaten Amerikas bei einem einzigen riesenmäßigen Banket gleichzeitig mit denselben Hurrahs begrüßt.

Die Apotheose war der drei Heroen würdig, welche von der Mythenzeit unter die Halb-Götter versetzt worden wären.

Und jetzt, wird wohl dies Unternehmen ohne Gleichen in den Annalen der Reisen ein praktisches Resultat herbeiführen? Wird man jemals eine directe Verkehrsverbindung mit dem Mond einrichten? Wird man eine Fahrteinrichtung durch den Weltraum gründen, um die Sonnenwelt in Verkehrsverbindung zu bringen? Wird man einst von einem Planeten zum anderen, vom Jupiter zum Mercur, und später von einem Stern zum anderen, vom Polarstern bis zum Sirius reisen? Wird es einst durch eine Fahrgelegenheit möglich sein, die Sonnen zu besuchen, welche am Firmament wimmeln?

Auf diese Fragen kann man noch nicht antworten. Aber wenn man das verwegene Genie der angelsächsischen Race kennt, wird sich Niemand wundern, daß die Amerikaner aus dem Unternehmen des Präsidenten Barbicane Vortheil zu ziehen suchten.

So hörte man denn auch einige Zeit nach der Rückkehr der Reisenden, daß die Ankündigung einer Commandite-Gesellschaft mit einem Capital von hundert Millionen Dollars, in hunderttausend Actien à tausend Dollars, mit dem Namen der *Nationalgesellschaft* der *Verkehrsverbindungen zwischen den Sternen*, beim Publicum entschieden günstige Aufnahme fand. Präsident dieser Gesellschaft war Barbicane, Vicepräsident Kapitän Nicholl, Verwaltungssecretär J.T. Maston, Director der Bewegungen Michel Ardan.

Und da es im amerikanischen Charakter liegt, für Alles Vorsorge zu treffen, selbst für den Fall eines Bankerotts, so waren im Voraus zum commissarischen

Richter der ehrenwerthe Harry Trollope, und zum Syndicus Francis Dayton ernannt!